Knaur

Clare Littleford
Sophies letzter Tag

Roman

Aus dem Englischen von
Georgia Sommerfeld

Knaur

Die englische Originalausgabe erschien 2003 unter dem Titel
»Beholden« bei Simon & Schuster UK Ltd., London.

Besuchen Sie uns im Internet:
www.droemer-knaur.de

Für John Forbes

Dank an

East Midlands Arts; Luigi Bonomi;
Graham Joyce, Mahendra Solanki, Ellen De Vries,
Julia Gaze, Hilary Heason, Helen Jayne Price,
Victoria Waddell und alle anderen von der Trent;
Brian Snell; Katherine Clarke; Pat Lowe
und meine Familie.

1

Wir stiegen an fünf Tagen in der Woche morgens in denselben Bus und lächelten einander kein einziges Mal auch nur an. Das bedauerte ich allerdings erst, als sie verschwand.

Sie wohnte über dem Friseursalon in der Vernon Road, fast genau gegenüber der Haltestelle. Das wusste ich, seit ich eines Tages gesehen hatte, wie sie ihren Store mit einer Hand beiseite zog, um straßaufwärts nach dem Bus Ausschau zu halten, während sie mit dem anderen Arm in ihren Mantel fuhr. Der Hauseingang musste sich auf der Rückseite des Gebäudes befinden, denn manchmal, wenn sie spät dran war, sah ich sie aus dem schmalen Durchgang neben dem Salon hetzen. Dann bat ich den Fahrer, auf sie zu warten.

Genauer schaute ich sie mir jedoch erst kurz nach Weihnachten an. Es war ein besonders kalter Tag, und ein penetrantes Nieseln tat sein Bestes, ihn noch kälter erscheinen zu lassen. Die Vernon Road verläuft in einer geraden Linie zwischen Backsteinreihenhäusern, und so wird der Wind durch nichts gebremst, was im Winter ausgesprochen unangenehm ist. Sie trug einen Army-Mantel, und unter der Kapuze hatten sich ein paar Strähnen ihrer langen dunklen Haare hervorgestohlen, die regenfeucht glänzten. Mit leicht angewinkelten Knien und tief in den Taschen vergrabenen Händen wiegte sie sich hin und her, um sich zu wärmen. Ich schätzte sie auf Anfang zwanzig, was bedeutete, dass ich ihr zehn Jahre voraushatte. Ihre Haut war makellos, und sie bewegte sich seltsam exakt, als setze sie ganz bewusst einen Fuß vor den anderen. Ich wartete darauf, dass sie sich mir zudrehte, so dass ich sie auf mich aufmerksam machen und mit ihr sprechen könnte, aber ich fror, der Regen lief mir in den Kragen, und da war der Moment auch schon vorüber.

An jenem letzten Tag war sie wieder einmal zu spät dran. Ich sah sie über die Straße hasten, bat den Fahrer zu warten, und dann machte ich, dass ich nach oben auf meinen Platz kam, um einem Dankeschön aus dem Weg zu gehen. Ich weiß auch nicht, warum ich nicht mit ihr sprechen wollte – immerhin gab es genügend Themen, mit denen man die Schneckentempofahrt ins Stadtzentrum hätte unterhaltsam gestalten können. Man hätte über das Wetter oder den Verkehr – oder die Vorzüge des geplanten Straßenbahnnetzes reden können.

Die Leute, mit denen ich zusammenarbeite, verstehen nicht, warum dieses Straßenbahnprojekt mich so fasziniert. Das finde ich merkwürdig, denn die Pläne dazu werden in dem Büro neben dem unseren entwickelt und wirken sich auf unsere gesamte Arbeit aus. Meine Kollegen begeistern sich für die großen Innenstadtprojekte – das Broadmarsh-Einkaufszentrum, das neue, internationalem Standard entsprechende Eisstadion, die Umgestaltung des Kanalviertels in Büros, schicke Weinlokale und Lofts. Mein Herz hingegen schlägt für die Möglichkeit einer anderen Transportmethode für die Menschenmassen in unserer Stadt.

Meine Kollegen haben nicht nur dafür kein Verständnis – sie finden es sogar abartig, dass ich öffentliche Verkehrsmittel benutze. Immer wieder fragen sie mich, warum ich mit dem Bus und nicht mit dem Auto zur Arbeit fahre. »Du bist wirklich verrückt, Peter«, muss ich mir anhören. »Busse sind doch ein Albtraum! Nie kommen sie pünktlich, ewig stecken sie im Stau und sie kleben vor Dreck. Du könntest dir eine Stunde sparen, wenn du selbst fahren würdest.« Darauf habe ich einiges zu erwidern. Dass es kaum möglich ist, im Zentrum einen Parkplatz zu finden, dass ohnehin schon zu viele Autos auf der Straße sind, dass Alison den Wagen braucht, um in die Firma zu fahren, dass ich im Bus lesen kann. Letzteres stimmt zwar nicht; ich hatte es versucht, aber mir wird übel dabei.

Der wahre Grund für meine Busvorliebe ist auf keinen Fall die Konversation, sondern, dass ich von meinem Fensterplatz links auf dem Oberdeck aus sehen kann, wer an den Haltestellen wartet und wer nach oben kommt.

Leute, die regelmäßig mit dem Bus fahren, bevorzugen bestimmte Plätze. Die Rentner und Mütter mit kleinen Kindern sitzen aus einleuchtenden Gründen unten, wo sich diejenigen zu ihnen gesellen, die entweder nur eine kurze Strecke oder nur gelegentlich mit dem Bus fahren. Ganz vorne auf dem Oberdeck spielen größere Kinder Busfahrer; ganz hinten lümmeln Halbwüchsige beiderlei Geschlechts mit hochgelegten Beinen. Der Mittelteil des Oberdecks gehört den Romanlesern; gleich dahinter sitzen die Zeitungsleser und die Aus-dem-Fenster-Gucker, die die Häuser und Seitenstraßen betrachten, an denen wir vorbeikommen.

Ich beobachte die Stammfahrgäste. Es macht mir Spaß, vorherzusagen, wer gleich aufstehen wird, um bei der nächsten Haltestelle auszusteigen, und wie viele mehr oder weniger dann seit meinem Einsteigen an Bord sein werden. Morgens sind es immer mehr, abends immer weniger.

Das Mädchen – die junge Frau –, die an meiner Haltestelle einsteigt, sitzt immer in der Nähe der Romanleser, eine Reihe vor mir auf der anderen Seite des Gangs, unmittelbar an der Treppe, aber sie liest nicht – sie schreibt. Viele Fahrten verbringt sie von Anfang bis Ende tief über ein Notizbuch gebeugt, das auf ihren Knien liegt. Hin und wieder streicht sie etwas durch und schaut dann einen Moment lang stirnrunzelnd in die Luft, bevor sie wieder den Kugelschreiber ansetzt. Manchmal blättert sie auch ein paar Seiten zurück und schüttelt den Kopf. Sie zu beobachten, wie sie ihre Gedanken zu Papier bringt, ist faszinierender als eine Unterhaltung über das Wetter oder den Verkehr – oder die Vorzüge des geplanten Straßenbahnnetzes. Sie steigt immer an der letzten Haltestelle vor dem Zentrum aus, ist die letzte meiner Stammfahrgäste vor dem allmorgendlichen Massenwechsel am Market Square.

Doch an jenem letzten Tag, an dem Tag, als sie verschwand, stieg sie nicht an ihrer Haltestelle aus. Ich beobachtete sie, wartete mit angehaltenem Atem darauf, dass sie aus ihrer Versunkenheit erwachte, aufspränge, um auf den Signalknopf zu drücken, der dem Fahrer bedeuten würde, dass er anhalten soll. Sie rührte sich nicht.

Ich war versucht, ihr zuzurufen: »Schnell!«, ich dachte daran, für sie auf den Knopf zu drücken, mich zu ihr hinüberzubeugen, ihr auf die Schulter zu klopfen, doch wir kannten uns ja überhaupt nicht, und ich fürchtete, sie würde mir meine Hilfsbereitschaft als Übergriff auslegen. Und so blieb ich sitzen und sah tatenlos zu, wie der Bus langsam an ihrer Haltestelle vorbeirollte. Sie schaute aus dem Fenster, dann drehte sie sich um, als wollte sie die Station aus dieser für sie neuen Perspektive betrachten.

Ich hätte mir nichts dabei gedacht, wenn sie nicht ihre mir inzwischen vertraute Bürokleidung getragen hätte – bequeme Schuhe, blickdichte schwarze Strumpfhosen, schwarzer Rock, der kurz über dem Knie endete, rot-weiß gestreifte Bluse mit Logo eines Callcenters auf der Brusttasche, hinten wie stets aus dem Bund gerutscht, die Jeansjacke auf dem Sitz daneben. Aus ihrem Pferdeschwanz hatten sich wie stets ein paar Strähnen gelöst und umspielten wie stets ihre Ohren. Sie hielt sogar die Magnetstreifenkarte für die Sicherheitstür des Callcenters in der Hand, die auf dem Notizbuch ruhte.

Wir erreichten das Stadtzentrum, und der Bus hielt am Market Square. Sie schien einen Entschluss gefasst zu haben, denn sie legte die Magnetstreifenkarte wie ein Lesezeichen in ihr Notizbuch, das sie dann zuoberst in ihre offene Schultertasche packte. Die meisten noch verbliebenen Stammfahrgäste standen wie üblich auf und drängten zur Treppe. Sie hängte sich die Tasche über die Schulter und griff nach ihrer Jacke. Ich nahm an, dass sie vielleicht vor der Arbeit einen Einkaufsbummel machen wollte oder eine Verabredung hätte, doch sie blieb sitzen. Scheinbar über etwas nachdenkend, schaute sie mit hängenden Schultern auf die Jeansjacke hinunter, die sie mit beiden Armen an sich drückte. Unten öffneten sich klappernd die Türen und Leute stiegen aus, doch sie blieb immer noch sitzen.

Die leeren Plätze wurden von weniger bekannten Zentrumsfahrgästen eingenommen, und dann fuhr der Bus wieder an. Sie stieg auch am Broadmarsh Centre nicht aus und machte auch keine Anstalten aufzustehen, als der Bus den Hügel hinauf zum Bahnhof fuhr. Die Hälfte der Leute auf dem Oberdeck strebte schon auf die Treppe zu, sie aber blieb sitzen, hob nur den Kopf, um die an ihr Vorbeidrängenden zu mustern. Ich sah sie zögern. Als der Letzte in der Reihe nach unten verschwand, zögerte sie noch immer. Aber dann, als ich schon glaubte, sie würde auch an dieser Haltestelle nicht aussteigen, sprang sie plötzlich auf. Als sie sich auf die erste Stufe hinunterschwang, schlug ihre Tasche gegen das Geländer – rutschte ihr von der Schulter; ärgerlich rückte sie sie zurecht und hastete die Treppe hinunter.

Ihr Verhalten erstaunte mich. Es kam sehr selten vor, dass ein Stammfahrgast nicht an seiner Haltestelle ausstieg – dass jemand in Kleidung, die zu vier Haltestellen davor gehörte, am Bahnhof ausstieg, war noch nie da gewesen. Als ich noch darüber nachdachte, was das wohl bedeuten mochte, entdeckte ich, dass sie etwas zurückgelassen hatte – ihr Notizbuch mit der Magnetstreifenkarte. Es musste ihr aus der Tasche gefallen sein, als sie zur Treppe gestürzt war, und jetzt lag es am Rand des Gangs, halb verdeckt unter einem Sitz vor dem Aufgang.

Korrekt wäre gewesen, beides beim Fahrer abzugeben. Die Busgesellschaft würde ihre Firma benachrichtigen und ihr die Sachen zurückgeben. Aber vielleicht wollte sie das gar nicht. Mich befiel so etwas wie ein Gefühl von Mittäterschaft. Ich hatte es zugelassen, dass sie an der falschen Haltestelle ausstieg, und sie nicht an ihre Pflichten erinnert. Ihre Firma wäre sicher nicht begeistert, dass sie so nachlässig mit der Karte umgegangen war. Ich schaute mich hastig um, und bevor ich es mir ausreden konnte, packte ich meine Tasche, ging nach vorn, bückte mich, um das Notizbuch aufzuheben und unter den Sitz zu greifen, unter den die Karte gerutscht war. Als ich wieder hochkam, schaute ich geradewegs in die Augen eines Romanlesers, der mich aber nicht wahrzunehmen schien. Ich stellte meine Aktentasche auf den nächsten Sitz, ich mich daneben, und da mich offensichtlich niemand beobachtete, nahm ich das Notizbuch in Augenschein.

Es war klein und mit glänzender schwarzer Kunststofffolie überzogen, die an mehreren Stellen aufgerissen war und so den Blick auf die graue Pappe darunter freigab. Die Ränder waren abgestoßen. Für mich stand es außer Frage, dass das Büchlein für sie wichtig war, hatte ich sie doch ständig darin schreiben sehen, und so erwog ich, an der nächsten Haltestelle auszusteigen, zum Bahnhof zurückzulaufen und nachzusehen, ob sie noch dort wäre. Ich malte mir aus, wie ich sie auf dem Bahnsteig entdeckte, wo sie auf einer Bank saß und in beginnender Panik ihre Tasche durchsuchte. Ich malte mir aus, wie ich ein wenig außer Atem bei ihr ankam, mich zu ihr hinunterbeugte und ihr das Notizbuch hinhielt. Sie würde es nehmen und mich anlächeln und sagen ...

Aber wenn ich zurückliefe, würde ich zu spät zur Arbeit kommen, und ich hatte heute Vormittag Hotline-Dienst. Außerdem hätte ich, wenn ich an der nächsten Haltestelle hätte aussteigen wollen, bereits unten sein müssen; der Fahrer hatte die Türen schon geschlossen und war bereit zum Anfahren.

Aber ich wusste ja, wo sie wohnte. Den Verlust der Türkarte könnte sie für einen Tag verbergen, ich würde ihr die Sachen nach der Arbeit vorbeibringen. Nachdem ich das beschlossen hatte, schlug ich das Notizbuch auf. Auf die Innenseite des Deckels hatte sie mit blauem Kugelschreiber ihren Namen und ihre Adresse geschrieben: Sie hieß Sophie Taylor. Sophie. Ich lehnte mich zurück und wartete auf meine Haltestelle Trent Bridge. Ja, ich würde Sophie am Abend besuchen.

2

Malcolm war schon in seinem Büro und telefonierte lauthals bei offener Tür, und als ich vorbeikam, hob er grüßend die Hand. Ich winkte ihm zu, ging in die kleine Küche, um meine Sandwiches in den Kühlschrank zu legen, ging dann hinüber ins Großraumbüro und schaltete meinen Computer ein. Während ich darauf wartete, dass er hochfuhr, schaltete ich den Anrufbeantworter der Hotline aus und leitete sie auf meinen Apparat um. Die übrigen Stühle waren noch unbesetzt, und ich lehnte mich zurück, um die Ruhe des leeren Büros zu genießen. Ich hatte kein Licht gemacht – den Gesundheits- und Sicherheitsbestimmungen zum Trotz ziehe ich es vor, im Halbdunkel zu arbeiten –, und das graue Tageslicht, das durch die offenen Lamellen der Jalousetten fiel, schuf eine Atmosphäre der Unwirklichkeit. Auf den Schreibtischen herrschte ein Durcheinander aus Aktenstapeln, Notizblöcken und leeren Kaffeebechern und Coladosen, über einer Stuhllehne hing windschief eine Strickjacke. Es sah aus, als seien die Leute, die hier arbeiteten, von einer Sekunde auf die andere verschwunden, von einer geheimnisvollen Macht weggebeamt worden. Ich mag diese Ruhe am frühen Morgen, bevor der Tumult beginnt – das Schrillen von Telefonen, das Schnattern von Frauen, das Rascheln von Papier, das Klacken von Computertasten.

Plötzlich platzte Malcolm in die Stille und schaltete

auf dem Weg zu meinem Schreibtisch, der in der Ecke zwischen Aktenschränken und dem Fenster eingequetscht stand, nacheinander die Lampen an, die nach kurzem Flackern den Raum in ein helles Neonlicht tauchten. Er lehnte sich an den mir am nächsten stehenden Schrank und reichte mir einen orangefarbenen Ordner, auf den er in großen schwarzen Druckbuchstaben »Peter Williams« geschrieben hatte. Ich ertappte mich dabei, mir zu überlegen, dass er den Ordner mit seiner großzügigen Beschriftung für eine Wiederverwendung untauglich gemacht hatte.

»Die Unterlagen zum Marston-Street-Projekt«, sagte er. »Ich dachte, Sie würden sie sich auf der Bahnfahrt morgen vielleicht gerne ansehen.«

»Natürlich«, nickte ich. Es war ein dicker Ordner, und als ich ihn aufschlug, lagen Bauzeichnungen und ein Exposé mit festem Hochglanzeinband vor mir. »Ich fahre mit dem Auto nach Derby, aber ich sehe mir alles heute Abend an.«

Ich dachte, er würde jetzt gehen, doch er blieb und fügte hinzu: »Die Konferenz wird sicher interessant für Sie. Die Gelder aus der EU machen die Verwirklichung vieler Projekte möglich.«

»Ich freue mich schon darauf«, sagte ich und fragte mich dabei, was hinter Malcolms ungewohnter Freundlichkeit stecken mochte.

Er trat ans Fenster und schaute hinaus. Ich folgte seinem Blick. Unten auf dem Parkplatz schloss Anthony gerade seinen BMW ab. Die Scheinwerfer blinkten, als er die Alarmanlage aktivierte. »Die Sanierung alter Gebäude fasziniert mich«, meinte ich dann.

Er drehte sich zu mir um. »Das weiß ich – und das Marston-Street-Projekt bietet Ihnen einen guten Einstieg in die Materie.«

Ich hätte ihn gerne gefragt, ob sich das positiv auf eine Beförderung auf den Posten des Senior Planning Officers auswirken würde, aber als ich noch überlegte, wie ich das anstellen sollte, ohne aufdringlich zu wirken, fragte er: »Hat man Ihnen die Unterlagen für die morgige Konferenz geschickt?«

»Ja.« Ich reichte ihm den großen Umschlag hinüber. In dem Moment steckte Anthony den Kopf zur Tür herein. Als er Malcolm an meinem Schreibtisch stehen sah, kam er zu uns herüber, stellte seine Aktentasche zwischen seine Füße und studierte mit zusammengekniffenen Augen den Text auf dem Deckblatt des Konferenzprogramms, das Malcolm aus dem Kuvert gezogen hatte.

»Ach – die Raumordnungsgeschichte«, sagte er. »Fährst du da hin, Pete?«

Ich nickte und kämpfte meine Verärgerung über sein distanzloses »Pete« nieder und darüber, dass er zum SPO befördert worden war und nicht ich. Dafür konnte er nichts – das lag an Malcolm, der ihm gerade meine Konferenzunterlagen zur Begutachtung reichte.

»Peter wird sich die Marston-Sache ansehen«, informierte er ihn.

»Sehr gut«, antwortete Anthony, schaute dabei jedoch mich an. »Ich kann Unterstützung brauchen.«

Darauf möchte ich wetten!, dachte ich giftig, doch ich erwiderte: »Kein Problem – es ist ein interessantes Projekt.«

Anthony ging nicht darauf ein. Er gab mir die Konferenzunterlagen zurück, schaute dabei jedoch Malcolm an. »Haben Sie eine Minute Zeit? Ich hätte Ihnen gerne etwas gezeigt.«

»Aber sicher.« Malcolm bedachte mich mit einem geistesabwesenden Lächeln und folgte Anthony hinaus. Ich atmete tief durch, steckte die Papiere wieder in den Umschlag und versuchte nicht daran zu denken, dass Anthony auf dem Stuhl des SPO saß und nicht ich. Das Marston-Street-Projekt war Sache eines SPOs, und wenn ich mir die Chancen auf den nächsten SPO-Posten nicht verderben wollte, durfte ich mich nicht weigern, daran mitzuarbeiten.

Auf der Hotline war an diesem Vormittag nicht viel los. Es kamen ein paar Anfragen bezüglich des Baus von Garagen, jemand, der neben einem Pub wohnte, wollte den Unterschied zwischen Planung und Lizenzierung erklärt haben, und eine Hand voll Anrufer erkundigte sich nach der Route der geplanten Straßenbahn. Die Letzteren verband ich weiter zur Tram-Taskforce im Büro nebenan. Als eines der Mädchen mich ablöste, war es Zeit für ein Tomaten-Käse-Sandwich, das ich am Schreibtisch aß, bevor ich mich an die Erledigung des Papierkrams, der sich in meinem Eingangskorb stapelte, machte.

Bei Dienstschluss war der Berg auf einen sanften Hügel zusammengeschrumpft. Dass Sophie auf der Heimfahrt mit dem Bus nicht zustieg, überraschte mich nicht, denn das tat sie nie. Ihr Arbeitstag endete offenbar früher als meiner, denn im Winter hatte ich oft Licht in ihrer Wohnung gesehen, wenn der Bus unsere Haltestelle erreichte. Meine Beunruhigung über ihre Fahrt zum

Bahnhof hatte sich inzwischen gelegt. Vielleicht hatte sie eine bestellte Fahrkarte abgeholt – oder jemanden, der sie besuchen kam. Ich war überzeugt, dass ich sie gesund und munter antreffen würde, wenn ich zu ihr ging, um ihr das Notizbuch und die Magnetstreifenkarte zu bringen. Meine Sorge am Morgen wäre Wasser auf Alisons Mühle gewesen. Sie sagte immer, dass ich mich viel zu sehr in die Probleme anderer Menschen reinhänge.

Ich ging den Durchgang neben dem Friseurladen hinunter. Nun käme der Augenblick, in dem ich sie wirklich sprechen würde; dann sah ich mich plötzlich vor ihr stehen mit vor Verlegenheit roten Ohren und irgendwelchen Schwachsinn stammelnd, während sie mich mit einer Mischung aus Mitleid und Erheiterung musterte. Der Durchgang mündete in einen betonierten Hof, wo ein altes Seitengebäude aus Backstein sich zu einem Holzzaun neigte, der mit Efeu aus dem dahinterliegenden Garten bewachsen war. Davor stand ein Sofa, aus dessen aufgerissenem Bezug Schaumgummi quoll. Vom Hof führten zwei Türen in Sophies Haus. Die eine, ein schlichtes, blau gestrichenes Modell, von dem die Farbe abblätterte, war der Hintereingang des Friseursalons, die andere, ein Prachtexemplar aus farblos lackiertem Holz, auf dem über einem Briefkasten aus Messing in weißen Lettern die Aufschrift »Wohnung A« prangte, war der Eingang zu Sophies Wohnung. Ich klingelte und wartete darauf, Sophie die Treppe herunterkommen zu hören, die sich jenseits der Tür befinden musste. Nichts rührte sich. Ich klingelte noch einmal. Wieder nichts. Ich erwog, ihr eine Nachricht in den Briefkasten zu werfen, doch das einzige Papier, das ich dabeihatte, waren die

Seiten ihres Notizbuches, und dort konnte ich mich nun wirklich nicht bedienen. Ich nahm mir vor, später noch einmal herzukommen, und ging nach Hause.

Alison war noch nicht da. Ich stellten meine Aktentasche an ihren angestammten Platz unter der Garderobe im Flur, schaute nach, ob der Anrufbeantworter blinkte, was er nicht tat, machte mir eine Tasse Tee und ließ mich dann mit Sophies Notizbuch in der Hand auf dem Sofa nieder, um die Nachrichten zu sehen. Eine Weile strich ich unschlüssig mit den Fingern über die abgestoßenen weichen Pappecken, doch schließlich fasste ich mir ein Herz und schlug die erste Seite auf. Sie war voll geschrieben, unordentlich, mal aufwärts, mal abwärts, von ganz links bis ganz rechts, in schwungvoller Schrift.

Ich hörte Alison mit dem Wagen kommen, stand auf und packte das Notizbuch in meine Aktentasche unter der Garderobe, bevor ich meine Schuhe wieder anzog und hinausging, um Alison zu begrüßen. Sie war dabei, Einkaufstüten aus dem Kofferraum zu heben, und ich half ihr, sie in die Küche zu tragen. Als wir mit dem Auspacken der Lebensmittel anfingen, fragte ich: »Wie war dein Tag?«

»Okay«, antwortete sie, über eine Tüte gebeugt. Ihre hellbraunen Haare waren nach vorne gefallen und verbargen ihr Gesicht wie ein Vorhang. »Hektisch. Andrew hat schon wieder eine Umstrukturierung vor. Er weiß genau, wie ich es hasse, wenn er Entscheidungen trifft, ohne uns Anlageberater zu konsultieren, aber er tut es trotzdem.«

»Ach je«, sagte ich und holte die Schweinekoteletts aus dem Kühlschrank, die seit dem Morgen dort zum langsamen Auftauen lagen. »Willst du Brokkoli zum Fleisch?«

»Ja, gerne.« Während sie Konservendosen im Schrank verstaute, ließ sie sich darüber aus, dass die Reorganisation ebenso eine Katastrophe für die Kunden sei wie der Zeitpunkt, redete über die nächste Hauptversammlung und über die städtischen Geschäftemacher, die dabei seien, die Kassen zu plündern.

Ich wusch ein paar Kartoffeln im Spülbecken und stellte sie zum Kochen auf, befreite die Koteletts von ihren Fetträndern und murmelte dabei in Abständen etwas Zustimmendes oder Entrüstetes – je nachdem, was sie erwartete. Alison sah immer total erledigt aus, wenn sie abends nach Hause kam, aber, wie sie sagte, musste sie auch besonders hart arbeiten, weil die »studierten« Volontäre sie sonst überrundeten.

Beim Essen erzählte ich ihr in Kurzfassung von der Konferenz in Derby, und wir kamen überein, am Wochenende die Farbe für die Scheuerleisten auszusuchen. Ich wusch ab und tat alles wieder an seinen Platz, während Alison sich im Fernsehen Coronation Street anschaute. Als ich in der Küche fertig war, lief inzwischen EastEnders. Alison bot mir zwar immer an zu helfen, doch für gewöhnlich schickte ich sie ins Wohnzimmer. Sie war abends einfach kaputt, und ich wusste, wie sie ihre Serien liebte. Ich brachte ihr einen Becher Kaffee und setzte mich zu ihr aufs Sofa, um meine Schuhe zuzubinden.

Sie riss sich für einen Moment von dem Geschehen auf dem Bildschirm los und fragte:

»Wohin gehst du?«

»Einen Brief in den Postkasten werfen.« Ich küsste sie flüchtig auf den Mund, bevor ich aufstand. »Ich bin bald wieder da.«

Bei Sophie brannte in dem Zimmer, das auf die Vernon Road ging, kein Licht. Vielleicht hielt sie sich in einem nach hinten auf. Im Durchgang neben dem Friseursalon war es dunkel, im Hof empfing mich Zwielicht, und den Mann, der vor Sophies Tür stand, nahm ich erst wahr, als er mich ansprach.

Er war groß und breitschultrig und wirkte in dem Dämmerlicht geisterhaft blass. Kurze schwarze Dreadlocks warfen Schatten über seine Augen.

»Wollen Sie zu Sophie?«, erkundigte er sich.

»Ist sie nicht da?«, wich ich aus.

Er trug locker geschnürte Springerstiefel, über die sich weite Army-Hosen beulten, und klopfte mit einer Stiefelspitze auf den Betonboden.

»Scheint so«, antwortete er. »Jedenfalls macht sie nicht auf. Wir waren verabredet. Sie muss es vergessen haben.«

Ich nickte, als träfe das auch auf mich zu. Dann überlegte ich mir, ob ich ihm den Grund für mein Hiersein offenbaren sollte, doch dagegen sprach, dass er vorschlagen könnte, das Notizbuch an sich zu nehmen und ihr bei nächster Gelegenheit zu geben. Er musterte mich prüfend von oben bis unten, und ich versuchte, mich mit seinen Augen zu sehen – einen Mann von Anfang dreißig mit Schlips und Kragen, dessen Anzug an der hageren Gestalt hing wie auf einem Kleiderbügel.

Schließlich fragte er: »Sie sind ein Freund von Sophie?«

»Ja«, sagte ich, denn es schien mir die beste Antwort zu sein.

Ich weiß nicht, ob er mir glaubte. Er schaute zu den dunklen Fenstern hinauf, als ob er erwartete, Sophie dort gleich auftauchen zu sehen.

»Wir waren verabredet.«

»Vielleicht muss sie heute länger arbeiten«, bot ich als Lösung an.

»Nein.« Er schüttelte so heftig den Kopf, dass die Dreadlocks flogen. »Ich wollte sie überraschen und bin in die Firma gefahren, um sie abzuholen – und da erfuhr ich, dass sie heute überhaupt nicht da war. Also dachte ich, sie sei vielleicht krank – aber dann würde sie doch aufmachen, oder?«

Er schien beunruhigt zu sein, und deshalb sagte ich: »Heute Morgen ging es ihr jedenfalls gut.«

»Heute Morgen? Wo ist sie hin?«

»Ich weiß es nicht. Sie hat nichts gesagt. Ich schaue dann morgen wieder vorbei.« Ich drehte mich um, um zu gehen. Er folgte mir den gepflasterten Durchgang hinunter. Seine Schritte hallten wie Hammerschläge hinter mir. Draußen auf der Straße blieb er dann aber stehen und schaute den Bürgersteig entlang, als erwartete er, Sophie auf sich zulaufen zu sehen.

Ich ließ ihn grußlos stehen und hastete nach Hause – teils, weil Alison sich vielleicht schon wunderte, wo ich so lange blieb, teils, weil mich die Neugier gepackt hatte – vielleicht stand ja etwas Wichtiges in dem Notizbuch. Alison würde noch mit ihren Fernsehserien beschäftigt sein, und ich würde mir ein Bad einlassen und in Sophies Büchlein lesen.

12. April

So ein Anruf wie heute ist mir noch nie vorgekommen. Ich kann mit Anzüglichkeiten umgehen, mit Mr Harris aus Oakley Close, der tobt, dass wir ihn bis aufs Hemd ausziehen, und auch mit der Frau, die zuerst drohte, vorbeizukommen, um unsere sämtlichen Computer kurz und klein zu schlagen, und dann zu weinen anfing, weil ihr Mann das gemeinsame Bankkonto abgeräumt und sie mit drei Kindern sitzen gelassen hatte. Doch dieser Anruf war anders. Merkwürdig. Vielleicht machte sich da jemand einen Spaß – das meinte zumindest ein Teil der Mädchen –, oder es war, wie Leanna es formulierte: »Es laufen eine Menge Spinner da draußen rum.« Wie auch immer – es war wirklich seltsam, denn der Anrufer sagte kein Wort, nachdem ich meine »Trent Electricity Sophie am Apparat«-Begrüßungslitanei heruntergerattert hatte. Ich hörte nur jemanden atmen.

Ich sagte: »Hallo – wer spricht da?« Keine Antwort. Ich unterbrach die Verbindung. Gleich darauf leuchtete mein Anschlusslämpchen erneut auf, und ich meldete mich. Wieder Schweigen. Ich erklärte, ich müsse auflegen, wenn er – oder sie – nichts sage. Nichts. Beim dritten Mal das gleiche Spiel. Da rief irgendjemand auf meinem Apparat an, um nicht mit mir zu sprechen!

Mir kam eine Idee. »Leanna – bist du das?« Ich schaute zu ihrem Platz hinüber. Ihre Lippen bewegten sich, und ihre Finger huschten über ihr Keyboard. Ich ließ den Blick durch den Raum wandern, entdeckte jedoch nirgends einen Witzbold, der gespannt auf meine

Reaktion wartete. Also erkundigte ich mich als letzten Versuch, ob Jamie am Apparat sei. Auch das brachte nichts.

Ich wusste genau, dass ich hätte auflegen sollen. Wenn man auf einen dieser Verrückten eingeht, wird man seines Lebens nicht mehr froh. Ein solcher Fan von Amy trieb seine Anhänglichkeit so weit, dass sie sich nicht mehr anders zu helfen wusste, als bei Gericht eine einstweilige Verfügung zu erwirken. Einerseits hätte ich die Verbindung gerne unterbrochen und den nächsten Anruf entgegengenommen, andererseits fürchtete ich, dass ich dann wieder dieses unheimliche Atmen hören würde.

Ein solcher Fall war bei unserer Ausbildung nicht behandelt worden. Nach drei Jahren beherrsche ich meine Besänftigungstaktiken wie im Schlaf – aber dieser Anrufer war nicht aufgebracht. Sonst hätte ich ruhig und sachlich mit ihm über seine Rechnung gesprochen, wie Marion Barker es gerne sieht, wenn es irgendwelche Beschwerden in dieser Hinsicht gibt. Doch dieser Anrufer hatte offenbar nicht die Absicht, eine Beschwerde vorzubringen oder – wie viele andere – um jeden Penny zu feilschen, weil sie entweder pleite oder einsam waren. Damit kann ich umgehen. Die Abgebrannten schimpfen anfangs, aber irgendwann lenken sie ein und sagen: »Es tut mir Leid – Sie können ja nun wirklich nichts dafür, Schätzchen.« Die Jammerlappen nerven mich tierisch. Sie stöhnen, wie hart sie für ihre paar Kröten arbeiten müssen, als ob mein Job ein Osterspaziergang sei, aber ich lasse sie lamentieren, und nach einiger Zeit ist dann die Luft raus. Doch dieser Anrufer sprach kein Wort, und das machte mich ganz irre. Als ich Marion Barker den Gang runterkommen sah, wusste ich, dass ich was tun müsste, denn sie würde kein Verständnis dafür aufbringen, dass ich jemandem beim Atmen zuhörte. Also sagte ich: »Ich lege jetzt auf«, und unterbrach die Verbindung. Sekunden später leuchtete mein Lämpchen wieder. Ich zögerte.

Marion blieb bei mir stehen und bedachte mich mit einem strafenden Blick, weil ich den Anruf nicht entgegennahm. Um mir eine Predigt zu ersparen, erzählte ich ihr von dem geheimnisvollen Atmer und fragte sie dann, ob ich den Vorfall in das Buch eintragen solle. Ihrer Miene nach zu schließen, hätte sie mich gerne gefahren, dass ich mich nur vor der Arbeit drücken wolle, aber stattdessen erinnerte sie mich in scharfem Ton an die Vorschrift, alle Drohungen in das Buch einzutragen. Als ich zu bedenken gab, dass es ja keine richtige Drohung gewesen sei, funkelte sie mich wütend an und stolzierte davon.

Sie hat keine Ahnung, womit wir uns den ganzen Tag herumschlagen müssen. Man sollte sie mal für einen Tag von der Abteilungsleiterin zur Telefonistin degradieren – da würde ihr das hochnäsige Getue schnell vergehen. Eine andere Möglichkeit wäre, ihr einen besseren Charakter zu transplantieren. Wenn sie nicht kalt wie ein Fisch wäre, hätte sie mehr Verständnis für uns.

3

Ich habe Autofahren nie gemocht. Ich verabscheute es, mich in einer Blechkiste eingesperrt und von anderen Blechkisten umgeben die Straßen entlangbewegen zu müssen. Nicht das Lenken ging mir gegen den Strich, auch nicht das Kuppeln und Schalten, ja nicht einmal der immer wieder notwendige Blick in die diversen Spiegel oder nach hinten – wegen des toten Winkels. Nein – es waren die anderen Straßenbenutzer, die das Unterfangen für mich zu einem traumatischen Erlebnis geraten ließen. Ständig musste man gewärtig sein, dass vor einem plötzlich gebremst wurde, dass Fußgänger zwischen geparkten Autos vortraten oder Radfahrer ins Schlingern gerieten, dass jemand bei Rot über die Kreuzung raste oder aus einer Seitenstraße schoss oder vor einer unübersichtlichen Kurve überholte. Wenn ich am Steuer saß, war ich vom Haar bis zu den Zehenspitzen angespannt. Ich malte mir den Moment aus, in dem ich den Zusammenstoß kommen sah, ihn aber nicht verhindern konnte, und dann malte ich mir den Zusammenstoß aus und spürte fast, wie sich spitze Metallteile und Glasscherben in meinen Körper bohrten. Manchmal träumte ich sogar davon. Alison meinte, es liege daran, dass ich zu selten fahre, um mich dabei entspannen zu können, und dass ich den anderen Fahrern unterstellte, weniger am Leben zu hängen als ich – und sie hatte Recht. Sobald ich ins Auto stieg, packte mich die panische Angst, dass irgendjemand aus Unachtsamkeit einen Fehler begehen könnte, der mir zum Verhängnis werden würde.

Als ich auf der Rückfahrt von der Konferenz in Derby in »zähfließendem Verkehr«, wie es so schön heißt, auf Nottingham zuschlich, steigerte das Gehupe mein Missbehagen noch beträchtlich. Hinzu kam, dass ich mich in dem Wagen wie ein Fremdkörper fühlte, da Alison normalerweise damit fuhr und ich sie so deutlich darin spürte, als säße sie neben mir. Dummerweise hatte ich abends vor der Abfahrt versäumt, sie darum zu bitten, ihre Sachen herauszunehmen, und am Morgen war sie so in Eile gewesen, dass es gar keinen Sinn gehabt hätte, sie darauf anzusprechen. Also hatte ich, anstatt pünktlich loszufahren, kostbare Minuten damit verbracht, alles, was sich auf und zwischen den Sitzen und auf dem Boden davor türmte, in den Kofferraum zu packen. Da gaben sich leere Wasserflaschen ein Stelldichein mit ehemals wichtigen und jetzt von Schuhspuren verdreckten Berichten, halb vollen Chipstüten, Benzinquittungen, alten Zeitungen, getragenen Pullovern und ebensolchen Strumpfhosen. Es erstaunte mich immer wieder, dass sie sich nicht in Grund und Boden schämte, bei Tageslicht mit dieser mobilen Müllhalde durch die Gegend zu fahren.

Wahrscheinlich betrachteten Frauen ein Auto wie eine Handtasche. Ich hatte schon oft festgestellt, dass der Inhalt der Handtaschen meiner Kolleginnen im Büro einer Überlebensausrüstung ähnelt. Ob sich von einem Sakko ein Knopf gelöst hatte oder jemand über Migräne klagte oder sich beim Zerschneiden seines mitgebrachten Lunch-Sandwiches in den Finger säbelte – sofort kramte ein halbes Dutzend Frauen in Handtaschen und förderte das Benötigte zutage. Wie auch immer – ich war keine Frau, und es wäre mir nicht im Traum eingefallen, meine Reise in dem Tohuwabohu anzutreten, das Alison mir hinterlassen hatte. Nicht nur hätte es sich fatal auf meine Konzentrationsfähigkeit ausgewirkt – in meiner gewohnten Panik malte ich mir dazu noch aus, wie ich nach einem Zusammenstoß schwer verletzt in einem wilden Durcheinander aus eindeutig weiblichen Utensilien in meinem Sitz hing und ein Sanitäter und ein Polizist viel sagende Blicke tauschten und trotz des Ernstes der Lage ein anzügliches Grinsen nicht unterdrücken konnten.

Auf der Heimfahrt nahm ich mir vor, Alison zu bitten, den Wagen bei nächster Gelegenheit in einen präsentablen Zustand zu versetzen, wenn ich auch jetzt schon wusste, wie meine von Grund auf unordentliche Lebensgefährtin darauf reagieren würde. Ich kam später an als geplant und war fast erleichtert, dass mir die unerquickliche Diskussion erspart blieb, denn Alison war bereits zu ihrem Abendkurs gegangen. Also würde ich selbst tun, was getan werden musste.

Es war noch hell draußen, und ich holte den Autostaubsauger und einen Mülleimer und machte mich ans Werk. Eine Generalreinigung hatte etwas ungemein Befriedigendes, denn der Vorher-nachher-Effekt war spektakulär. Ich brauchte eine Ewigkeit, um den Innenraum richtig sauber zu kriegen, jeden Fussel und jedes Fädchen vom Boden aufzuheben und von den Sitzen abzuzupfen. Als ich endlich ein paar Schritte zurücktrat und das Ergebnis meiner Bemühungen bewunderte, kam ich zu dem Schluss, dass ich mir eine Belohnung verdient hatte. Auch aus diesem Grund war ich froh, allein zu sein, denn ohne Alison konnte ich mir im Fernsehen anschauen, was immer ich wollte. Ich zog die Vorhänge zu und freute mich auf den Blade Runner Director's Cut, doch die Videokassette war kaum angelaufen, als das Telefon klingelte. Es war Steve. »Ich weiß, dass Alison heute Abend nicht da ist«, sagte er. »Du hast also keinen Grund, nicht mit mir in den Pub zu gehen.«

»Ich habe aber etwas vor«, wandte ich ein.

Steve lachte schallend. »Du willst dir doch nicht etwa wieder den Blade Runner ansehen! Komm schon, Pete – du hast den Film schon so oft laufen lassen, dass er inzwischen total ausgeleiert sein muss. Gehen wir was trinken. Ich lasse dich sogar beim Pool gewinnen.«

»Du musst es ja nötig haben!«

»Du hast es erfasst. Wir treffen uns dort – in einer halben Stunde.«

»Na schön«, gab ich nach und legte auf. Nachdem ich die wenigen Zentimeter Film, die mir vergönnt gewesen waren, zurückgespult hatte, stellte ich die Kassette in ihrem Etui auf ihren Platz im Bücherregal und ging nach oben. Eigentlich hätte ich dringend unter die Dusche gemusst – meine Haare hingen, wie stets am Abend, bis auf einen widerspenstigen Schüppel oben auf dem Kopf, strähnig herunter, und ich war verschwitzt – aber Steve hatte mir keine Zeit dafür eingeräumt. Also zog ich nur eine saubere Jeans und ein frisches Sweatshirt an.

Als ich den Pub in der Vernon Road betrat, war Steve gerade dabei, die Billardkugeln aufzustellen. Sein Bier hatte er bereits zur Hälfte ausgetrunken, und so orderte ich am Tresen zwei Kimberley Classic und nahm sie mit hinüber. Steve gewann das erste Spiel mit links. Als ich die Kugeln für die zweite Runde aufstellte, lächelte er, während er die Spitze seines Queues mit Kreide einrieb: »Vielleicht lasse ich dich diesmal gewinnen.«

»Ich brauche keine Mildtätigkeit«, erklärte ich, schickte den Spielball auf die Reise und nach der Karambolage rollte ein gelber Ball ins Eckloch. Ich nahm Maß und lochte den nächsten ein.

»Kannst wohl nicht genug kriegen«, meinte er, als ich den dritten ins Loch brachte, doch dann endete meine Glückssträhne, und ich musste ihm das Feld in einer Konstellation überlassen, die es ihm leicht machte, einen Treffer in das Seitenloch zu landen. Er grinste mich an, als er einlochte, und ging dann um den Tisch herum für weitere Treffer.

»Hast du Lust, dir mit mir den neuen Cronenberg-Film anzusehen?«, fragte ich.

Er warf mir einen Blick zu. »Den kenne ich schon.«

»Tatsächlich?«, staunte ich. »Und – wie ist er?«

Er zog die Nase kraus und beugte sich dann vor, um an seinem Queue entlang mit zusammengekniffenen Augen die Position der Kugel zu begutachten. »Ganz okay«, antwortete er. »Ein typischer Cronenberg eben.«

Ich quittierte diese indifferente Auskunft mit einem indifferenten »Aha«.

»Außerdem«, fügte er hinzu, während sein Ball und eine rote Kugel an die entgegengesetzte Bande stießen, »bin ich nächste Woche echt im Stress. Meine Kumpels und ich bauen eine Kampfmaschine für Robot Wars.«

»Ehrlich?« Es kränkte mich, dass er mir bisher noch nichts davon erzählt hatte, doch ich wollte mir das nicht anmerken lassen. Also erkundigte ich mich in beiläufigem Ton: »Und wer sind die Kumpels?«

Er hatte dem Spielball zu viel Effet gegeben, und die rote Kugel rollte an dem angepeilten Loch vorbei. Steve zog die Luft durch die Zähne und richtete sich dann auf.

»Ein Arbeitskollege«, sagte er, »und sein Bruder. Der Bruder ist an der Technischen Fakultät der Trent, und darum bauen wir sie dort.«

Er hatte mir eine unkomplizierte Konstellation hinterlassen, und ich schaute ihn von der Seite an, um zu ergründen, ob er es aus Nettigkeit getan hatte, doch seiner Miene war nichts zu entnehmen.

»Habt ihr schon einen Namen dafür?«, fragte ich.

Er grinste. »Penetrator.«

»Das kriegt ihr nie durch – nicht beim Fernsehen; das sehen sich doch Kids an.«

Er nahm es ungerührt hin. »Das Ding wird cool. Wir nehmen Kinderwagenräder, damit es nicht umfallen kann, und geben ihm eine Axt als Waffe. Titanlegierung. Für den Antrieb sorgt ein Rollstuhlmotor.«

»Klingt gut«, meinte ich und vergeigte das leichte Einlochen. Steve lächelte verträumt. Wahrscheinlich war er in Gedanken noch immer bei seinem Roboter. Vielleicht stellte er sich gerade vor, damit die Leute zu eliminieren, die ihm im Büro das Leben schwer machten. Er entschied sich für eine Kugel, bei der er nichts falsch machen konnte, lehnte den Queue an die Wand und sagte: »Zeit für ein neues Bier«, leerte sein Glas und ging zum Tresen.

Der Pub füllte sich allmählich – jedenfalls, soweit das an einem Wochentag möglich war. Er hätte dringend einer Renovierung bedurft. Die Raufasertapete war von ihrem ursprünglichen Weiß zu einem unappetitlichen Nikotingelb verkommen und das Muster der Sitzkissen auf den Stühlen nicht mehr zu erkennen. An der Theke stand der aus alten Männern in fleckigen Hemden bestehende »harte Kern«, in der Nische neben dem Pooltisch saßen ein paar Frauen, die sich mit schmerzhaft schrillen Stimmen unterhielten. Am anderen Ende des Raumes lachte an dem Tisch unterhalb des Fernsehers ein Grüppchen junger Leute in den Zwanzigern über etwas, das ihnen ein rundgesichtiger Mann mit kurzen Dreadlocks erzählte.

Ich sah genauer hin. Tatsächlich – es war der Mann, dem ich vor Sophies Haustür begegnet war. Mit wild klopfendem Herzen ließ ich den Blick von einem Gesicht zum anderen wandern. Sie trugen alle Army-Look – eine Clique. Sophie war nicht dabei. Als ich mir gerade überlegte, wie ich mich verhalten sollte, falls er mich bemerkte, schaute er in meine Richtung und hob mit einem Lächeln grüßend die Hand. Ich erwiderte den Gruß und dachte, damit sei die Sache erledigt, doch er sagte etwas zu seinen Freunden, die sich mir daraufhin allesamt zuwandten, und verließ die Runde. Während ich so tat, als denke ich darüber nach, welche Kugel ich mir als nächste vornehmen sollte, sah ich ihn aus dem Augenwinkel an der Theke vorbei auf mich zusteuern. Als er bei mir ankam, fragte er: »Haben Sie Sophie inzwischen getroffen?«

»Nein«, antwortete ich. Plötzlich fiel mir das Notizbuch ein, das ich in die Tasche meines Jacketts gesteckt hatte, das über der Lehne der Bank hinter uns hing. Lugte es vielleicht daraus hervor? Was sollte ich tun, wenn der Typ es kannte und mich fragte, wie ich in seinen Besitz gekommen sei? Verstohlen schaute ich mich um und atmete auf. Es war nicht zu sehen.

»Niemand weiß, wo sie ist«, berichtete er. »Wir machen uns alle Sorgen. Sie erzählten doch, Sie hätten sie morgens getroffen. Was hat sie da gesagt?«

Steve war von der Theke zurückgekommen, doch der Mann nahm ihn nicht zur Kenntnis. »Sie hat gar nichts gesagt«, erwiderte ich.

»Keine Andeutung gemacht?«

Steve nippte an seinem Bier und schien abwesend. Und ich sagte: »Ich habe gar nicht mit ihr gesprochen. Ich habe sie heute Morgen nur im Bus gesehen. Mehr nicht.«

»Wo ist sie ausgestiegen?«

»Ich habe nicht darauf geachtet«, log ich, denn Steve hatte jetzt die Ohren gespitzt, und ich wollte ihm später nicht mehr als unbedingt nötig erklären. »Tut mir Leid – ich kann Ihnen nicht helfen.«

»Aber Sie haben sie im Bus gesehen?! Um welche Uhrzeit?«

»Um acht.«

»Dann muss sie auf dem Weg in die Firma gewesen sein – nur kam sie dort nie an. Ich mache mir wirklich Sorgen.«

»Sie ist bestimmt okay«, meinte ich.

Steve setzte zum Sprechen an, doch der Mann kam ihm zuvor. »Wenn Sie sie treffen, sagen Sie ihr, sie soll Jamie anrufen.«

»Geht klar«, nickte ich.

Er bedankte sich und schlenderte zu seinen Freunden zurück. Steve hatte auch für mich ein Bier mitgebracht. Jetzt reichte er es mir und fragte: »Worum ging's denn da?«

»Oh, nichts. Er sucht ein Mädchen, das morgens mit demselben Bus fährt wie ich, aber ich weiß auch nicht, wo sie ist.«

»Wie kommt er darauf, dass du es wissen könntest?«

»Keine Ahnung«, antwortete ich mit einem Schulterzucken.

Steve schaute zu dem Grüppchen hinüber. Als ich seinem Blick folgte, sah ich, dass Jamie sich wieder an den Tisch gesetzt hatte. Wir spielten weiter, doch ich war nicht mehr bei der Sache. Vielleicht stand ja etwas in dem Notizbuch, was Aufschluss darüber gab, wo sie war. Ich sollte es Jamie geben, denn schließlich kannte er sie und sorgte sich um sie – aber jetzt konnte ich doch nicht einfach so hinübergehen und es ihm geben; ich würde erklären müssen, warum ich es erst jetzt herausrückte. Was sollte ich dann sagen? Immerhin war es gut möglich, dass der Inhalt ihm keinerlei Aufschluss brächte, und ich war nicht erpicht darauf, mich für nichts und wieder nichts in Schwierigkeiten zu bringen. Ich würde mir erst, wenn ich es ganz gelesen hätte, den Kopf darüber zerbrechen, was ich damit machen sollte.

»Was ist denn los? Du spielst ja plötzlich, als hättest du noch nie einen Queue in der Hand gehabt?«, holte mich Steves Stimme aus meinen Gedanken, und ich tat ihm – und mir – den Gefallen, mich wieder auf die Kugeln zu konzentrieren.

16. April

Die ersten paar Male habe ich versucht, die Anrufe des Atmers mit Humor zu nehmen, doch allmählich wird die Sache nicht nur ernsthaft unheimlich, sondern auch ausgesprochen unangenehm, denn der Typ – ich nehme jedenfalls an, dass es ein Mann ist, denn eine Frau käme, glaube ich, nicht auf so eine Idee – bringt mich, wenn er so weitermacht, noch um meinen Bonus, weil er meine Leitung täglich so lange blockiert, dass ich schon jetzt nicht mehr weiß, ob ich mein Soll schaffe. Ich hätte gute Lust, ihn anzuschreien, wenn er das nächste Mal anruft, aber das ist nicht erlaubt.

Um am Ende nicht doch ausfallend zu werden, habe ich mir eine Atempause gegönnt und mich heute früh krankgemeldet. Ich steigerte mich in dem Telefonat mit der aus Prinzip misstrauischen Marion Barker derart in meine angebliche Grippe rein, dass ich mich anschließend tatsächlich miserabel fühlte und mich mit einer Diätcola aufs Sofa legte und vom Fernsehen berieseln ließ. Aber allein zu sein, tat mir nicht gut. Ständig musste ich an den Fremden denken, der mich terrorisiert. Er kannte die Nummer meiner Nebenstelle. Wusste er vielleicht auch, wo ich wohne? Als Amy damals dem aufdringlichen Anrufer per Gericht verbieten ließ, sie weiter telefonisch zu belästigen, fing er an, sich vor ihrem Haus rumzutreiben. Das hörte erst auf, als ihr Vater mit der Mistgabel auf ihn losging.

Bei der Vorstellung, dass der Atmer draußen vor dem Haus steht und zu meiner Wohnung raufschaut –

abends, wenn das Licht brennt, könnte er mich sogar beobachten! –, kriege ich eine Gänsehaut. Als Mr Assif,
der Vermieter, mir die Wohnung seinerzeit zeigte, erklärte er, sie sei einbruchssicher, worüber ich sehr froh
war, weil ich ja nicht versichert bin – aber wenn jemand
wild entschlossen wäre, in die Wohnung zu kommen,
dann käme er bestimmt auch rein.

Der Gedanke trieb mich vom Sofa hoch. Ich wusste,
dass Mum ihren freien Tag hatte, und so machte ich
mich in Jogginghose und Schlabberpullover, meinem
Outfit, in dem ich den Tag eigentlich zu Hause hatte
vergammeln wollen, zu Fuß auf den Weg zu meinen
Eltern. Mum war nicht im Mindesten überrascht, mich
zu sehen – ich glaube, sie denkt, wenn sie frei hat, hat
der Rest der Welt auch frei. Als ich kam, war sie gerade
dabei, im Wohnzimmer Staub zu saugen. Ich ging in die
Küche und machte Tee, und als sie fertig war, kam sie
rüber und setzte sich zu mir an den Tisch. Sie fragte
nicht, warum ich gekommen sei. Das tut sie nie. Unge-
wöhnlich gesprächig erzählte sie mir das Neueste aus
der Verwandtschaft und wie ihre Schichteinteilung aussah und dass Dad die Autoreparatur für Jonathan würde bezahlen müssen, weil »der Junge«, um den Schaden
selbst zu beheben, ein Werkzeug bräuchte, das sein Chef
zwar natürlich in der Werkstatt hat, ihm aber nicht
leihen wolle.

»Die reine Schikane«, schimpfte Mum. »Schließlich
würde er es doch wohl kaum kaputtmachen, oder?«

Ich bezweifelte, dass Jonathan seinen Boss überhaupt
darum gebeten hatte. Der Mann sage zwar, dass er ihm
jetzt wieder vertraue, aber ich denke, Jonathan wollte

sein Entgegenkommen nicht überstrapazieren. Mum sah mich eine Erklärung fordernd an, doch ich wollte sie nicht an das erinnern, was passiert war, und so bot ich ihr als Lösung an, dass es wahrscheinlich wegen der Versicherung nicht möglich sei.

»Das meint Jonathan auch – aber ich halte das für Unsinn. Was sollte der Junge denn schon damit anstellen?«

Ich war nicht bereit, darauf einzugehen. Sie redete sich in Rage, und ich hörte ihr notgedrungen zu. Eigentlich hatte ich ihr von dem Anrufer erzählen wollen, doch dann hätte sie sich noch mehr aufgeregt – und mich zu überzeugen versucht, dass es das Beste für mich wäre, wieder nach Hause zu kommen, schließlich wisse ich, dass ich willkommen sei, dass mein Zimmer unverändert sei und ich es jederzeit wieder beziehen könne, dass es keine Schande sei, in den Schoß der Familie zurückzukehren. Und dass sie froh wäre, wenn ich es täte. Als ich noch daheim wohnte, behauptete sie immer, dass sie es nicht erwarten könne, mich endlich los zu sein und in Ruhe und Frieden leben und im Fernsehen sehen zu können, was sie wolle – aber kaum war ich ausgezogen, wollte sie mich wiederhaben. Allerdings hätte sie es, da bin ich sicher, gerne gesehen, wenn ich mich in die niedliche Sechsjährige zurückverwandelt hätte, die sie nach Lust und Laune anziehen und frisieren durfte.

Als Mum irgendwann die Puste ausging, schaute sie mich mit einem Blick an, aus dem ich schloss, dass sie etwas bedrückte. »Jonathan macht mir Sorgen«, bestätigte sie meine Vermutung gleich darauf. »Er wirkt so niedergeschlagen. Weißt du vielleicht, was mit ihm los ist?«

»Nein.«

Er war gestern Abend zu mir gekommen, angetrunken und geradewegs aus dem Rose and Crown, wo er bestimmt noch länger geblieben wäre, wenn sie nicht zugemacht hätten, und wo er bestimmt sofort nach Arbeitsschluss hingegangen war. Er ließ sich in meinen Sessel fallen und drehte sich einen Joint. Man hätte denken können, wir seien die dicksten Freunde und er gehe bei mir ein und aus – dabei sehen wir uns kaum. Und dann redeten wir eine Weile über Nichtigkeiten. Ich fragte ihn, wie es in der Werkstatt laufe und wie es Rachel gehe, und bekam die üblichen Antworten: Okay, gut. Da saß er und beanspruchte meine Aufmerksamkeit, gab mir jedoch keinen Hinweis darauf, warum er gekommen war. Es ist lange her, dass ich seine Gedanken erahnen konnte. Ich fühlte mich unbehaglich und nutzlos, denn ich wusste nicht, wo ich ansetzen sollte, und konnte ihm keinen Rat geben. Als er sich schließlich verabschiedete, wobei ich ihm das Versprechen abnahm, nicht mehr zu fahren, musste ich ihm meinerseits versprechen, Mum und Dad nichts zu sagen – wovon? –, denn er wolle sie nicht beunruhigen, sie würden es nicht verstehen und helfen könnten sie ihm sowieso nicht. Er versprach mit Rachel über sein Problem zu sprechen, und aus seinem Seufzer schloss ich, dass es das Übliche war: Sein Horror vor Verpflichtungen, die Fragen, wann sie endlich heiraten oder wenigstens zusammenziehen würden und warum er seine Hälfte für die Kaution noch immer nicht beieinander habe, während ihre längst auf dem Sparkonto lag.

»Ich mache mir wirklich Sorgen um ihn«, sagte Mum.

»Er kommt einfach nicht in die Gänge. Wenn er und Rachel doch nur endlich den Ball ins Rollen brächten und ein Datum festsetzen würden! Dann wäre wenigstens einer von euch aufgeräumt. Bei dir ist ja in absehbarer Zeit nicht damit zu rechnen.«

Ich wollte erwidern, dass mir das sehr recht ist, dass ich überhaupt noch keine Lust habe, mich zu binden, doch da sprach sie schon weiter. »Aber deinetwegen mache ich mir keine Gedanken. Du warst schon immer sehr selbstständig. Schon im Kindergarten, als du darauf bestanden hast, dir selbst die Schuhe zuzubinden. Weißt du das noch?« Sie gab mir keine Gelegenheit zu gestehen, dass ich mich nicht daran erinnerte – immerhin war ich damals erst drei Jahre alt gewesen –, sondern fuhr ohne Pause fort: »Nein, Gott sei Dank gibt es mit dir keine Probleme. Nur Jonathan ist ein Sorgenkind. Es sind immer die Jungen, die einem das Herz schwer machen.«

»In deinem Fall Männer«, korrigierte ich.

»Da hast du Recht.« Sie schenkte uns Tee nach und ließ sich dann mit ihrem Stuhl gefährlich weit nach hinten kippen, um die Keksdose von der Anrichte zu angeln. Sie hob den Deckel ab, nahm sich einen Doppelkeks mit Vanillecremefüllung und schob mir die Dose hin. Ich entschied mich für eine Ingwerwaffel und setzte den Deckel, so fest es ging, wieder auf.

»Ja«, sinnierte Mum, »Jungen sind immer schwieriger. Bei dir wusste ich schon, als du zum ersten Mal die Augen aufmachtest, dass du zurechtkommen würdest. Jonathan war ganz anders. So verschlossen. Als du klein warst, wich er dir kaum von der Seite. Weißt du das noch?« Ehe ich antworten konnte, dass ich damals ein Krabbelkind gewesen war und meine »Erinnerungen« an diese Zeit aus ihren Erzählungen bestünden, ging es auch schon weiter. »Ja, er folgte dir überallhin und beobachtete dich fasziniert. Weißt du das noch?«

Ich hatte genug von diesem Spiel und erwiderte ungeduldig: »Ach Mum – ich bin sicher, dass viele große Brüder von ihren kleinen Schwestern fasziniert sind.«

Sie schaute mich gekränkt an, und ich überlegte mir gerade, wie ich sie wieder versöhnen könnte, als sie plötzlich nickte. »Wahrscheinlich ist es so.«

Sie lehnte sich zurück und schaute an mir vorbei, und ich erkannte an ihrem Augenausdruck, dass sie in Gedanken in unsere Kinderzeit zurückwanderte. Ich denke manchmal, dass sie wünscht, wir wären so klein geblieben, vollkommen abhängig von ihr, zu ihr aufblickend, als sei sie eine Göttin oder so was, überzeugt, dass sie alle Probleme lösen könne, und noch nicht fähig, ihre Schwächen zu erkennen.

Ich war gekommen, um ihr von dem unheimlichen Anrufer zu erzählen, doch jetzt beschloss ich, es zu lassen. Einerseits hätte es mir gut getan, wenn sie sich zur Abwechslung auch mal um mich gesorgt hätte, aber andererseits wollte ich das Bild, das sie von mir hatte, nicht zerstören. Außerdem würde sie meine Befürchtungen wahrscheinlich sowieso nicht begreifen und mir sagen, ich solle nicht so zimperlich sein, sicher machten sich da nur ein paar Kinder oder eine Freundin einen schlechten Scherz. Und so hörte ich ihr zu, wie sie von dem Baby erzählte, das die Tochter ihrer Nachbarin bekommen hatte und das noch im Brutkasten lag, weil seine Lungen nicht selbstständig arbeiteten, und ihr Gesicht war dabei voller Kummerfalten vor lauter Sorge um das hilflose kleine Wesen, und sie sagte immer wieder, wie Leid ihr die junge Mutter täte, die jetzt so viel durchmachen müsse.

Irgendwann verließ ich das Haus nach einer großen Portion übrig gebliebener Schäferpastete von gestern, ohne mein Problem mit einem Wort erwähnt zu haben, und war so erschöpft, als hätte ich den ganzen Tag Kohlen geschippt. Meine Beine waren so schwer, dass jeder Schritt zur Strapaze wurde, und ich hatte nur noch den Wunsch, unter meine Bettdecke zu kriechen und bis zum nächsten Morgen durchzuschlafen.

4

Eigentlich hätte ich mich mit dem Marston-Street-Projekt beschäftigen müssen, denn Anthony wollte nachmittags etwas dazu hören. Im Büro war es heute ruhig, und auf meinem Schoß lag, im Schutz der Schreibtischplatte, aufgeschlagen Sophies Notizbuch.

Ich hatte zwar bisher der Versuchung widerstanden, darin zu lesen, anstatt meine Arbeit zu tun, doch mehr als die Überschrift »Betrifft: Marston-Street-Projekt, Bauphase 1« stand noch immer nicht auf dem Bildschirm meines Computers. Ich vergrößerte den Abstand zwischen den einzelnen Wörtern, fettete und unterstrich sie, überlegte es mir dann jedoch anders und nahm die Unterstreichung wieder weg. Ich stellte den Text in die Mitte und erwog, eine andere Schrift zu nehmen, von der Times-New-Roman auf Arial oder Helvetica umzuschalten, schob die Entscheidung dann aber auf.

Sophie hatte an jenem letzten Morgen im Bus etwas in ihr Notizbuch geschrieben. Vielleicht enthielt dieser Eintrag einen Hinweis auf das, was sie vorgehabt hatte. Wenn das der Fall war, konnte ich herausfinden, wo sie war, und ihren Freunden sagen, ob sie gesund und munter war. Ich malte mir aus, wie Jamie mir dankbar die Hand schüttelte, mich an seinen Tisch einlud, mir ein Bier spendierte, und alle seine Freunde mich herzlich willkommen hießen.

Ich nahm meine tatenlosen Hände von der Tastatur

und ließ sie unter der Schreibtischplatte verschwinden, wo ich die Fingerspitzen über die durch den Kugelschreiberdruck welligen Seiten gleiten ließ, bis ich zu einer glatten Seite kam. Ein prüfender Blick zu den Schreibtischen zeigte mir, dass die Damen allesamt in ihre Arbeit vertieft waren. Ich wollte gerade zu lesen anfangen, als von oben ein »Hallo, Pete« kam, das mich derart zusammenfahren ließ, dass ich mit einem Knie gegen die Unterseite der Schreibtischplatte schlug. Viel schlimmer war jedoch, dass das Notizbuch hörbar auf dem Boden landete.

Mit hochrotem Kopf – ich spürte, wie mir das Blut ins Gesicht schoss – schaute ich auf und stotterte: »Anthony! … Ich war gerade …«, doch dann gab ich den Erklärungsversuch auf, zwang mich zu einem Lächeln und rieb mir das schmerzende Knie. »Du hast mich erschreckt.«

»Tut mir Leid«, sagte er, grinste und zog sich einen Stuhl heran.

»Es geht um die Marston Street.«

»Ich war gerade dabei, mir die Unterlagen anzusehen«, griff ich meinen Satz von vorher auf und deutete auf den Ordner, der offen neben meinem Computer lag.

»Aha.« Anthony saß vor meinem Tisch, die Beine gespreizt, die Ellbogen auf den Knien, die Hände übereinander gelegt, und lächelte an mir vorbei eines der Mädchen an. Es wäre mir albern vorgekommen, mich umzudrehen, um zu sehen, mit wem er flirtete. »Könnten wir uns ein bisschen früher treffen?« Die Frage galt mir. »Ich muss danach nämlich noch meinen Wagen in die Werkstatt bringen. Das hatte ich total vergessen. Mit der Kupplung stimmt was nicht.«

»Geht klar«, antwortete ich, »kein Problem«, obwohl ich keine Ahnung hatte, wie ich in noch kürzerer Zeit mit der Arbeit fertig werden sollte. Aber ich musste es irgendwie schaffen, denn ich würde nicht zulassen, dass er Grund hätte, mich Malcolm gegenüber zu kritisieren.

»Sehr gut.« Erst als er aufstand, kehrte sein Blick zu mir zurück. »Sagen wir um zwei?«

»Okay.«

Er nickte mir zu und verließ, von unterdrücktem Gekicher begleitet, das Büro. Ich tauchte unter meinen Schreibtisch, hob Sophies Notizbuch auf und legte es in die oberste Schublade. Angesichts der neuen Terminplanung hatte ich jetzt wirklich keine Zeit, mich damit zu befassen.

5

Alison war schon zu Hause. Sie saß mit aufgeschlagenen Ordnern am Esstisch und lächelte mir zu, als ich an ihr vorbeiging, um die Milch und das Brot einzuräumen – als ordentlicher Mensch räumte ich Einkäufe immer sofort weg –, und ich küsste sie zur Begrüßung auf den Scheitel. Der fruchtige Duft ihres Shampoos stieg mir in die Nase.

»Möchtest du Tee?«, fragte ich.

»Ja, danke.« Sie legte ihren Kugelschreiber aus der Hand und lehnte sich zurück, als ob sie schon lange gearbeitet hätte und eine Pause bräuchte.

Als der Tee fertig war, goss ich ihn in zwei Becher, stellte den einen vor sie hin und setzte mich mit dem anderen ihr gegenüber. »Wie war dein Tag?«

»Hektisch wie üblich.«

Ich nippte an dem heißen Tee. Sie erzählte mir von den neuesten Rundschreiben der Geschäftsleitung und wie viel zusätzliche Arbeit jetzt auf sie zukäme. Ich erzählte ihr, dass Anthony unserer Besprechung vorverlegt hatte, und sie schüttelte missbilligend den Kopf.

»Was ist?«, wollte ich wissen.

»Du solltest nicht so mit dir Schlitten fahren lassen.«

Ihr Ton überraschte mich. »Das tut doch keiner.«

»Natürlich! Deine Mittagspause musste doch dran glauben, oder?«

»Ja, das schon – aber es war meine Entscheidung.«

Sie verzog ironisch den Mund, und ich setzte hinzu: »Ach, komm – du weißt doch, wie es ist. Ich muss Einsatz zeigen, wenn ich SPO werden will.«

»Vergiss es«, schloss sie das Thema mit einer Geste ab, die einen Unmut ausdrückte, den ich nicht begriff.

»Ich sollte dich weiterarbeiten lassen«, sagte ich mit einem Blick auf die Ordner.

»Nein, nein«, widersprach sie und zog die Hand zurück, die sie nach einem davon ausgestreckt hatte.

»Ich hätte ein schlechtes Gewissen, wenn ich dich aufhielte«, beharrte ich auf meiner Meinung und stand auf.

»Hast du den Wagen sauber gemacht?«, fragte sie plötzlich. Ich hatte mich bereits zum Gehen gewandt. Jetzt drehte ich mich wieder um. »Ja«, antwortete ich. »Es war dringend nötig, und ich weiß ja, wie beschäftigt du bist.«

Sie seufzte gereizt. »Ich wünschte, du hättest es nicht getan. Ich brauche die Unordnung.«

»Wie meinst du das?«

»So, wie ich es sage.«

»Aber es war ein Saustall!«

»Du übertreibst wie üblich.«

Allmählich wurde auch ich gereizt. »Ich wollte dir einen Gefallen tun.«

»Das hast du aber nicht getan. Ich bin nicht so penibel wie du – für mich ist es wichtig, mich auszubreiten. Hier im Haus kann ich das nicht – darf ich es dann nicht wenigstens im Auto? Ist das zu viel verlangt?«

Sie hatte sich in eine abstoßende Hysterie hineingesteigert, und so beschloss ich, nicht noch Öl ins Feuer zu gießen. »Es tut mir Leid«, entschuldigte ich mich, doch mein Ton verriet, dass meine Zerknirschung nicht echt war.

Sie musste erkannt haben, wie unangemessen ihre Erregung war, denn als sie sagte: »Ich möchte doch nur ein bisschen Raum für mich«, klang es fast kleinlaut.

»Okay«, lenkte ich ein, und diesmal meinte ich es ehrlich. »Okay. Es tut mir Leid. Ich werde den Wagen nicht mehr anrühren.«

Ich ging mit meinem Becher ans andere Ende des Zimmers, schaltete den Fernseher ein und setzte mich. Ich spürte, dass Alison mich ansah, trotzdem starrte ich unverwandt auf den Bildschirm, wo in den Lokalnachrichten über einen leukämiekranken Jungen berichtet wurde, dessen teurer Roller aus dem Garten gestohlen worden war.

»Sei doch nicht so, Pete«, sagte sie schließlich.

»Wie bin ich denn?« Ohne sie anzusehen, nippte ich an meinem Tee.

»Kindisch.«

»Ich bin kindisch? Du hast dich kindisch aufgeführt, weil ich den Wagen sauber gemacht habe.«

Jetzt interviewte ein Reporter die Mutter des Jungen. Sie saß mit ihrer kleinen Tochter auf dem Schoß auf der Sofakante und schilderte, wie unglücklich Craig über den Verlust sei, während das kleine Mädchen mit schmutzigen Händen die langen Haare der Mutter zerzauste. Die Vorstellung, dass sie das bei mir täte, jagte mir einen Ekelschauer über den Rücken.

»Großer Gott«, beendete Alison meine Phantasie, »ich habe dich lediglich gebeten, den Wagen nicht mehr sauber zu machen. Ich verstehe nicht, wie du dich so darüber aufregen kannst.«

»Ich rege mich nicht auf.«

Sie seufzte, und als ich verstohlen zu ihr hinüberschaute, sah ich, dass sie sich wieder an die Arbeit gemacht hatte. Ich beobachtete sie eine Weile, und sie spürte meinen Blick bestimmt genauso, wie ich vorher ihren gespürt hatte, doch auch sie ließ es sich nicht anmerken.

Ich zappte mich mittels der Fernbedienung durch die Kanäle, bis ich auf die Landesnachrichten stieß, doch es war mir nicht möglich, mich auf die Berichte zu konzentrieren. Alle Muskeln meines Körpers waren angespannt, und ich registrierte jede Bewegung von Alison mit einem Kribbeln, als sendete sie elektrische Impulse aus. Nach ein paar Minuten stand ich derart »unter Strom«, dass ich einen Kurzschluss befürchtete. Also stand ich auf, machte den Fernseher aus und erklärte um äußerliche Gelassenheit bemüht: »Ich gehe ein Stück spazieren.«

»Gute Idee«, erwiderte sie in gekünstelt-fröhlichem Ton. »Bis später dann.«

Ich hatte mich in einen ruhigen Pub setzen und bei einem Bier Sophies letzten Eintrag lesen wollen, doch als ich im Flur mein Jackett vom Haken nahm, fiel mir ein, dass ich das Notizbuch in meiner Schreibtischschublade im Büro vergessen hatte. Das Wetter lud geradezu zu einem Abendspaziergang ein, und so bummelte ich die Vernon Road hinunter, wanderte durch die Wohnsiedlung zum Bulwell Golfplatz. Feierabend-Golfer bewegten sich paarweise den sanften Hang hinauf, vorbei am

Golden Balls Pub mit seiner Terrasse und den Garten-
tischen und Bänken, von wo aus man auf den kurz ge-
schorenen Rasen blicken konnte. In der Ferne sah ich
Golfer mit ihren Schlägern ausholen und Kinder auf
dem holprigen Weg Rad fahren, der an dem Golfgelän-
de entlangführte, und Leute, die ihre Hunde ausführten.

Ich stellte es mir schön vor, einen Hund zu haben,
einen treuen Gefährten an meiner Seite, mit dem ich die
Natur durchstreifte, der mir einen Grund gab, früh am
Morgen das Haus zu verlassen, wenn die Luft noch
frisch und sauber war, bevor die Stadt erwachte und sie
verpestete. Wenn ich einen Hund hätte, könnte ich mit
ihm hierher gehen und ihn Stöckchen apportieren lassen, und ich würde mit anderen Hundebesitzern ins Gespräch kommen. Ich wäre in meinem Viertel bekannt
und würde von allen gegrüßt. Der Gedanke gefiel mir.

Als ich mich der Kuppe des Hügels näherte, malte
die untergehende Sonne die Schäfchenwolken mit ihren
Strahlenpinseln rosa und orangefarben an. Oben angekommen, drehte ich mich um und schaute, von der weichen Abendbrise gestreichelt, auf die Stadt hinunter, das
Häusermeer, das Straßengewirr, die Parks und Gärten,
die Büro- und Wohntürme im Zentrum, die Fabrikgebäude und Lagerhäuser aus Backstein und die Burg auf
ihrem gelben Felsen.

Irgendwann war das alles einmal von Leuten geplant worden, die Straßenführung, die Grünanlagen, die
Schulen, die Einkaufszentren und jedes einzelne Haus.
Kaum zu glauben, dass es dort einmal nur Wiesen, Wei-
deland und Wälder gegeben hatte, bis Menschen sich
ansiedelten und die Stadt wie ein Bakterium in einer

Petrischale wuchs, sich wie ein Krebsgeschwür in das gesunde Gewebe der Natur hineinfraß.

Die Regierung behauptete, die Ausbreitung gezielt zu planen, Strategien zur Rettung des Grüngürtels und der durch die Industrie gefährdeten Gebiete anzuwenden, ganzheitlich zu denken, um zu einer ganzheitlichen Einschätzung zu gelangen, ganzheitliche Lösungen für die vielschichtigen Probleme zu finden, die die vielschichtigen neuen Aspekte mit sich bringen. Es fanden Konsultationen statt, es wurden Analysen erstellt, Gutachten verfasst, Bebauungspläne verworfen, wieder neu erstellt, Empfehlungen erwogen, und all das dauerte Monate und erschien mir als reine Augenwischerei, die dazu dienen sollte, die Tatsache zu verschleiern, dass nicht die Regierung bei alldem das Sagen hatte, sondern die Privatwirtschaft – Firmen, die leer stehende Lagerhäuser und Fabrikgebäude aufkauften und Studenten-Appartements oder elegante überteuerte Lofts daraus machten – Lofts waren gerade die große Mode –, die sie für astronomische Miet- und Kaufpreise an den Mann zu bringen hofften. Und es wurde drauflosgebaut und mehr gebaut, als gebraucht wurde.

Auf meinem Schreibtisch lagen die Bauanträge; die Innenstadt wurde gänzlich saniert; die Tramtrasse war eine Trümmerlandschaft mit abgesperrten Straßen; man stürzte sich Hals über Kopf in alle möglichen Projekte, ohne an die Zukunft zu denken. Die Ausgaben der Kommune sind die schnellstwachsenden des Landes, während Löhne, Mieten und das Erziehungssystem auf den Knien liegen. Ich hatte den Eindruck, dass man bei dieser Hektik die gesunde Entwicklung vergaß.

Unkontrollierter Fortschritt ist kein Fortschritt – er muss gelenkt, dirigiert, kontrolliert in die richtige Richtung gelenkt, beobachtet werden.

Aber ich war altmodisch. Zentralistische Planung ist out, nicht modern. Was immer die Quangos, diese Verantwortlichen ohne Rechenschaftspflicht gegenüber der Öffentlichkeit, über Partizipation und Konsultation sagen, der Privatsektor hat das Sagen.

Wahrscheinlich war das der Grund dafür, dass Anthony befördert wurde und ich nicht. Ich war sogar davon überzeugt. Als man mich in dem Auswahlgespräch nach meiner Meinung über die derzeitigen Sanierungs- und Modernisierungsmaßnahmen fragte, sagte ich sie ihnen. Als ich das Interesse in ihren Augen erlöschen sah, hätte ich das Thema augenblicklich abwürgen müssen, doch ich musste mein Lamento ja unbedingt fortsetzen, dass die Privatisierung überhand nähme und die städtischen Verantwortlichkeiten im Schwinden begriffen seien. Ich weiß noch, dass ich darüber sprach, wie sinnvoll ein Straßenbahnnetz sei, und dass eine Stadt im 21. Jahrhundert öffentliche Transportmittel, die den Bedürfnissen des 21. Jahrhunderts gerecht würden, brauche und wie sinnvoll ein Verkehrsverbund mit optimaler Streckenführung für Mensch und Umwelt sei – doch auch dieser verzweifelte Versuch, auf die positiven Vorhaben im Zeitalter der Partnerschaft mit privaten Bauträgern, Finanziers und Betreibern umzuschalten, konnte mir keine Sympathien mehr einbringen.

Als ich schweißgebadet den Raum verließ und gerade meine Krawatte zurechtrücken wollte, sah ich Anthony vor der Tür sitzen, ließ die Hand sinken und lächelte ihn stattdessen scheinbar gelassen an. Er forschte in meinem Gesicht nach einem Hinweis auf den Ausgang des Auswahlgesprächs, doch ich ließ ihn im Ungewissen. Er sollte wenigstens noch ein paar Minuten zappeln – das musste ich mir einfach gönnen. Jeder wusste, dass wir die beiden einzigen ernsthaften Kandidaten für den Posten waren. Es kamen zwar auch noch ein paar Externe infrage, aber es wurde allgemein angenommen, dass jemand genommen würde, der mit den laufenden Planungen vertraut war und gleich loslegen könnte. Als ich den Flur hinunterging, war mir klar, dass die Wahl auf ihn fallen würde. Er war ein gewiefter Bursche und würde denen da drin genau das sagen, was sie hören wollten – und damit hätte er die Beförderung in der Tasche.

Später erfuhr ich, dass er Privatisierung und Unternehmergeist beschworen, Loblieder auf die Sanierung des Kanalviertels und die Lace-Market-Renaissance gesungen und den Beginn des Zeitalters der Partnerschaft offentlicher und privater Unternehmen angekündigt hatte. Eigentlich hätte ein Dinosaurier wie ich erst gar nicht gegen ihn antreten sollen.

Aber ich gab mich noch nicht endgültig geschlagen. Ich weiß, meine Vorstellungen von Raumordnung mögen unmodern sein, aber mit den Meinungen der Verwaltungen ist es wie mit der Mode. Irgendwann würden die alten Werte wieder hervorgekramt und als retro-chic zu neuen Ehren kommen wie die Schlaghosen – und dann wäre plötzlich ich mit meiner Ideen-Garderobe up to date.

Es ist alles eine Frage der Entwicklung, der Vorausschau, des Denkens in Alternativen und Kontingenzen.

Ich war am anderen Ende des Golfplatzes angekommen, wo die Hauptstraße vorbei und weiter zur M1 führte, und machte kehrt. Ich hoffte, dass Alison sich inzwischen beruhig hatte. Wenn nicht, würde ich – als Anhänger des Spruchs »Alles fließt – alles ist in unaufhörlicher Bewegung« – ein ausführliches Bad nehmen.

Mit einer Beziehung verhält es sich wie mit der Raumplanung – auch sie durchläuft einen Entwicklungsprozess, der auf ein bestimmtes Ziel hinsteuert. Wir haben nie darüber gesprochen, doch ich glaube, für Alison besteht das Ziel unseres Zusammenlebens in einer weißen Hochzeit und Kindern, also dem vollen traditionellen Programm. Ich glaube sogar, dass ihr ganzes Leben von jeher auf dieses Ziel ausgerichtet war. Allerdings muss ich sagen, dass sie sich damit für einen vernünftigen und logisch aufgebauten Entwicklungsprozess entschieden hat.

Vielleicht hatte Sophie ursprünglich auch einen so präzise vorgezeichneten Weg im Auge – bis sie eines Tages aus der Routine ausbrach. Das Undenkbare zum Denkbaren machte, zeigte, dass es jederzeit möglich ist, eine Alternative zu wählen, Veränderungen vorzunehmen. Ich möchte unbedingt herausfinden, was sie dazu bewogen hat. Diesen Gedanken habe ich ständig im Hinterkopf.

19. April

Heute früh in der Teamkonferenz saßen Julie, Amy und ich an einem der hintersten Schreibtische und spielten Wörter-Bingo. Die Fachausdrücke schwirrten nur so durch die Luft. Eigentlich hätten wir uns Notizen zu der neuen Anrufer-Warteschlangen-Software machen sollen, aber stattdessen warteten wir gespannt darauf, dass Marion uns den zum Gewinn bestimmten Begriff »kundenorientierte Stimmerkennungs-Computerschnittstelle« liefern würde, laut dem *Call-Centre-Magazin* die Zukunft der Telefondienste. Sie tat uns den Gefallen nicht, aber wir hatten viel zu kichern, und darum geht es ja eigentlich bei dem Spiel.

Leanna fragte wieder, ob jemand mit ihr den Platz tauschen würde. Das tut sie nun schon seit Wochen. Sie behauptet, dass die warme Luft, die neben ihr aus dem Heizungsschacht strömt, ihr Kopfschmerzen macht, doch ich bin sicher, dass sie nur Aufmerksamkeit erregen will. Aber Marion gab ihre Bitte an uns weiter, und plötzlich kam mir der Gedanke, dass ich auf diese Weise vielleicht dem Atmer entkommen könnte, der noch immer jeden Tag für kostbare Zeit meine Leitung blockiert. Also meldete ich mich, und Marion genehmigte den Tausch. Das bedeutet zwar, dass ich nicht mehr neben Julie sitzen werde – sie war deswegen auch ganz schön sauer auf mich –, aber jetzt habe ich vielleicht die Chance, festzustellen, ob der Atmer seine Anrufe einstellt, wenn sich unter meiner Nummer plötzlich eine andere Stimme meldet – und ich habe vielleicht die

Möglichkeit, doch noch mein Monatspensum zu erfüllen und mir meinen Bonus zu sichern.

Leanna entfernte den Teddy, den sie mit Klettband seitlich an ihrem Monitor befestigt hatte, und nahm die pelzigen Pokemon-Figuren mit, die ihre Posteingangskörbe bewacht hatten. Alle meine Kolleginnen versuchen ihren Arbeitsplatz »wohnlich« zu gestalten – ich finde Topfpflanzen, mit Fotos von Kindern, Haustieren und Partnern gepflasterte Posteingangskörbe und »Man muss nicht verrückt sein, um hier zu arbeiten, aber es hilft«-Sprüche oder »Arbeit ist ein unanständiges Wort«-Sticker albern und irritierend.

Den ganzen Tag wartete ich darauf, dass der Atmer bei Leanna anrief. Natürlich war es gemein von mir, sie ungewarnt ins offene Messer laufen zu lassen, aber ich musste doch wissen, ob der Anrufer es speziell auf mich abgesehen hatte. Kurz nach dem Mittagessen, seiner üblichen Zeit, rief Leanna mich auf meinem neuen Platz an und sagte, sie habe ein Gespräch für mich in der Leitung. Bevor ich fragen konnte, wer dran sei, hatte sie es durchgestellt, und ich hörte – nichts. Ich wollte gerade anfangen, alle mir bekannten Schimpfwörter herunterzurattern, als sich Mum meldete. Ich war so erleichtert, dass mir schwindlig wurde und ich mich am Schreibtisch festhalten musste, um nicht vom Stuhl zu kippen.

Vielleicht habe ich es ja tatsächlich geschafft, den Atmer abzuschütteln. Vielleicht ist er auch zu dem Schluss gekommen, dass sein Scherz sich totgelaufen hat. Wie auch immer – ich hoffe, die Sache ist ausgestanden.

6

Ursprünglich hatte ich ja zuerst den letzten Eintrag lesen wollen, doch später beschloss ich, mir nicht die Spannung zu nehmen. Als die Frauen nach dem Mittagessen ins Büro zurückkehrten, legte ich Sophies Notizbuch wieder in meine Schreibtischschublade. Ich hatte ein Bingo-Gitter auf meinen Block gezeichnet und amüsierte mich in den nächsten Minuten damit, die Fach- und Schlagwörter, die von der Schnatterversammlung herüberwehten, in die entsprechenden Kästchen einzutragen, wobei ich daran dachte, wie schnell sie voll wären, wenn ich einem Gespräch zwischen Anthony und Malcolm lauschte. Ich hätte beinahe laut aufgelacht, doch ich verkniff es mir, denn es wäre für beide Seiten peinlich gewesen, wenn ich die Aufmerksamkeit auf mich gezogen hätte. Für die Mädchen, weil es ihnen bewusst gemacht hätte, dass sie mich wieder einmal nicht in den Pub mitgenommen hatten, und für mich, weil es so ausgesehen hätte, als wollte ich es ihnen bewusst machen.

Alison fand es unhöflich, dass sie mich niemals aufforderten, mich ihnen anzuschließen, doch ich war froh darüber. Erstens trinke ich tagsüber nicht gerne Alkohol, weil mir schon der erste Schluck in den Kopf steigt und ich dann nicht mehr richtig arbeiten kann – als Einziger in der Runde Kaffee oder Cola zu trinken, wäre mir jedoch albern erschienen – und zweitens hätten mich die typisch weiblichen Gesprächsthemen, um die ich es auch im Büro mit einem halben Ohr gehen hörte, entweder nicht interessiert oder verlegen gemacht. Und drittens bin ich ein Mensch, der Verbrüderung am Arbeitsplatz nicht schätzt. Anthony war da ganz anders. Er redete mit den Frauen, wie sie miteinander redeten. Mir liegt das nicht – und außerdem finde ich es unehrlich. Ich war überzeugt, dass er mit keiner von ihnen außerhalb des Büros auch nur ein Wort wechseln würde.

Die Damen machten keine Anstalten, an die Arbeit zu gehen. Normalerweise hatte ich nichts gegen ein wenig »Hintergrundmusik«, aber heute fiel es mir schwer, mich zu konzentrieren, und so wäre ich für Stille dankbar gewesen.

In einigen Abteilungen der Stadtverwaltung herrschte absolutes Redeverbot, wie ich gehört hatte. Dort musste es sein wie in einer öffentlichen Bibliothek – oder wie in einer Kirche. Wahrscheinlich waren das die Stellen, die mit sensiblen nationalen Geheimnissen befasst waren oder mit Budgetangelegenheiten, bei denen ein Rechenfehler unser Land in eine zehnjährige Rezession stürzen konnte. Ich trug gerne meinen Anteil an der Verantwortung, aber ein so großer hätte mich geängstigt.

Die Frauen unterhielten sich über Urlaubsreisen. Ich schaute verstohlen zu ihnen hinüber, während ich den Erlebnisberichten und Planungen lauschte. Unter diesen Umständen war nicht daran zu denken, mit meinem Beitrag zum Marston-Street-Projekt weiterzukommen. Also beschloss ich, wenigstens ein paar Telefonate zu erledigen. Ich wählte die Nummer des Grundbuchamts. Als es am anderen Ende der Leitung zu klingeln begann, brachen die Damen plötzlich in schallendes Gelächter aus.

»Hallo? Wer spricht da?«, fragte eine ärgerliche Frauenstimme. Bei dem Lärm hatte ich nicht mitbekommen, dass das Klingeln verstummt war. Ich setzte an, um mich zu melden und mich dafür zu entschuldigen, dass ich es nicht gleich getan hatte, doch irgendetwas hielt mich davon ab.

»Hallo?« Jetzt war die Stimme noch ärgerlicher.

Sie gehörte Anne-Marie, meiner üblichen Ansprechpartnerin. Bis heute hatte ich sie nur leise und sanft gekannt, und es erschreckte mich, sie auf einmal so ganz anders zu hören. Die Frage schoss mir durch den Kopf, ob Sophies »Atmer« die Veränderung ihrer Stimme wohl ebenso empfand – ob er es vielleicht sogar darauf anlegte, sie zu erleben.

»Ich lege jetzt auf«, erklärte Anne-Marie.

Die Verbindung wurde unterbrochen. Ich legte meinerseits auf und starrte auf das Telefon hinunter, während eine zweite Gelächterwelle zu mir herüberschwappte. Als sie verebbt war, startete ich noch einen Versuch. Diesmal meldete ich mich sofort. »Hallo, Anne-Marie. Hier ist Peter von der Stadtplanung.« Sie begrüßte mich fröhlich, und ich sagte: »Ich habe es gerade schon mal probiert, aber mein Apparat spinnt ab und zu. Darum weiß ich gar nicht, ob ich zu Ihnen durchgekommen war.«

»Ach, so war das.« Sie lachte. »Und ich dachte, da wollte mich jemand veralbern.« Auch ich lachte. Dann kam ich zum Thema. Es war wirklich nicht meine Absicht gewesen, Fleiß zu demonstrieren, aber es musste so gewirkt haben, denn als ich nach der Beendigung des Gesprächs in die Runde blickte, saßen meine Kolleginnen über ihre Arbeit gebeugt.

Mein erster Impuls war, ihnen zu sagen, dass ich wohl lauter gesprochen hatte als sonst, aber ganz unabsichtlich, und dass keinesfalls ein Hinweis auf die Beendigung der Mittagspause in der Stimme gelegen hatte, doch dann überlegte ich mir, dass ich mich damit nur lächerlich machen würde. Ich nahm den Hörer ab und wählte die nächste Nummer auf meiner Liste.

23. April

Wer zum Teufel ruft mich da an? Und warum auch zu Hause? Ich bin schon halb krank vor Angst. Wie ist er an meinen Nachnamen gekommen? Ist es jemand, den ich kenne? Wie kann mir jemand, den ich kenne, das antun? Ich werde mir einen Anrufbeantworter zulegen. Dann höre ich, wer dran ist, und nehme einfach den Hörer nicht mehr ab, wenn sich keiner meldet. Vielleicht gibt er dann ja auf.

Der erste Anruf zu Hause war der Horror. Im Büro bin ich wenigstens unter Menschen, und die Sicherheitstür verhindert, dass ein Unbefugter reinkann, aber hier bin ich ganz allein. Nachdem ich aufgelegt hatte, zog ich alle Vorhänge zu und rüttelte regelrecht an meiner Wohnungstür, um sicherzugehen, dass sie verschlossen war. Ich werde mir einen Riegel besorgen – so einen, der über die gesamte Breite der Tür reicht und rechts und links davon in Mauerhaken liegt.

Ich traute mich nicht, Licht zu machen, und so saß ich im Dunkeln und hörte vor Angst zitternd zu, wie das Telefon klingelte. Jedes Mal, wenn es aufhörte, hoffte ich, dass jetzt Ruhe wäre, aber es fing immer wieder an. Ich kam mir vor wie ein Tier in einer Falle. Die Welt um mich herum hörte auf zu existieren – es gab nur noch dieses Zimmer, in dem die Klingeltöne wie knochige Finger auf der Suche nach mir herumstocherten.

Lange Zeit wagte ich nicht einmal aufzustehen, weil ich fürchtete, er könnte es trotz der Finsternis sehen – so was Albernes! –, aber schließlich hielt ich es nicht mehr aus. Ich sprang auf und rannte los. Ich musste rennen, sonst hätte mich der Mut verlassen und ich wäre nie die Treppe raufgekommen, sondern irgendwo unterwegs wie angewurzelt stehen geblieben. Eigentlich hatte ich ein Bad nehmen wollen, aber nackt in der Wanne zu liegen, während die Klingelfinger nach mir stocherten, mochte ich mir nicht einmal vorstellen. Ich legte mich sogar angezogen ins Bett. Zuerst versteckte ich mich unter der Daunendecke, aber dann fiel mir ein, dass ich so ja nicht hören konnte, wenn jemand in die Wohnung käme – wobei ich keine Ahnung hatte, was ich in dem Fall tun sollte –, und darum machte ich meinen Kopf frei. Irgendwann hörte das Klingeln auf, aber ich konnte trotzdem nicht einschlafen, weil es in meinem Kopf rotierte. Wer konnte das sein, der mich da terrorisierte? Es musste jemand sein, der mich kannte. Wer sollte sonst auf so eine Idee kommen? Aber wer, der mich kannte, käme auf so eine Idee?

Ich lag da und starrte an die Decke und dachte, ich halte das nicht mehr aus! Als ich das das letzte Mal gedacht hatte, war ich aufgestanden und gegangen. Einfach gegangen. Warum glaube ich jetzt, dass ich das nicht kann? Ich habe mich immer für stark gehalten, für unabhängig, mutig, jeder Situation gewachsen. Und plötzlich liege ich zitternd in meinem Bett, weil das Telefon klingelt, und fühle mich hilflos und jämmerlich.

Damals erschien es mir so einfach. Ich packte meine Sachen und ging und dachte, das neue Leben, von dem ich träumte, würde sich ganz von selbst ergeben. Ich würde endlich frei sein, nie mehr Mums Vorhaltungen hören und nie mehr sehen müssen, wie Jonathan mich ansah – als sei ich entschlossen, sein Leben zu zerstören. Ich müsste kein schlechtes Gewissen mehr haben, weil ich den Unterricht geschwänzt oder eine Prüfungsarbeit verhauen hatte, es müsste mir nie wieder peinlich sein, mich wegen eines Typs zum Narren gemacht zu haben oder durch irgendwelche Dinge, die ich sagte oder tat. Ich glaube, heutzutage könnte ich nicht mehr weglaufen, obwohl mir im Moment wirklich danach zumute ist – dazu habe ich mir zu große Mühe gegeben, mein Leben in den Griff zu kriegen. Ich hätte viel zu große Angst, dass dann alles kaputtginge, dass ich allein und pleite wäre und mich unbemerkt in dieser riesengroßen Welt verlieren würde. Ich will nicht allein sein.

Manchmal vergesse ich, wie erleichtert ich war, als Jonathan mich abholte – mich rettete, wie er es nannte, als sei ich in Gefahr gewesen. Ich war wirklich froh, ihn zu sehen, obwohl er mir die größten Vorwürfe machte, und obwohl er einer der Gründe dafür gewesen war, dass ich es zu Hause nicht mehr ausgehalten hatte. Er behauptet, dass ich mit meinem Abhauen nach Arbor Low eine Botschaft hätte rüberbringen wollen, aber ich schwöre, so war es nicht. Es wäre auch total idiotisch gewesen, denn es hörte mir ja schon keiner zu, wenn ich etwas sagte. Wie hätte ich da auf die Idee kommen sollen, mich auf diese Weise verständlich machen zu können? Als ich noch ein Kind war, hatten wir beide einen ganz guten Draht zueinander gehabt, aber das war lange her, und wir entfernten uns immer weiter voneinander. Auf der Heimfahrt in Dads Auto sagte ich immer wieder, wie froh ich sei, dass er mich geholt habe, und die meiste Zeit heulte ich. Irgendwann hielt er am Straßenrand an und nahm mich in die Arme. Ich fürchtete mich vor dem, was mich daheim erwartete, und er versprach mir, dass er mich beschützen und dass alles wieder gut werden würde. Der Mensch vergisst, sagte er. Aber er irrte sich.

Die Menschen vergessen nicht. Darum braucht man sich gar nicht einzubilden, dass man die Chance hätte, noch mal von vorne anfangen zu können. Es funktioniert nicht. Manchmal fühle ich mich wie eine Fliege, die sich in ein Marmeladenglas verirrt und nicht mitbekommen hat, dass der Deckel wieder draufgeschraubt wurde. Dann bekomme ich fast keine Luft. Und manchmal habe ich das Gefühl, als stehe ich an einem Abgrund, und auf der anderen Seite wartet mein Leben darauf, dass ich es irgendwie schaffe, zu ihm rüberzukommen.

7

Als ich abends nach Hause kam, fühlte ich mich wie durch den Wolf gedreht und war mit meinen Gedanken sonst wo, und so brauchte ich einen Moment, um zu registrieren, dass Alison offenbar im Heimwerkermarkt gewesen war, denn sie kniete am Kamin auf dem Boden und strich die Scheuerleisten.

»Das sieht aber gut aus«, lobte ich, und sie strahlte zu mir herauf. »Ich zieh mich schnell um und mache mit.«

Als ich in den Flur zurückging, klopfte es an der Haustür. Ich schloss die Wohnzimmertür hinter mir und öffnete.

Es war Jamie. »Entschuldigen Sie die Störung«, sagte er und trat, die Hände in den Taschen seiner überdimensionalen Army-Hose vergraben, von einem Fuß auf den anderen. Ich war so überrascht, ihn zu sehen, dass mir die Sprache wegblieb. »Ich wollte Sie was fragen«, fuhr er fort, und als er an mir vorbei in den Flur schaute, wurde mir klar, dass er hoffte, ich würde ihn hereinbitten.

»Ist was Wichtiges?«, rief Alison.

»Nein, nein!«, rief ich zurück, trat einen Schritt ins Freie und zog die Tür hinter mir ein wenig zu. »Wie haben Sie mich gefunden?«

»Ich sah Sie aus dem Bus steigen.«

»Sie sind mir gefolgt?«

Er zuckte mit den Schultern.

»Okay, okay«, kämpfte ich meine Verärgerung nieder. »Sie machen sich Sorgen um Sophie, nicht wahr?«

»Mmm. Die Polizei stellt jetzt Nachforschungen an. Das beruhigt mich nicht gerade.«

»Die Polizei? Glauben sie, dass ihr etwas zugestoßen ist?«

Sein Blick wanderte ab, die Straße hinunter. »Sie sagen, es sei reine Routine. Sie nehmen an, dass sie weggelaufen ist.«

»Weggelaufen?«

»Na ja – das hat sie schon mal gemacht. Wissen Sie das?« Ich nickte, und er, offensichtlich überzeugt, dass ich eingeweiht war, fuhr fort: »Ihre Familie war damals total durch den Wind.«

»Was genau passiert ist, hat sie mir nie erzählt«, ermutigte ich ihn zum Weitersprechen.

»Sie wissen doch, wie Sophie ist – manchmal kriegt sie einen Rappel. Damals hat sie einfach ihren Krankenpflegekurs hingeschmissen und sich dünne gemacht. Nach ein paar Wochen rief sie Jonathan an. Er holte sie ab, und als sie wieder da war, tat sie, als sei nichts gewesen.«

Jamie schaute auf seine Schuhe hinunter. Eine Frau schob einen Kinderwagen den Bürgersteig entlang. Die Räder quietschten leise. »Meinen Sie, sie hatte wieder einen Rappel?«, griff ich seine Formulierung auf. »Vielleicht.« Durch das Geräusch aufmerksam geworden, drehte er sich danach um. Dann wandte er sich wieder mir zu. »Werden Sie bei der Polizei anrufen und denen sagen, was Sie wissen?«

»Ich weiß doch überhaupt nichts.«

Er zog die eine Hand aus der Hosentasche und streckte mir eine zerknitterte Visitenkarte hin. Sie fühlte sich warm an – offenbar hatte er sie die ganze Zeit umklammert. »Behalten Sie sie – ich habe noch mehr davon.«

Ich hörte Alison im Haus herumrumoren und fürchtete, sie würde nachsehen kommen, wer mich da so lange aufhielt. Also sagte ich hastig: »Vielleicht fällt mir ja noch etwas ein, was ich der Polizei erzählen kann.«

Jamie befriedigte diese vage Auskunft sichtlich nicht, doch als ich die Visitenkarte einsteckte und ins Haus zurücktrat, begriff er, dass er nicht mehr bekommen würde, und wandte sich mit hängenden Schultern zum Gehen.

In der Tür zum Wohnzimmer wäre ich fast mit Alison zusammengestoßen.

»Ich wollte gerade rauskommen«, sagte sie. »Wer war denn da?«

»Ein Typ, der eine Umfrage machte.«

»Und worum ging's?«

»Um meine Meinung über die verschiedenen Stromlieferanten.« Es musste überzeugend geklungen haben, denn sie ließ sich wieder auf die Knie nieder und arbeitete weiter, wo sie aufgehört hatte. Ich schleppte mich die Treppe hinauf. Im Schlafzimmer band ich mit seltsam tauben Fingern die Krawatte ab und knöpfte mein Hemd auf.

Ich wusste, dass ich der Polizei das Notizbuch bringen sollte, aber was ich kurz zuvor im Bus gelesen hatte – über den Druck, unter dem sie stand, und ihr Gefühl, eingesperrt zu sein –, ließ es mir unrecht erscheinen, dazu beizutragen, sie in ihr Gefängnis zurückzuholen.

Es war ihr gutes Recht, selbst über ihr Leben zu bestimmen.

Wenn ich das Notizbuch zur Polizei brächte, würden noch mehr dürre Finger in ihrem Leben herumstochern, und es wäre sicher nicht in ihrem Sinne, dass ihre geheimsten Gedanken an die Öffentlichkeit gezerrt würden. Sie war schon einmal freiwillig zurückgekommen, und wenn sie so weit wäre, würde sie es auch diesmal tun. Und ich konnte sie beschützen, abschirmen, ihr eine Freistatt geben. Ich würde mich hüten, dabei mitzuhelfen, ihre Rückkehr zu erzwingen. Im Geiste sah ich sie vor mir, wie sie unter ihrer Daunendecke im Schein einer Stablampe, der ihr Gesicht gelb leuchten ließ, auf dem Bauch liegend in ihr Tagebuch schrieb. Ihre Schilderung der Empfindungen, die das Klingeln des Telefons in ihr auslösten, war so eindringlich gewesen, dass mir beim Lesen vor Beklemmung der Schweiß aus allen Poren brach. Ich fühlte mich als ihr Vertrauter, und als solcher war ich ihr Loyalität schuldig. Ich war ihr Beschützer, ihr Freund, ihr Bote, und wenn die Zeit reif wäre, wenn ich wüsste, mit welchen Worten ich es ihrem Wunsch nach tun sollte, dann würde ich den Leuten sagen, was sie sie wissen lassen wollte.

25. April

Der Trick mit dem Anrufbeantworter hat funktioniert! Der Typ muss ganz schön überrascht gewesen sein, als er plötzlich meine Bandansage hörte, anstatt mich selbst am Apparat zu haben. Das Gerät zeichnete eine geschlagene Minute lang Schweigen und kaum hörbares Atmen auf, bevor der Hörer aufgelegt wurde. Ich war zu Hause, als der Anruf kam, und hatte Mühe, mich zu beherrschen. Am liebsten hätte ich mich gemeldet und dem Kerl alle Schimpfwörter an den Kopf geworfen, die ich kannte, denn der Stille, die der Lautsprecher des Apparates in mein Wohnzimmer übertrug, zu lauschen, war, als säße der leise atmende Mann mir gegenüber – als unsichtbarer Beobachter. Ich kam mir vor wie in einem Psychothriller.

Aber seitdem ist Ruhe. Ich hoffe nur, dass ich ihm die Suppe ein für alle Mal versalzen habe. Er hat etwas in meinem Leben verändert: Ich kann Stille nicht mehr ertragen. Jamie hat mir ein paar CDs geliehen, und die spiele ich so laut, wie ich es noch nie getan habe.

Früher liebte ich die Stille. Ich fand es herrlich, einmal nicht den Großstadtverkehr zu hören, keine Fernsehgeräte durch verschlossene Türen, keine streitenden Kinder auf der Straße, keine Betrunkenen, die nachts lauthals sangen, Alarmanlagen aufgebrochener Autos und Häuser, kein Sirenengeheul und keine Polizeihubschrauber.

Wahrscheinlich fühlte ich mich deshalb immer so wohl in Arbor Low. Ich versuchte es Jamie einmal zu

71

erklären, als wir im Wagen seines Freundes in die Peaks hinausfuhren, aber er hatte keinen Sinn dafür. Alles, was er wollte, war ein Pub mit einem Biergarten, von wo er die Aussicht genießen konnte. Er sagte, ich sei viel zu ernst, ich müsse lockerer werden und meutern. Dabei tat ich das längst und bekam bereits die Auswirkungen zu spüren: Jonathan gab mir die Schuld an seinen sämtlichen Problemen, weil ich meuterte, und ich stand kurz davor, aus dem Pflegekurs zu fliegen, weil ich so locker war, dass ich mich dort kaum blicken ließ.

Trotzdem hatte ich ihn überredet, mit mir nach Arbor Low zu fahren, zu dem Steinkreis. Ich weiß nicht, wieso ich das tat. Vielleicht hatte ich damals schon, ohne es zu wissen, vor, irgendwann allein hinzufahren. Ich glaube nicht, dass ich es gewagt hätte, einfach so ins Blaue abzuhauen, ohne ein Ziel im Kopf zu haben. Aber nachgedacht habe ich darüber nicht. Ich wollte Jamie einfach meinen Lieblingsplatz zeigen, ich wollte ihn die Abgeschiedenheit spüren lassen und den Wind und die Weite der Landschaft und des Himmels. Aber er veralberte mich, nannte mich eine Bäumeumarmerin, setzte sich auf einen der Steine und schaute geringschätzig in die Runde. Ich hätte ihn am liebsten geschüttelt und angeschrien. Was hätte ihn denn beeindruckt? Was hatte er erwartet? Ich hatte ihm nicht vorgemacht, dass es ein zweites Stonehenge wäre.

Ich wandte ihm den Rücken zu und schaute von dem künstlichen Hügel zum Farmhaus hinunter. Von weitem sah es noch genauso aus, wie ich es in Erinnerung hatte, und mir wurde plötzlich klar, was ich verlieren würde, wenn Jonathan nicht aufhörte, auf mir herumzuhacken, denn ich wünschte mir, dass er daran glauben würde, dass es wieder so schön werden könnte, wie es gewesen war, als wir alle miteinander dort unten wohnten. Es war eine fröhliche Zeit gewesen, und wir hatten das Gefühl gehabt, zusammenzugehören.

Hinter mir fingen Jamie und sein Kumpel an zu kichern. Als ich mich umdrehte, sah ich, dass sie versuchten, sich einen Joint zu drehen, was bei dem Wind nicht einfach war. Ich weiß noch, dass ich so wütend wurde, dass ich ihnen das Zeug am liebsten aus der Hand geschlagen hätte. Ich ließ die beiden sitzen und machte mich hügelabwärts auf den Weg zum Farmhaus. Ab und zu trug ein Windstoß mir ihr Gelächter nach, und ich wäre beinahe umgekehrt, um ihnen zu sagen, dass sie die Klappe halten sollten, weil sie mich in meinen Erinnerungen störten. Doch dann fiel mir ein, dass Jonathan und ich genauso viel gelacht hatten – als wäre das Leben eine einzige Freude. Wir lachten, während wir über die Wiesen und durch den Hof liefen und über die Steine, und dann breiteten wir die Arme aus, sodass der Wind unsere Jacken wie Segel blähte, und taten, als flögen wir, und nach Einbruch der Dunkelheit schlichen wir uns mit einer Rum-Cola-Mischung in einer Plastikflasche aus dem Haus und tranken sie oben in dem Steinkreis und fühlten uns gleichzeitig tapfer und verrucht und beschützt. Jonathan tat am Anfang immer so, als wollte er nicht mitmachen, als habe er Angst, von Mum und Dad erwischt zu werden, aber am Ende ließ er sich dann doch jedes Mal breitschlagen, und er fand es auch aufregend, das weiß ich.

Beim Farmhaus angekommen, stellte ich fest, dass

alle Fenster mit Brettern vernagelt waren. Ich konnte nicht hineinschauen. Der Beton im Hof war glitschig, und in schmutzigen Pfützen hatten sich grüne Schlieren gebildet. Eine gesamte Wand war mit Schimmelflecken übersät, das Ziegeldach an vielen Stellen eingesunken, und der Anbau, in dem Jonathan und ich mit Dad Drachen gebaut hatten, über den Landmaschinen zusammengebrochen, die arbeitslos vor sich hin rosteten. Damals machte der Anblick mich traurig, aber heute sehe ich den Verfall anders. Er spiegelte wider, was mit unserer Familie geschah. War ich deshalb dorthin zurückgekehrt? Ich weiß es nicht. Vielleicht hatte ich mich auch nur nach der Stille gesehnt – oder vielleicht fiel mir einfach nichts anderes sein. Jetzt würde mir die Stille da draußen Angst machen. Ich fürchte mich schon, wenn ich nur an das dunkle Haus denke, an die dunkle Landschaft und an die wolkenverhangenen Nächte, die so pechschwarz waren, dass ich manchmal dachte, ich sei plötzlich blind geworden – oder es gebe auf einmal nichts mehr zu sehen.

Jamie hat nichts übrig fürs Land. Er sagt, wir seien Stadtmenschen, und ich weiß, dass er Recht hat. Ich mag die Leuchtreklamen und die Asphaltstraßen und die vielen Geschäfte, die einem alle Wünsche erfüllen, die man ohne sie gar nicht hätte, und die Pubs und Bars und Kinos. Und ich liebe es, mich in der erlebnishungrigen Menge zu verlieren.

Das Erschreckende ist, dass mich einer darin gefunden hat. Was mache ich, wenn der Telefonterror wieder losgeht, oder wenn der Typ sich etwas anderes einfallen lässt, mir zum Beispiel Briefe schreibt oder Geschenke schickt oder nachts zu meiner Wohnung hochbrüllt oder bei mir Sturm klingelt? Ich darf gar nicht darüber nachdenken, was noch alles passieren könnte – und, dass ich ihm vielleicht nicht entkommen kann. Das ängstigt mich am meisten – viel erschreckender als die Dunkelheit ist der Gedanke, dass ich vielleicht nicht allein bin in der Dunkelheit.

8

Als ich aus der Mittagspause zurückkam, saß Anthony auf meinem Stuhl, die Füße auf dem niedrigen Tisch, auf dem mein Drucker stand, die Hände verschränkt im Nacken, bequem zurückgelehnt, und unterhielt sich quer durch das Büro mit den Frauen. Sobald sie mich bemerkten, verstummten sie, und die Frauen wandten sich ihren Bildschirmen zu. Anthony nahm die Füße herunter, als ich in meiner Ecke ankam.

»Was kann ich für dich tun?«, fragte ich ihn und schob ein paar Blätter auf meinem Schreibtisch herum, um ihn nicht ansehen zu müssen.

»Wir müssen über die Marston Street reden.«

»Was gibt es denn? Ich dachte, es sei alles klar«. Ich schaute auf. Sein Grinsen war verschwunden.

»Gehen wir in mein Büro«, sagte er mit einem Lächeln an die Frauen.

»Okay«, meinte ich achselzuckend. Sein Ton ärgerte mich. Er mochte jetzt SPO sein, aber vor gar nicht langer Zeit war er noch ein simpler PO wie ich und hatte mit mir ja in diesem Großraumbüro gesessen, und ich mag Leute nicht, die vergessen, woher sie kommen. Doch natürlich folgte ich ihm den Flur hinunter zu dem Zimmer, das er eigentlich mit einem anderen SPO teilen sollte, aber der war zur Tram-Taskforce versetzt worden, und Anthony hatte sich sofort auf beiden Schreibtischen ausgebreitet. Seine Arbeit füllte an jedem Platz sofort jeden verfügbaren Quadratzentimeter aus. Ich konnte nicht begreifen, wie er es bei dem Chaos um sich herum schaffte, etwas zu erledigen oder auf dem Laufenden zu bleiben. »Setz dich«, sagte Anthony, während er auf dem an sich freien Schreibtisch einen Haufen von Papier, Ordnern und Mappen durchstöberte. Ich zog mir einen Stuhl heran. Anthony war jetzt seit sechs Monaten SPO, aber es sah aus, als hätte er das Büro eben erst bezogen und sei noch nicht dazu gekommen, sich häuslich einzurichten. In den Regalen türmten sich Aktenordner, zwischen Unterlagen stand eine Schachtel mit einem Sammelsurium von Stiften und Kugelschreibern und unter dem Fenster auf dem Boden fanden sich ein Hefter und ein Locher, und das Einzige, was an den Pinnwänden hing, waren die »Instruktionen für den Brandfall« und eine Liste mit Telefonnummern aus verschiedenen Abteilungen, zwischen die er mit Kugelschreiber weitere Namen und Nummern gekritzelt hatte.

»Ah, da ist er ja«, sagte Anthony und hielt den gelben Ordner in die Höhe, auf dessen Deckel ich in die rechte obere Ecke mit Druckbuchstaben »Marston-Street-Projekt, Phase 1« geschrieben hatte.

»Stimmt was nicht?«, erkundigte ich mich.

»Das kann man wohl sagen.« Er setzte sich und schaute mir in die Augen. »Ich dachte, du hättest dich umfassend über das Grundstück informiert.«

»Das habe ich auch.«

Er verzog den Mund. »Nun – etwas ist dir entgangen. Eine Vertragsabrede. Hier.«

Er reichte mir ein Blatt Papier aus dem Ordner herüber. Ich nahm es, überflog den Inhalt und mein Magen wurde zum Eisklumpen. Anthony hatte tatsächlich Recht! Ich hatte mich wirklich umfassend informiert, und trotzdem war mir etwas Entscheidendes entgangen. Es hatte sich darauf verlassen, dass ich so akribisch wie immer vorgehen würde, und ich hatte ihn enttäuscht. Als ich den Blick hob, begegnete ich seinem. Er zog eine Braue hoch.

»Ich weiß nicht, wie mir das passieren konnte«, beantwortete ich seine unausgesprochene Frage zerknirscht.

»Nimm's nicht zu schwer, Pete.« Er lächelte gönnerhaft. »Jeder macht mal einen Fehler.«

Ich hatte das Gefühl, dem Tod von der Schippe gesprungen zu sein, und atmete tief ein.

»Es tut mir Leid, Anthony. Ich dachte wirklich, ich hätte alle Punkte berücksichtigt.«

»Was glaubst du, wozu wir die Checkliste haben?«

Ich sparte es mir, ihm zu erklären, dass ich sie abgehakt hatte, dass ich das immer tat, und dass auch diesmal kein Punkt offen geblieben war. Stattdessen fragte ich: »Wie groß ist das Problem denn nun?«

»So groß auch wieder nicht«, erwiderte er. »Ich werde das Projekt zurückstellen, mich bei den Baufirmen entschuldigen und die Geschichte aus der Welt schaffen.«

Ich wusste nicht, was ich darauf sagen sollte, und so nickte ich nur.

»Du brauchst dich nicht darum zu kümmern«, fügte er hinzu. »Dein Schreibtisch ist voll genug mit PO-Arbeit.«

Es kostete mich Mühe, nicht unter dem Schlag zusammenzuzucken – aber ich konnte ihm in diesem Fall nicht einmal verübeln, dass er ihn mir versetzt hatte. Ich hatte einen Fehler gemacht und ihm damit die Möglichkeit eröffnet, Salz in meine Wunde zu reiben.

Als ich die Tür schon fast erreicht hatte, hielt seine Stimme mich im Plauderton auf. »Willst du es Malcolm sagen, oder soll ich das übernehmen?«

Ich drehte mich um. Er schaute mir von seinem Schreibtisch aus unverbindlich-freundlich entgegen. »Ich mache das selbst«, erklärte ich.

»In Ordnung.«

Ich ging hinaus und ließ die Tür hinter mir ins Schloss klicken. Die Tür zu Malcolms Büro stand sperrangelweit offen, doch er war nirgends zu sehen. Ich beschloss, ihn nicht zu suchen, sondern meine Beichte bis zum nächsten Morgen aufzuschieben. Mir war übel. So fühlte ich mich auch, wenn ich mitten in der Nacht aus einem Albtraum hochschreckte oder wenn ein wichtiger Ablieferungstermin drohte und mir bei dem Gedanken daran, was ich bis dahin noch alles zu erledigen hätte, der Schweiß aus allen Poren brach.

Ich stolperte zu meinem Schreibtisch zurück, ließ mich auf den Stuhl fallen und schaute, den Kopf in die Hände gestützt, auf die Arbeit hinunter, die ich mir für heute Nachmittag vorgenommen hatte. Meine Augen glitten zwar die Zeilen entlang, aber mein Gehirn registrierte nicht, was sie lasen. Ich hatte einen Fehler gemacht, einen unverzeihlichen Fehler, und es war mir nicht möglich, meinen Kopf für etwas anderes frei zu machen. Alison sagte immer, ich solle mich nicht so hineinsteigern, wenn mir so etwas passierte, aber das war eben meine Natur. Dabei wusste ich genau, dass es

nichts brachte – es hatte nun mal keinen Sinn, über ver-
schüttete Milch zu jammern. Nachdem ich eine Weile
dumpf vor mich hin gestarrt hatte, bückte ich mich
zu meinem Aktenkoffer hinunter und fischte Sophies
Notizbuch heraus. Solange ich mich damit beschäftigte,
könnte ich wenigstens keinen weiteren Fehler machen.

28. April

Das letzte Haus, das ich mir ansah, war an sich nicht übel. Es hatte große Zimmer, eine geräumige Küche und sogar einen kleinen Garten, und es war erschwinglich – aber wie bei allen anderen davor hatte ich auch dort nicht das Nachhausekommengefühl, als ich durch die Tür trat. Mum sagte, ich solle nicht so schwierig sein, schließlich könnte ich es mir ja gemütlich einrichten – und außerdem würde ich wahrscheinlich sowieso woanders hinziehen, wenn ich heiratete. Das klang, als stünde der Kandidat bereits auf der Matte, aber es gibt überhaupt keinen – und es wäre ja wohl idiotisch, wenn ich in einem Haus, das mir nicht gefiel, auf einen Mann wartete, der vielleicht nie kommen würde. Aber so ist Mum nun mal – und ständig versucht sie mir ihre Sicht der Dinge aufzuzwingen. Einer ihrer Lieblingssätze ist: »Nur wer wagt, gewinnt.« Und den brachte sie auch wieder, als ich ihr in ihrer Küche die Haare färbte.

Ich erklärte ihr zum x-ten Mal, dass die Entscheidung, eine Hypothek aufzunehmen, gut überlegt sein müsse, denn sie bedeutet eine große Verantwortung.

Sie trank einen Schluck Tee und hob den Kopf, auf dem ich gerade den Rest aus der Tube verteilte. »Kinder bedeuten eine sehr viel größere«, meinte sie mit einem Blick, den ich nur zu gut kannte. »Ich will ja gar keine Kinder«, sagte ich zum ich weiß nicht wievielten Male und wusste, schon bevor ich den Satz beendet hatte, dass ich jetzt wieder zu hören bekommen würde, wie ich heute wissen wolle, was ich mir in zehn Jahren wünschen würde oder wenn ich den Richtigen kennen lernte oder wenn meine biologische Uhr zu ticken beginne. Und Mum enttäuschte mich nicht. Wie jedes Mal erwiderte ich, dass es bis dahin noch lange hin sei, und wie jedes Mal erwiderte sie darauf lächelnd: »Ich wollte dir nur klar machen, dass man niemals nie sagen soll.« Sie glaubt, wenn sie es nur oft genug wiederholte, würde ich irgendwann weich werden und umdenken.

Mum schaute in den Garten hinaus, wo Dad mit aufgekrempelten Ärmeln die Rabatten umgrub, und fuhr fort: »Du musst einsehen, dass du unnütz Zeit vertust, wenn du den perfekten Mann suchst. Den gibt es nicht. Du musst deine Ansprüche runterschrauben.« Was sollte ich darauf sagen? Ich bin keine Romantikerin, die auf den Traumprinzen wartet, aber Mums Alternative war sogar mir zu nüchtern.

»Als ich deinen Vater heiratete«, begann sie einen weiteren altbekannten Text herunterzuspulen, »tat ich das nicht, weil er der perfekte Mann für mich war. Ich tat es, weil ich wusste, dass ich etwas aus unserer Ehe machen könnte. Du musst an deinem Leben arbeiten, Sophie.«

»Ich weiß«, nickte ich gottergeben. Sie plapperte weiter, wie froh sie darüber sei, sich für ihn entschieden zu haben, und wie froh sie darüber sei, mich und Jonathan zu haben, dass Kinder viel Mühe machten, sie es jedoch wert seien, und wie sehr sie hoffe, dass ich das auch eines Tages feststellen würde. Ich weiß nicht, wie viele Reden sie auf der Festplatte in ihrem Kopf gespeichert hat, aber allein, was mich betrifft, ist die Anzahl beträchtlich. Da gibt es unter anderem eine mit der Überschrift »Du musst dich dahinter klemmen, wenn du es zu etwas bringen willst« und eine ähnliche, die mit »Du musst aus eigener Kraft vorankommen – schieben wird dich keiner« anfängt, nicht zu vergessen ihre Auffassung von einem erfüllten Leben: hart arbeiten, heiraten, ein Haus kaufen, Kinder großziehen, in Rente gehen. Ich habe zwar eine ganz andere Vorstellung davon, aber trotzdem ein schlechtes Gewissen, weil ich Mums Auffassung nicht entsprechen will. Ich liebe Dad, aber an ihrer Stelle hätte ich mich nicht mit ihm zufrieden gegeben.

Mum kam auf das Haus in der George Street zurück. »Was passt dir denn nun eigentlich nicht daran?«, wollte sie wissen.

»Das zweite Schlafzimmer ist ziemlich mickrig«, antwortete ich lahm, denn ein echter Einwand fiel mir nicht ein.

»Das ist fast immer so«, meinte sie. »Aber das Häuschen ist hübsch und außerdem nicht weit von hier.«

Ich wusste, was sie damit sagen wollte, und versuchte, mich darauf hinauszureden, dass der Weg zur Arbeit zu weit wäre und ich in der Nähe meiner Freunde bleiben wolle und es mir außerdem nicht gefalle, an der Straßenbahnbaustelle zu wohnen. Sie hielt mir vor, dass das ja nur eine vorübergehende Belästigung sei, und allmählich gingen mir die Argumente aus. Früher sagte sie immer, alles, was sie sich für mich und Jonathan wünsche, sei, dass wir glücklich würden. Damals kam das nicht so rüber, als ob damit Kompromisse verbunden wären.

»Es ist eine wichtige Entscheidung, und ich möchte keinen Fehler machen.«

»Das finde ich ja auch gut«, gestand sie mir immerhin zu, »aber du solltest nicht so lange überlegen, bis die Dinge, die du wirklich willst, nicht mehr zu haben sind.« Ich dachte, sie würde noch etwas dranhängen, doch erstaunlicherweise war's das. Sie schaute zu der Herduhr hinüber und sagte: »Die Zeit ist um.« Für heute war der Stress vorbei. Wir gingen nach oben. Im Bad nahm ich den Duschkopf vom Haken, während Mum ihre Bluse auszog und sich über die Wanne beugte. Nachdem ich mich wieder in die Zellophanhandschuhe gequält hatte, ließ ich kurz Wasser über die verkleisterten Haare laufen und begann sie dann durchzukneten. Die Creme wurde geschmeidig und schäumte auf, und als ich sie runterspülte, lief sie wie Schlagsahne in den Abfluss.

Es dauerte eine Weile, bis das Wasser klar blieb, und während ich die Haare in dem perlenden Strahl hin und her bewegte, dachte ich an die anderen Male, die ich sie ihr gefärbt hatte, und daran, wie sie mir meine gefärbt hatte. Dann fiel mir ein, wie ich als Kind bis zur Taille in bereits gebrauchtem Badewasser gesessen und darauf gewartet hatte, dass Mum Shampoo in ihre Hände schütten und es mir in die Haare reiben würde, und mit welcher Spannung ich diesen Augenblick erwartete. Ich bekam immer eine Gänsehaut, wenn ich das kalte Shampoo auf dem Kopf spürte, aber es war trotzdem irgendwie schön. Ich beobachtete die Wellen, die das Wasser schlug, während Mum, die vor der Wanne kniete, meine Kopfhaut massierte und dabei meinen ganzen Körper durchrüttelte. Am Ende hielt sie mir zum Schutz die Hand über die Augen, damit beim Abspülen keine

Seife hineinkommen konnte, und dann breitete sie das Handtuch aus, wickelte mich hinein und rubbelte mich ganz fest, und wir lachten beide, einfach nur so aus Übermut.

9

Wir waren dabei, das hintere Schlafzimmer zu reno-
vieren, wozu wir zunächst die letzten Spuren der Vorbe-
sitzer unseres Hauses beseitigen mussten. Alison wollte
ein kombiniertes Arbeits-Gäste-Zimmer daraus machen,
mit einem Futon-Verwandlungssofa, einem Schreibtisch
und Regalen – und einem Computer mit allen Schikanen.

Manchmal fragte ich mich, wie mein Leben aussehen
würde, wenn wir nicht zusammengekommen wären –
und ob es sein könnte, dass wir nur zusammen waren,
weil es sich einfach so ergeben hatte. Der Gedanke ging
mir durch den Kopf, während wir arbeiteten. Ich muss
gestehen, dass ich die Humpty-Dumpty-Tapete und die
Mickey-Mouse-Bordüre mit einem gewissen Bedauern
entfernte. Nicht etwa, weil wir das Haus mit dieser
Umgestaltung endgültig zu unserem machten, sondern
weil es mir irgendwie Leid tat, das viel Liebe ausstrah-
lende Kinderzimmer auf einen nüchternen Raum mit
kahlen Betonwänden zu reduzieren.

Im Radio lief Trent FM, und wir unterstützten Rob-
bie Williams, die Spice Girls und Ricky Martin nach
besten Kräften, soweit uns die Texte geläufig waren.
Ich stand auf der Trittleiter und löste mit dem Kratzer
die Bahnen ab, indem ich an den Nahtstellen mit der
Klinge darunter fuhr, und Alison entfernte mit einem
zweiten Kratzer und dem Dampfstrahler die Kleister-

reste. Einmal, als mein Blick nach unten wanderte, wurde mir von einer Sekunde zur anderen heiß vor Erregung. Ich starrte auf das Tal zwischen den festen Brüsten in Alisons knappem, weit ausgeschnittenem T-Shirt und hatte Mühe, mich nicht darin zu verlieren. Ein feiner Schweißfilm verlieh der zarten, hellen Haut einen seidigen Schimmer. Ich fragte mich, was wohl in einem Mann vorgehen würde, der an meiner Stelle hier oben stünde. Ich stellte mir vor, wie er sich ausmalte, sie zu berühren, sie in den Armen zu halten, in sie einzudringen. Ich sah seine Hände über ihren Körper gleiten, sah sie danach greifen und sie zu sich heranziehen, ich hörte sie leise auflachen und erlebte gemeinsam mit dem Fremden, wie sie sich ihm hingab, sich seiner Führung überließ, seine Wünsche erfüllte.

Alison wäre fuchsteufelswild geworden, wenn sie gewusst hätte, was mir da durch den Kopf ging, aber ich glaubte, dass ich nicht der einzige Mann mit solchen Phantasien war. Manchmal gingen sie auch in eine andere Richtung. Dann bildete ich mir ein, dass die leichte Delle in ihrem Kopfkissen, die ich beim Heimkommen bemerkte, ein Hinweis darauf war, dass sie vor kurzem noch mit einem Liebhaber in unserem Bett gelegen hatte, und wenn dann noch ein Hauch von Zigarettenrauch durch das offene Fenster hereinwehte, erschien mir ihre Untreue als erwiesen. Dann suchte ich in der Schilderung ihrer Tageserlebnisse nach Ungereimtheiten, die darauf schließen ließen, dass sie mich anlog, und hatte gleichzeitig Angst davor, welche zu entdecken, denn das hätte bedeutet, dass alles, was sie jemals zu mir gesagt hatte, eine Lüge gewesen sein könnte.

Alison musste gespürt haben, dass ich sie ansah, denn sie hob plötzlich den Kopf und fragte: »Was ist?«

»Nichts«, log ich. »Ich wollte bloß kurz pausieren.«

»Ist ja auch wirklich harte Arbeit, was wir da machen.« Sie lächelte und schaltete den Dampfstrahler aus.

Ich nickte und stieg von der Leiter. Der Boden war mit Tapetenfetzen und Kleisterklümpchen übersät. Ich öffnete durch heftiges Schütteln einen der schwarzen Müllsäcke, die ich mit heraufgebracht hatte, und begann, den Abfall einzusammeln. Alison streckte sich ausgiebig und machte sich dann daran, mir zu helfen. Ihre Hände waren mit Kleister überzogen, die Finger papierverklebt. Schon nach kurzer Zeit wurde ihr die dauernde Bückerei wohl zu anstrengend, dann sie richtete sich auf und erklärte, während sie Tapetenstückchen von ihren Fingern zupfte: »Ich mach uns was zu trinken.«

»Gute Idee.«

Als ich den ersten schwarzen Sack randvoll in die Ecke stellte, war sie noch nicht wiedergekommen, und so stieg ich auf die Leiter und nahm meine Arbeit da auf, wo ich sie unterbrochen hatte. Sie war mir nicht unangenehm. Im Gegenteil – sie hatte sogar etwas Befriedigendes. Ich spürte meine Muskeln, und das gab mir das Gefühl, wirklich etwas zu tun. In meiner Begeisterung ließ ich mich nicht einmal stören, als Alison zurückkam und sagte: »Es gibt Kaffee!«

»Ich kann jetzt nicht.«

»Hör doch mal für eine Minute auf«, drängte sie mich in fast flehendem Ton.

Überrascht stieg ich von der Leiter und hob den Becher vom Fußboden auf, wo sie ihn inzwischen hingestellt hatte. Ein Stückchen Tapete war hineingefallen. Ich fischte es heraus und warf es in den noch offenen Sack. Dann trat ich ein paar Schritte zurück und begutachtete unser bisheriges Werk. Wir hatten die durchgehende lange Wand fast geschafft. »Sieht doch schon klasse aus«, meinte ich.

Sie nickte, doch ich hatte den Eindruck, dass sie etwas anderes hätte hören wollen. Da ich nicht ahnte, was das sein könnte, trank ich einfach meinen Kaffee. Unser Nachbar war mit seinem kleinen Sohn im Garten und versuchte ihm mit Kommandos und Ermutigungen beizubringen, einen Fußball in seine Richtung zu kicken. Ich wandte mich wieder Alison zu. Sie stand mit einem bestrumpften Fuß auf dem anderen, die Hand an der jetzt kahlen Wand abgestützt, da und schaute mich mit einem rätselhaft erwartungsvollen Ausdruck an. Wollte sie geküsst werden? Ein anderer Mann hätte das vielleicht getan. Ein anderer Mann hätte vielleicht den Raum durchquert, sie bei den Hüften gepackt und leidenschaftlich geküsst. Vielleicht hätte er aber auch angefangen, sie mit Tapetenresten zu bewerfen, worauf sie sich vielleicht lachend revanchiert hätte. Vielleicht hätte die Papierschlacht zu einer Rangelei geführt, in deren Verlauf beide schließlich atemlos vor Lachen in einer scherzhaften Umarmung den Halt verloren und sich immer noch umschlungen hin und her wälzten, wobei ihre Haare zusehends papier- und kleisterverklebter wurden, bis das Lachen plötzlich anders zu klingen begann …

Alison drehte sich so unvermittelt weg, als habe sie in meinen Augen gelesen, was ich dachte, und machte den

Dampfstrahler wieder an. »Ich schlage vor, wir machen weiter.«

»Okay.« Ich stieg mit meinem Kratzer auf die Leiter. Wir arbeiteten schweigend, und je länger das Schweigen dauerte, umso mehr verdichtete sich in mir die Überzeugung, dass ich irgendetwas, das sie mir vermitteln wollte, nicht begriffen hatte. Manchmal waren wir im Sinn des Wortes ein Herz und eine Seele – und manchmal schaute ich sie an und hatte das Gefühl, eine Fremde vor mir zu haben.

Später in der Badewanne dachte ich noch weiter darüber nach, doch ich kam nicht dahinter, was sie von mir erwartet hatte. Und warum hatte sie sich so abrupt abgewendet? Hatte sie mir tatsächlich angesehen, woran ich dachte – und hatte es sie abgestoßen?

Die Situation hätte sich in verschiedene Richtungen entwickeln können. Ich hatte mich zur Zurückhaltung entschlossen – aber vielleicht lag genau darin mein Fehler …

30. April

Gestern Abend kam Jamie vorbei. Er pflanzte sich in meinen Sessel und verkündete, dass seine Band das Angebot bekommen habe, im Running Horse zu spielen. Er schaute mich an, als erwarte er, dass mich diese Neuigkeit beeindruckte, aber ich habe die Jungs schon oft spielen hören, und es hat mich nie vom Stuhl gerissen. Natürlich finde ich es gut, dass er auf ein Ziel hinarbeitet, doch erreichen wird er es meiner Meinung nach nie, denn wenn es ihnen bestimmt wäre, Karriere zu machen, dann müssten sie längst einen Plattenvertrag in der Tasche haben. Aber natürlich habe ich ihm das nicht gesagt. Er ist mit so viel Begeisterung bei der Sache und glaubt so fest an seine Band – ich würde es niemals fertig bringen, ihm das kaputtzumachen. Und außerdem wünsche ich ihm, dass ich mich irre.

Irgendwann fiel ihm der Anrufbeantworter auf, und er fragte, warum ich mir den angeschafft hätte. In der folgenden Sekunde wurde mir zum ersten Mal bewusst, wie viele Gedanken einem in so kurzer Zeit durch den Kopf schießen können. Dann antwortete ich ganz locker: »Um Anrufe zu beantworten. Wozu sollte ich ihn sonst haben?«

»Nicht, um dich abzuschirmen?«

»Wie kommst du denn darauf?«

»Du machst einen wahnsinnig nervösen Eindruck, und ich dachte, du willst vielleicht jemanden loswerden, oder sehe ich das falsch«

Ich lachte, als sei die Idee völlig absurd. »Nur dich –

aber ich schaffe es nicht. Du stehst immer wieder vor meiner Tür.«

Er grinste. »Heute bin ich aber nur hier, weil ich dich überreden will, dir unseren Auftritt anzusehen.«

»Ich komme nur, wenn ich keinen Eintritt bezahlen muss und du mir ein Bier spendierst. Ich bin für diesen Monat pleite.« Er setzte eine gespielt nachdenkliche Miene auf und meinte schließlich: »Gar keine blöde Idee, Fans zu kaufen.«

Dann konnte er es nicht länger aushalten, kniete sich auf den Boden und sah sich den Anrufbeantworter genauer an. Das muss was Genetisches sein – ich kenne kein männliches Wesen, das Technik nicht fasziniert.

»Nicht!«, schrie ich auf, als er die Hände danach ausstreckte. Ich musste verhindern, dass er das Band abhörte, denn da war noch der Anruf des Atmers drauf, der mich heute nach der Arbeit erwartet hatte. »Das Ding ist empfindlich!«

»Okay, okay – keine Aufregung.« Er ließ sich wieder in den Sessel fallen und erkundigte sich: »Was hast du denn für eine Ansage drauf?«

»Nur meine Telefonnummer.«

»Nina und Charlene haben mich gebeten, den Text bei ihrem draufzusprechen, weil sie glaubten, dass eine Männerstimme Perverslinge abschrecken würde. Vielleicht sollte ich das bei deinem auch machen.«

Mein Herz begann zu hämmern. »Bei mir rufen doch keine Perverslinge an!«, erwiderte ich heftig.

Offenbar zu heftig, denn er schaute mich verwundert an. Dann meinte er: »Das kann man nie wissen.«

Einen Moment lang war ich versucht, ihm von den

Anrufen zu erzählen, doch ich entschied mich dagegen. Er ist zwar mein bester Freund, aber er muss nicht alles wissen. Damals, als ich mich entschloss abzuhauen, sagte ich ihm nichts davon, weil ich Angst hatte, er würde mich vor lauter Sorge verraten, und als ich zurückkam, war er zwar froh, dass mir nichts passiert war, aber auch stinksauer, weil ich ihm nicht vertraut hatte. Und seitdem versucht er, wenn er das Gefühl hat, dass irgendwas nicht stimmt, alles, um es aus mir herauszuholen. Wie jetzt.

»Ist was?«, fragte er. »Du bis so ... hektisch.«

»Hektisch?«, fuhr ich auf. »Ich sitze doch ganz ruhig hier.«

»Ich meine innerlich.«

»Was du dir einbildest!«

Er beugte sich vor und schaute mich eindringlich an. »Du würdest es mir sagen, wenn etwas im Busch wäre, oder?«

»Ich verspreche dir: Wenn ich das nächste Mal weglaufe, sage ich dir vorher Bescheid.«

Er griff lachend hinter sich, packte das Rückenpolster und wollte es mir drüberziehen, aber ich konnte den Angriff abwehren, indem ich die Hände hob. Er tat das Kissen wieder an seinen Platz und wurde ernst. »Ich habe gestern deine Mum getroffen. Sie macht sich Sorgen um dich.«

»Das wundert mich. Normalerweise macht sie sich nur Sorgen um Jonathan.«

»Ist wirklich alles in Ordnung?«

Ich tat mein Bestes, um ihn zu überzeugen, doch ich sah ihm an, dass es mir nicht gelang, und das tat mir

Leid. Aber als er weg war, wurde ich wütend. Was bildet sich der Kerl eigentlich ein? Na schön, wir kennen uns schon seit einer Ewigkeit, aber deswegen bin ich ihm doch keine Rechenschaft schuldig! Wenn er wüsste, wie wenig er in Wirklichkeit über mich weiß, wäre er total von den Socken.

Nachdem ich mich wieder abgeregt hatte, fragte ich mich, was hinter seinem Gerede über Perverslinge steckte. Ich meine – wie kam er darauf, dass so jemand bei mir anrufen könnte? War er vielleicht selbst der Anrufer? Immerhin kannte er meine Büro- und Privatnummer und wusste, wo ich wohnte. Ich konnte gar nicht fassen, dass ich das tatsächlich für möglich hielt! Jetzt war ich schon so durchgedreht, dass ich meinen besten Freund verdächtigte! Ich würde es doch wissen, wenn er so einer wäre! Das könnte er doch nicht vor mir verbergen! Oder? Andererseits – wenn man bedenkt, wie viel *ich* im Laufe der Jahre vor ihm verborgen habe, dann könnte es schon sein. Vielleicht kennen wir uns ja überhaupt nicht wirklich. Der Gedanke gefällt mir nicht, denn wenn es so wäre, dann hätte nie eine Freundschaft zwischen uns bestanden. Hatte ich ihm vielleicht darum nicht erzählt, dass ich weglaufen wollte – und warum? Hätte es irgendetwas geändert, wenn ich es ihm erzählt hätte? Sicher nicht. Natürlich hätte Jamie versucht, mit Jonathan zu reden, aber gebracht hätte es nichts. Vielleicht wäre es besser gewesen, wenn ich damals vor vier Jahren nicht angerufen hätte, damit Jonathan mich abholte. Wenn ich einfach auf Nimmerwiedersehen verschwunden wäre. Ich hätte bestimmt bald vergessen, wie es war – die ständigen Kräche, Jonathans Vorwürfe und Mums Schluchzen, das ich durch die angelehnte Badezimmertür hörte. Jetzt tut Jonathan so, als ob mich nichts davon echt getroffen hätte, als ob es mir nur eine willkommene Entschuldigung gewesen wäre, als ob ich nur einen Grund gesucht hätte, mich abseilen zu können. Er hat anscheinend vergessen, wie es war, dass ich den Pflegekurs nicht aus einer Laune heraus hinschmiss, sondern absprang, weil sie mich sonst rausgeworfen hätten. Er hat offenbar vergessen, wie ekelhaft er zu mir war und wie ich darunter litt. Ich weiß noch genau, wie er mich einmal an die Wand drückte und mir ins Gesicht schleuderte, es sei alles meine Schuld, als hätte ich Macht über ihn, und er müsste alles tun, was ich sagte. Ich spüre noch wie heute den Druck seines Unterarms auf meiner Kehle, sehe die Wut in seinen Augen und fühle die Angst in mir hochsteigen, als mir klar wurde, dass er viel stärker war als ich und dass ich ihm hilflos ausgeliefert wäre, wenn er mir etwas antun wollte.

Aber ich kam zurück. Trotz allem kam ich zurück und hoffte, dass sich etwas ändern würde, und so war es. Oberflächlich betrachtet. Und inzwischen habe ich mich daran gewöhnt, in Nottingham zu leben, eine halbe Meile von Mum und Dad entfernt, an meinen Job und daran, dass Jonathan da ist, um jedes Problem zu lösen, und meine Freunde sind noch die gleichen wie in der Grundschule. Ich weiß, dass ich aus der Routine ausbrechen sollte. Neues ausprobieren, Erfahrungen sammeln. Stattdessen sitze ich jeden Sonntag am Familientisch, helfe Mum oder meinen Tanten oder Kusinen bei den Vorbereitungen für eine Hochzeit oder eine Taufe oder eine Geburtstagsparty, mein Dad kommt rüber, um die Heimwerkerarbeiten zu erledigen, zu denen ich nicht fähig bin, und über allem schwebt Jonathan und bewacht mich, als fürchte er, dass mich irgendwer überfallen, bei den Haaren packen und in seine Höhle verschleppen könnte, als habe er das Recht, jeden Typen zu überprüfen, den ich kennen lerne. Ich weiß ja, dass sie es alle gut meinen, aber manchmal kriege ich vor lauter Fürsorge kaum noch Luft.

Dabei kann ich sie sogar verstehen – an ihrer Stelle würde ich mich vielleicht genauso verhalten. Sie haben Angst, dass ich wieder verschwinde, wenn sie ihren Griff lockern. Aber anstatt zu versuchen, mich loszureißen, gewöhne ich mich nicht nur an diesen Zustand, sondern suche sogar ein Haus, das ich natürlich nur kaufen kann, wenn ich eine Hypothek aufnehme, als würden mir meine Fesseln noch nicht reichen.

Vor vier Jahren hatte ich die Chance, so zu leben, wie ich es mir vorstellte. Aber ich musste ja unbedingt zurückkommen! Inzwischen würden alle denken, ich sei tot, und sie würden nicht mehr nach mir suchen, und ich wäre frei. Wieso war ich damals nur so blöd, Jonathan anzurufen?

10

Wir hatten das akademische Viertel in unsere Zeit-
planung einbezogen und erschienen mit exakt fünfzehn
Minuten Verspätung zu Steves Geburtstagsfeier in dem
schicken Café und Pub aus Chrom und Glas am Market
Square. Ursprünglich war es die Schalterhalle einer Bank
gewesen und die ungemütliche Atmosphäre war beibe-
halten worden.

Auf dem Platz herrschte bereits freitagabendlicher Betrieb. Junge Männer mit Polyesterhemden und gegelten
Haaren und Frauen mit kurzen Kleidchen und hohen
Absätzen strebten ihrer wohlverdienten Wochenendent-
spannung entgegen. Alison trug ein neues Kleid, das sie
sich eigens für diesen Anlass gekauft hatte, denn, wie sie
mit einem seltsamen Unterton in der Stimme sagte, habe
sie ja nur sehr selten Gelegenheit, sich zum Ausgehen
hübsch zu machen. Es war aus einem silbrigblau schimmernden Stoff, der wie Wasser an ihrem Körper herab-
floss, und sie war ständig damit beschäftigt, die rut-
schenden Träger hochzuschieben.

Wir fanden Steve im hinteren Teil des Lokals im
Kreise von Freunden an einem Tisch, auf dem sich so
viele gläserne Bierkrüge drängten, dass für die Ellbogen
der jungen Männer, die in angeregter Unterhaltung die
Köpfe zusammensteckten, kaum noch Platz blieb. Die
Damen saßen am Nebentisch, entspannt zurückgelehnt,
in leichten Sommerfähnchen, die Beine übereinander

geschlagen, die Hände locker auf dem Tisch. Die Musik war laut und blechern. Ich beugte mich zu Alison hinunter und fragte, was sie trinken wolle. Sie ließ den Blick über die Gläser am Mädchentisch wandern und traf dann ihre Entscheidung. Ich kämpfte mich zur Bar durch.

Als ich zurückkam, hatte Alison sich auf einem Stuhl zwischen den beiden Tischen niedergelassen, und ich setzte mich auf der Männerseite neben sie. Alison nippte an ihrem Drink und lächelte höflich in die Mädchenrunde.

Einer von Steves Freunden sprach voller Begeisterung über Robot Wars, und ich nahm an, dass er der Arbeitskollege mit dem Trent-Uni-Bruder war. Er hatte das Deckblatt von einem Bierdeckel entfernt und zeichnete mit einem Kugelschreiber etwas auf die weiße Presspappe.

»Er wird ›Der Sprecher‹ heißen«, erklärte er. Ein schmales, auf der Spitze stehendes Dreieck mit zwei großen Kreisen auf jeder Seite entstand. Die Unterhaltung war verstummt. Wie gebannt sahen alle zu.

»Ich dachte, er solle ›Der Penetrator‹ heißen«, sagte ich.

Der Zeichner schaute zu mir auf. »Ursprünglich ja – aber dann meinte Steve, das würden sie fürs Nachmittagsprogramm nicht genehmigen. Nicht bei BBC2 zumindest.«

»›Der Penetrator‹?«, wiederholte einer der anderen. »Das Ding sieht für mich nicht wie ein Phallus aus.«

»Wenn man die Spitze entsprechend anmalt«, meinte ein Dritter, »könnte man sie schon für eine Eichel halten.«

»Wenn deine Eichel so aussieht, solltest du gleich Montagfrüh zum Arzt gehen.«

»Du hast keine Ahnung, Kumpel. Mein Prachtexemplar ist Legende.«

»Wenn das stimmt, dann haben mehr Mädels einen abartigen Geschmack, als ich dachte.«

Während die beiden ihr gutmütiges Gekabbel fortsetzten, beugte Steve sich hinter seinem Nachbarn zu mir herüber und versetzte mir einen scherzhaften, aber schmerzenden Boxhieb gegen den Oberarm. »Wie geht's dir, Kumpel? Schön, dass du hier bist.« Er lächelte mit bereits leicht verschwommenem Blick an mir vorbei. »Schön, dass du auch hier bist, Alison.«

»Herzlichen Glückwunsch«, sagten wir wie aus einem Munde.

»Na komm, gib mir einen Kuss«, forderte Steve Alison auf, und ich rückte mit meinem Stuhl so weit es ging aus dem Weg, um Platz für die Aktion zu machen. Alison küsste Steve kichernd auf die Wange, der sie darauf umarmte, was in eine spielerische Rangelei überging, bis Alison sich atemlos lachend zurückzog.

Die Mädchen am Nebentisch steckten kichernd die Köpfe zusammen. Wahrscheinlich ließen sie sich darüber aus, wie kindisch Männer doch seien, und bestätigten sich gegenseitig ihre Reife. Unsere Gläser waren leer, und so machte ich mich ein zweites Mal auf den beschwerlichen Weg zur Bar. Als ich diesmal zurückkam, fand ich Alison in ein Gespräch mit ihrer Nachbarin vertieft vor. Einige der männlichen Gäste waren aufgestanden und dabei, ihre Sakkos anzuziehen. Die Unterhaltung am Männertisch drehte sich jetzt um

Autorennen. Ich blieb unschlüssig zwischen den Fronten stehen.

»Pete«, sagte Alison, »das ist Helen. Sie arbeitet auch bei der Stadt.«

»Tatsächlich? Ich dachte, es seien nur Kollegen von Steve hier.«

»Meine bessere Hälfte ist einer«, lächelte Helen und zeigte auf einen der Jungs.

»In welcher Abteilung sitzen Sie?«

»Mein Ressort sind die Obdachlosen.« Einer ihrer leicht schief stehenden Schneidezähne war lippenstift-verschmiert.

»Ach, ja? Gibt es denn viele in Nottingham?«

Alison stand auf und sagte, sie komme gleich wieder, was bedeutete, dass sie auf die Toilette musste, und ich hörte mir an, mit welchen Problemen Helen es bei den Pennern zu tun hatte. Dazu gehörten Gewalttaten, ein oft schlechter Gesundheitszustand, die Auswirkungen mangelnder Körperpflege und Depressionen. Ich nickte zu Helens Erklärung für das Überhandnehmen der Drogensucht (einerseits ein Grund für Obdachlosigkeit, andererseits eine Möglichkeit, sich darüber hinweg-zutrösten) und das Überhandnehmen der jugendlichen Streuner (keine beruflichen Zukunftsaussichten, keine brauchbare Sozialpolitik) sowie zu ihrer Kritik an der Wohnraumsituation. Ich steuerte bei, wie viele Bau-anträge für Luxusapartments und Lofts ich zu sehen bekäme, und stellte die Frage, wer darin wohnen sollte, und brach wieder einmal eine Lanze für bürgernahe Planung. Zu meiner Erleichterung hielt sie meine Denk-weise nicht für abwegig.

Während wir uns unterhielten, hatte ich die ganze Zeit Sophie im Hinterkopf. Helen hatte von Menschen erzählt, die ohne eigenes Verschulden obdachlos geworden waren, und plötzlich sah ich Sophie im Geiste in einer Toreinfahrt sitzen. Sie hatte sich einen alten Schlafsack um die Beine gewickelt, ihr Army-Mantel war zerfetzt und schmutzig, ihre langen dunklen Haare hingen strähnig herab, das blasse Gesicht verunzierten schrundige Flecken, und die wenigen noch vorhandenen Zähne faulten als schwarze Stummel in ihrem Mund dahin. Ich schrak aus meiner Schreckensvision auf, als sich eine Hand auf meinen Arm legte. »Ich muss gehen«, sagte Helen, stand auf und legte sich ihren Blazer um die Schultern. Ich schaute mich um und sah, dass schon fast alle Gäste gegangen waren.

Die Aufgabe, Steve nach Hause zu bringen, blieb an Alison und mir hängen. Wir hakten ihn unter und marschierten mit ihm zur Haltestelle. Im Bus – dem letzten für heute, so spät war es schon! – hing Steve mit geschlossenen Augen und im Rhythmus der Fahrtbewegungen nickend in seinem Sitz. Ich wollte Alisons Hand nehmen, doch sie zog sie weg.

»Du hast dich den ganzen Abend nicht um mich gekümmert«, beschwerte sie sich.

»Das stimmt nicht«, widersprach ich, aber dann erkannte ich, dass sie Recht hatte. »Du hast dich doch gut unterhalten«, versuchte ich mich zu verteidigen. »Ich habe mich tödlich gelangweilt«, erwiderte sie. »Es war niemand da, den ich kannte.«

»Ich kannte auch keinen«, hielt ich dagegen.

Das schien sie zu versöhnen, denn sie nahm meine

Hand und kuschelte sich an mich. Ich neigte den Kopf zur Seite, bis meine Wange auf ihrem Scheitel ruhte. Alison schien müde zu sein, aber ich war hellwach. Das Gespräch mit Helen hatte mich zutiefst beunruhigt, und ich würde heute Nacht sicherlich kein Auge zumachen. Sophie konnte alles Mögliche zugestoßen sein. Wie sollte ich da schlafen können?

4. Mai

Ich hätte dem Makler gleich sagen sollen, dass das Haus für mich nicht infrage kam – erstens war es viel zu teuer, und zweitens lag es auf der falschen Seite der Stadt. Als wir davor standen, wollte ich gerade wieder gehen, ohne es von innen gesehen zu haben, als Jamie auf den Klingelknopf drückte.

Eigentlich hätte ich mir denken können, dass es Marion Barkers Haus war, denn ich wusste, dass sie es schon seit langem zu verkaufen versuchte und in diesem Viertel wohnte. Ich hätte damit rechnen müssen, dass es mir irgendwann angeboten würde, doch als sie die Tür öffnete, war ich regelrecht geschockt. Ihr ging es genauso. »Na, so was – Sophie«, stotterte sie, aber gleich darauf hatte sie sich wieder berappelt und bat uns in bemüht-freundlichem Ton herein. Ich krächzte erstickt ein »Hallo«, und Jamie lächelte sie an, und dann folgten wir ihr durch einen schmalen Flur ins Wohnzimmer. Die Wände waren mit einem bunten Blumenmuster tapeziert, die Sitzmöbel mit braunem Samt bezogen, auf dem Kaminsims bellten lautlos ein paar chinesische Porzellanhunde und auf dem Fernseher ließ sich ein Schleierschwanz aus grünem Glas von Wellen aus durchsichtigem Wasser tragen.

Marion war sichtlich nervös. Dauernd strich sie sich die Haare glatt. Sie trug rosengemusterte pelzbesetzte Pantoffeln und trat ständig von einem Fuß auf den anderen, während sie uns Informationen zu dem Haus gab. Die Fenster seien vor zwölf Jahren erneuert worden, die

Elektrik kurz darauf und der Boiler vor drei Jahren, das Mauerwerk sei trocken, das Dach dicht und das Fundament stabil.

Jamie und ich folgten ihr in das nach hinten gehende Zimmer, das mit einer Mahagoni-Essgruppe und einem imposanten Buffet mit Vitrinenaufsatz möbliert war, in dem ein Krönungskrug und zwei Becher standen, einer von der königlichen Hochzeit und einer von der Silberhochzeit. Das ganze Haus war peinlich sauber, auch die weiße Küche, und merkwürdig leblos, als hätte sie die Atmosphäre weggeputzt.

Auf den Einzelbetten in den beiden Schlafzimmern lagen ausgebleichte Überdecken, der Frisiertisch in ihrem Zimmer war bis auf eine silberne Haarbürste auf einem Spitzenläufer und einen silbernen Rahmen mit einem Foto, auf dem Marion missmutig zwischen irgendwelchen Kindern auf einem Sofa saß, leer. Ich kann mir gut vorstellen, wie ihr Leben aussieht: Wenn sie abends von der Arbeit kommt, setzt sie sich mit einer Fertigmahlzeit aus der Mikrowelle vor den Fernseher und geht so um zehn in einem bodenlangen Nylonnachthemd schlafen.

Während wir Tee aus Porzellantassen tranken, auf denen sich Rosen an den Henkeln entgegenrankten, stellte Jamie die Fragen, die eigentlich ich hätte stellen sollen. Ich konnte Marion nicht einmal ansehen, während sie antwortete. Es sei ein ruhiges Viertel, sagte sie, sie ziehe nicht etwa weg, weil es Probleme gebe, der schlechte Ruf der Gegend sei nicht gerechtfertigt, sie wolle lediglich etwas mit einem Garten, weiter draußen, vielleicht sogar außerhalb der Stadt.

Und dann fragte sie plötzlich: »Sie suchen ein Haus für Sie beide, ja?« Jamie wollte antworten, doch ich kam ihm zuvor und sagte: »So ist es.«

Jamie sah mich überrascht an, aber Marion schien es nicht zu bemerken. Sie sei nie verheiratet gewesen, erzählte sie, habe nie den Richtigen gefunden, vielleicht, weil sie immer zu beschäftigt gewesen sei, aber sie fühle sich allein sehr wohl. An der Tür wünschte sie uns viel Glück, und ich hätte ihr gerne die Hand gegeben, aber ich traute mich nicht, und so lächelte ich sie nur an und dankte ihr, und dann gingen wir.

»Warum hast du gesagt, dass wir zusammen seien?«, wollte Jamie auf dem Weg zum Bus wissen.

Ich konnte nur mit den Schultern zucken, denn eine Erklärung hatte ich nicht. Es war einfach eine spontane Eingebung gewesen. Vielleicht hatte ich es gesagt, weil ich auf dem Rundgang durch Marions Haus so eine klare Vorstellung von dem Leben bekommen hatte, das mich erwarten könnte, wenn ich dort einzöge. Ich sah mich allein darin wohnen, in einem schmalen Bett Liebesromane lesen, bis ich endlich müde wurde, und an den Wochenenden und Feiertagen Freunde besuchen, die Familien hatten, als alte Jungfer, aus Mitleid geduldet und in einem Callcenter die Weichen stellend.

Jamie und ich setzten uns in unser Stammlokal und redeten und redeten. Keiner seiner Kumpels tauchte auf, und es war wie in alten Zeiten. Und dann nahmen wir uns was vom Straßenverkauf mit und gingen zu mir und tranken da weiter. Das war keine gute Idee, weil ich am nächsten Tag arbeiten musste und keinen Kater brauchen konnte, aber ich wollte nicht allein sein.

Ich hatte gleich beim Heimkommen nach dem Anrufbeantworter geschaut. Es war nichts drauf. Seit drei Tagen hatte ich Ruhe, und es sah allmählich so aus, als habe der »Atmer« aufgegeben, aber ich fühlte mich trotzdem noch immer unbehaglich, und Jamie bei mir zu haben, gab mir ein Gefühl von Sicherheit. Er war gerade mitten im Erzählen, als das Telefon klingelte, ließ den gerade angefangenen Satz in der Luft hängen und sah mich erstaunt an. Einen Moment lang saß ich wie versteinert da, aber dann fiel mir ein, dass Jamie den Anruf mitbekommen würde, wenn sich der Apparat einschaltete, und ich sprang auf und riss in letzter Sekunde den Hörer von der Gabel. Der Schweiß brach mit aus allen Poren, als ich atemlos »Hallo?« flüsterte.

»Angie?«, rief eine aufgeregte Stimme am anderen Ende der Leitung. »Stephanie hat ihr Baby bekommen! Es ist ein Mädchen ...«

»Tut mir Leid – Sie haben sich verwählt«, sagte ich, und mein Herz hörte auf zu hämmern. Klamm und klebrig legte ich den Hörer auf und setzte mich wieder an meinen Platz.

»Du siehst entsetzlich aus«, stellte Jamie besorgt fest. »Was ist denn?«

Ich leerte meine Bierdose und öffnete die nächste. »Gar nichts«, log ich meinen Freund an, der sich mitfühlend vorgebeugt hatte.

»Es geht mir gut. Da hat sich nur jemand verwählt.«

»Du dachtest, es wäre jemand anderer.« Dumm ist er wirklich nicht, mein Jamie. Eigentlich hatte ich ihm die Sache ja verschweigen wollen, aber nach dem vielen Bier, und weil mir seine Gesellschaft so gut tat, fand ich das plötzlich albern. Und so erzählte ich ihm von den Anrufen.

Er hörte aufmerksam zu, und seine Miene verfinsterte sich immer mehr, und als ich geendet hatte, meinte er: »Du solltest es der Polizei melden.«

»Das tue ich auf keinen Fall«, lehnte ich ab.

»Und warum?«

»Weil ich keinen Wirbel darum machen will. Wahrscheinlich hat er jetzt sowieso aufgegeben.«

Ich sah Jamie an, dass er mich gerne gedrängt hätte, doch er kannte mich gut genug, um zu wissen, dass das keinen Sinn gehabt hätte. »Du musst mir versprechen, es niemandem zu sagen«, verlangte ich. »Nicht Mum, nicht Dad, nicht Jonathan und auch keinem aus deiner Familie. Ich will nicht, dass sie sich sorgen.«

»Okay – versprochen«, antwortete er widerwillig.

Meine Kehle wurde eng, und ich spürte, wie mir Tränen in die Augen stiegen, und Jamie sagte »Hey, hey« und beugte sich noch weiter vor und zog mich an sich. Ich schlang die Arme um seinen Hals und fühlte mich aufgehoben.

Als wir einander wieder losließen, fragte er: »Was glaubst du, wer es ist?«

»Ich habe keine Ahnung – es kann jeder sein.« Auch du, dachte ich und bekam sofort ein schlechtes Gewissen, weil ich meinem ältesten Freund so etwas zutraute.

»Konnte es ein Exfreund sein?« Ich schüttelte den Kopf. »Bist du überhaupt sicher, dass es ein Mann ist?«

»Einer Frau würde das doch nicht einfallen!«

»Okay. Welche Männer kommen in Frage?«

Ein eisiger Schauder überlief mich, als mir Jonathan

einfiel. Jamie weiß nicht, was vor vier Jahren passiert ist, wir haben es niemandem erzählt – das hatten wir fest ausgemacht, und meine Familie kann Geheimnisse sehr gut bewahren –, also konnte er nicht auf Jonathan kommen, und das war gut so.

»Ins Blaue zu raten, hat keinen Sinn«, sagte ich.

»Okay«, nickte er. »Aber dass du mir vertrauen kannst, weißt du, oder?«

Ich würgte mühsam ein »Na klar« heraus und hoffte, dass er es glauben würde, obwohl es alles andere als überzeugend klang.

»O Sophie«, sagte er, »du bist meine beste Freundin. Ich hab dich so gern.« Ich ließ zu, dass er sich neben mich setzte, weil seine Nähe mir gut tat, aber ich wusste genau, was kommen würde. Der Trick war uralt: der mitfühlende Zuhörer, der mit Berührungen tröstet. Ich saß mit untergeschlagenen Beinen in der einen Sofaecke, er mir zugewandt in der anderen. Eigentlich wollte ich es nicht, aber wir waren Freunde, und außerdem hatten wir schon viel getrunken, und so erlaubte ich ihm, seine Hand auf mein Bein zu legen, während wir uns unterhielten. Und dann rückten wir enger zusammen, und ich fragte mich, was ich da tat. Er legte den Arm um mich, und es gefiel mir, die Wärme eines anderen Menschen zu spüren, aber als er mich zu küssen versuchte, wurde mir klar, dass ich das nicht wollte, dass er nicht der Richtige war. Ich wich seinen Lippen aus und machte mich los. Er entschuldigte sich, stand auf und zog seine Jacke an. Ich sagte, dass ich ihm nicht böse sei, dass wir doch so weitermachen könnten wie bisher, und er schüttelte erst den Kopf und fragte mich dann, ob wir morgen miteinander ausgehen könnten – nur als Freunde –, aber ich hatte versprochen, Mum und Dad zu besuchen, und ich hatte ein schlechtes Gewissen, weil ich erleichtert war, eine echte Entschuldigung zu haben. Also sagte ich ihm, wir könnten ja danach ausgehen, weil ich sein trauriges Gesicht nicht ertrug.

Ich weiß schon lange, dass Jamie solche Gefühle für mich hat – es wäre ein Kunststück gewesen, es nicht zu bemerken. Auch Mum ist es aufgefallen, und Jamie entspricht all ihren Vorstellungen. Sie sagt immer, sie möchte mich »aufgeräumt« sehen, aber das klingt für mich schrecklich sachlich. Ich bin keine Seifenopern-Romantikerin, die von der großen Liebe träumt, aber nur gut mit einem Mann auszukommen, erscheint mir doch ein bisschen wenig. Mum meint, mit meinen »Flausen« würde ich eine alte Jungfer werden. Früher lachte ich darüber, aber seit ich Marion in ihrem Haus erlebt und gehört habe, was sie sagte, frage ich mich, ob ich meine Ansprüche nicht wirklich ein Stück runter-schrauben sollte. Vielleicht hat Mum ja Recht – viel-leicht kriege ich kein besseres Angebot als Jamie, und mit dem besten Freund zusammenzuleben, wäre immer-hin kein Unglück. Ich habe Jamies Gefühle bis jetzt im-mer ignoriert, weil ich hoffte, sie würden ihm irgend-wann vergehen, aber es hat nicht geklappt – und wenn ich ehrlich bin, finde ich es ganz schön, dass es jemanden gibt, der mich mag.

11

Ich wachte auf, als draußen vor dem Haus eine Autotür zugeschlagen wurde. Die Abenddämmerung tauchte den Raum in bläuliches Licht, auf dem Bildschirm lief der Nachspan von EastEnders. Ich hatte von Sophie geträumt, sie in einer dunklen Straße gesehen, einsam und allein in einer Stadt, die sich über ihrem Kopf schloss wie eine Schachtel, und es dauerte einen Moment, bis ich in die Realität zurückfand.

Die Haustür wurde geöffnet und geschlossen, und dann stand sie, Akten und Ordner an die Brust gedrückt, vor mir und schaute auf mich herunter.

»Sophie«, sagte ich. »Ich fing schon an, mir Sorgen zu machen.«

Sie schaltete die Stehlampe ein. »Wer ist Sophie?«

Ich blinzelte verwirrt und rieb mir die Augen. »Alison! Ich habe mir Sorgen gemacht.«

»Andrew und ich haben länger gearbeitet.«

»Andrew! Das hätte ich mir denken können.« Ich sah ihn vor mir mit seinen eleganten Anzügen, den modischen Krawatten und dem strahlenden Lächeln. Sie verbrachten viel Zeit miteinander.

»Was soll das heißen?«

»Nur, dass ich es mir hätte denken können«, antwortete ich erstaunt über ihren aggressiven Ton.

Sie legte die Akten und Ordner auf den Esstisch und blieb eine Weile mit hängenden Schultern davor stehen.

Mir wurde plötzlich bewusst, dass Sophies Notizbuch offen auf meinem Schoß lag. Unauffällig klappte ich es zu und schob es hinter mir zwischen die Kissen. Alison rührte sich noch immer nicht. Ich dachte an Andrews Hände, die sorgfältig manikürten Fingernägel und daran, wie weich, warm und feucht sich seine Haut anfühlte, wenn ich ihm die Hand schüttelte.

»Du hast mich Sophie genannt«, sagte Alison. »Wer ist Sophie?«

»Ich habe Sophie gesagt? Entschuldige. Ich war eingeschlafen und bin eben erst aufgewacht.«

Sie wandte sich mir zu. »Ist irgendwas?«

»Wie kommst du darauf?« Ich betrachtete ihr ernstes Gesicht.

»Du bist so weit weg. Schon seit langem.«

»Ich bin nicht weit weg«, widersprach ich, aber es klang unaufrichtig, und so setzte ich hinzu: »Oder vielleicht doch?«

Sie kam herüber und ließ sich neben mir auf das Sofa sinken.

»Früher haben wir über alles geredet«, sagte sie. »Jetzt reden wir über gar nichts mehr.«

»Ich bin gestresst. Die nächste Beförderung steht an, das weißt du doch.« Ich hätte ihr erzählen sollen, dass mir bei dem Marston-Street-Projekt ein Fehler unterlaufen war, der dazu führen könnte, dass ich auch diesmal wieder das Nachsehen hätte. Stattdessen sagte ich: »Ich bin nicht der Einzige, der hart arbeitet.«

»Ich will vorankommen«, erwiderte sie mit ruhiger Stimme, doch sie runzelte dabei die Stirn, und zwischen ihren Brauen erschien eine tiefe, senkrechte Falte.

»Ich vielleicht nicht?«

»Das habe ich nicht gesagt.«

»Aber gedacht. Es geht eben leider nicht so schnell, wie ich es gerne hätte.« Wieder dachte ich, dass ich ihr von meinem Fehler erzählen sollte – und wieder tat ich es nicht.

»Es gibt noch etwas anderes im Leben«, sagte ich. »Du arbeitest immer nur.« Sie lachte auf. »Das ist sonst mein Text.«

»Und du hast Recht damit.« Eine Ecke des Notizbuchs drückte sich in mein Fleisch. »Wir müssen etwas ändern«, erklärte ich. »Wir arbeiten so viel, dass wir darüber zu leben vergessen. Ich möchte nicht so viel allein sein.«

»Du bist nicht allein.« Sie schaute an mir vorbei. »Wir machen beide den gleichen Fehler. Wir verwenden zu viel Zeit auf andere Dinge.«

»Wir müssen versuchen, Zeit für uns zu schaffen«, erwiderte ich, doch es klang in meinen Ohren, als seien das die Worte eines anderen aus dem Leben eines anderen. Aber vielleicht brauchten wir genau das – eine Injektion fremder DNS.

»Dieses Gespräch haben wir schon hundertmal geführt«, sagte sie, »und es hat uns nie weitergebracht.«

»Ich weiß«, nickte ich, und auf einmal stieg der Wunsch in mir hoch, das Zimmer zu verlassen, dieser Diskussion zu entfliehen, doch ich konnte nicht aufstehen, da Alison sonst das Notizbuch entdeckt hätte.

»Wir bewegen uns im Kreis«, klagte sie.

»Dann lassen wir es doch«, schlug ich vor und fügte,

in dem Versuch, Frieden zu schließen, hinzu: »Wir lieben uns, oder? Das ist doch das einzig Wichtige.«

Sie hatte den Blick auf ihren Schoß gesenkt, wo sie mit sichtbarer Kraftanstrengung ihre Finger massierte. »Ich bin die Einzige, die sich bemüht, Peter.«

Mit fielen die vielen Überstunden ein, die späten Telefonate, für die sie sich in eine Ecke zurückzog. »Jaaa«, sagte ich gedehnt. »Um Andrew.«

Ihre Hände ballten sich zu Fäusten, und sie sah mich fassungslos an. »Das kann unmöglich dein Ernst sein.« Ihre Stimme klang hölzern.

»Es tut mir Leid«, entschuldigte ich mich, aber tief in meinem Innern tat es mir nicht Leid, tief in meinem Innern wünschte ich, meine Anschuldigung sei gerechtfertigt. »Es tut mir Leid – ich nehme es zurück. Ich bin wohl noch immer nicht ganz wach. Es war ein langer Tag.«

»Für uns beide«, sagte sie.

Ich zog die Beine an und legte den Kopf in Alisons Schoß. Sie strich mein Haar. Ich spürte die Wärme ihres Körpers durch den dünnen Stoff ihres Kleides. Sie beugte sich vor und küsste mich auf die Schläfe, und ich schloss die Augen. Eine ihrer Fingerspitzen fuhr zart über meine Wange und zeichnete dann mein Ohr und meine Kinnlinie nach. Ich fühlte mich herrlich geborgen, und gleichzeitig sandten ihre Berührungen wohlige Schauer über meinen Rücken. Mir war, als schwebte ich, eingehüllt in einen Kokon aus prickelnder Wärme, im luftleeren Raum.

8. Mai

Gestern Abend war ich bei Jamie. Seit neulich ist er unnatürlich höflich und unheimlich bemüht, unsere Freundschaft zu retten. Ich hatte keine Lust auszugehen, und so schauten wir uns auf Sky One eine von diesen albernen Strand-Gameshows an und tranken Wein dazu.

Gegen Ende der zweiten Flasche entspannte ich mich allmählich. Es war eine solche Erleichterung, nicht in meiner Wohnung sitzen zu müssen und darauf zu warten, dass das Telefon klingelte, und ich fühlte mich richtig wohl – bis ich im Halbdunkel zu Jamie hinüberschaute. Er hing mit ausgestreckten Beinen auf dem Sofa, hatte das Weinglas auf seinem Bauch abgestellt und amüsierte sich über des Programm. In dem bläulichen Licht, das der Bildschirm abstrahlte, wirkte sein Gesicht noch kränklicher und blasser als sonst. Sein Kinn lag auf der Brust, und ich sah Anzeichen dafür, dass sich dort bald ein zweites entwickeln würde. Und plötzlich lief vor meinem geistigen Auge wie ein Film das Leben ab, das uns erwarten würde – ein Leben vor dem Fernseher, während Jamies Doppelkinn im Laufe der Jahre immer dicker würde. Ich sah ihn als Mann in mittleren Jahren auf dem Sofa lümmeln und mich geduldig daneben sitzen, während ich darauf hoffte, dass irgendetwas geschehen würde, doch es änderte sich nichts außer hin und wieder das Fernsehprogramm. Wir würden wie Mum und Dad sein, alt werden, ohne es zu merken, stumpfsinnig und aneinander gewöhnt, an unser Leben gewöhnt, daran gewöhnt, zu wissen, wie jeder

Tag ablaufen würde, noch ehe er begonnen hätte, so in der Gewohnheit gefangen, dass wir all das Schlimme, das in der Welt vorging, gar nicht wahrnehmen würden, nicht einmal, wenn es in unserem Haus passierte, wenn es unsere Kinder beträfe, wenn es sich direkt vor unserer Nase abspielte.

Vielleicht schaut man im Laufe der Zeit einfach nicht mehr genau hin. Vielleicht wird man blind für gewisse Dinge. Ich kann heute noch nicht verstehen, dass Mum und Dad alles glaubten, was Jonathan ihnen erzählte, sogar dann noch, als sein Chef zu uns nach Hause kam, mit der Polizei drohte und sagte, er werde Jonathan feuern, wenn sich herausstellte, dass sein Verdacht berechtigt sei. Mum und Dad reagierten erstaunlich. Sie brüllten den Kerl an, dass er auf dem Holzweg sei, dass wir anständige Kinder seien, die niemals jemanden, der ihnen vertraute, in dieser Weise hintergehen würden.

Und Mum setzte noch eins drauf. Sie sagte tatsächlich, sie sei stolz auf uns. Stolz! Sie sagte, wir würden beide unseren Weg machen, Automechaniker und Krankenpflegerinnen seien gesucht und geschätzt. Ich fühlte mich grässlich, als sie mich so lobte, weil ich, was sie nicht wusste, fast alle Prüfungsarbeiten verhauen hatte und würde wiederholen müssen. Meine Mitschüler waren mit Feuereifer bei der Sache und begeistert darüber, dass sie der Menschheit einen Dienst erweisen würden, und lächelten mich mitleidig an, wenn ich ins Klassenzimmer kam. Die Frauen wollten mich bemuttern, weil ich verglichen mit ihnen noch ein Kind war, und die Männer versuchten, mich aufzuheitern, weil es ihnen gefiel, einem jungen Mädchen was Gutes zu tun – das hängt bei denen wohl mit dem Älterwerden zusammen. Wenn ich sie von ihren »sinnlosen« Büro-, Fabrik- und Lagerhausjobs erzählen hörte, die sie gehabt hatten, bevor sie sich für den Pflegeberuf entschieden, bevor sie erkannten, dass ihnen das Wohl ihrer Mitmenschen am Herzen lag, kam ich mir mit meinem Samstagsjob bei Morrison's vor wie ein rosa Elefant. Dann wurde mir klar, dass ich hier überhaupt nichts zu suchen hatte. Mir lag das Wohl meiner Mitmenschen nicht am Herzen.

»Du bist so still heute Abend«, sagte Jamie. »Ist was nicht in Ordnung?«

»Ich bin bloß müde.«

»Du machst dir immer noch Gedanken wegen der Anrufe, stimmt's? Ich weiß wirklich nicht, warum du nicht zur Polizei gehst. Die würden der Sache schnell ein Ende bereiten. Mit einer Fangschaltung wäre das ein Klacks.«

»Hör auf, mich zu nerven«, bat ich. »Ich gehe nicht zur Polizei. Er hat seit fast einer Woche sowieso nicht mehr angerufen.«

»Seit fast einer Woche? Das ist natürlich was anderes. Ich dachte, er mache fröhlich weiter.«

»Der Anrufbeantworter hat ihm bestimmt den Spaß verdorben«, spielte ich die Coole.

»Verlass dich nicht drauf.«

»Willst du mir Angst einjagen?«

»Wie kommst du denn darauf? Ich finde nur, es wäre nicht verkehrt, wenn ich ein paar Tage bei dir übernachten würde, ans Telefon ginge, wenn es klingelt – damit er glaubt, dass du mit jemandem zusammenlebst.«

»Das würde dir so passen!«

»Also wirklich, Sophie!« Er schaute mich gekränkt an. »Du weißt genau, was ich gesagt habe ...«

»Okay, okay«, winkte ich ab. »Reden wir nicht mehr davon.« Wieder stieg der Verdacht in mir auf, dass Jamie der geheimnisvolle Anrufer war. Es wäre total logisch gewesen. Einerseits terrorisierte er mich, und andererseits spielte er den Besorgten, den Beschützer, bot mir seine Hilfe an ... Wenn es so war, dann ließ er mich wie eine Marionette tanzen, und der Gedanke machte mir noch mehr Angst als das stille Atmen am Telefon. Jamie hatte sich wieder dem Fernseher zugewandt und drehte sich blind einen Joint, und ich fragte mich, warum ich irgendeinen abartigen Fremden verdächtigt hatte, während der wahre Täter direkt vor meiner Nase saß. Jamie kannte meine Büro- und Privatnummer und meine Lebensgewohnheiten – und er hatte ein Motiv, wie krank es auch sein mochte: mich auf diese Weise für sich gewinnen zu wollen.

Auf dem Bildschirm rangen zwei Kandidaten in einem Swimmingpool voll angezogen mit einem aufblasbaren Krokodil, und Jamie lachte schallend. Ich war stinkwütend, aber ich wollte ihn nicht zur Rede stellen, bevor ich alles gründlich durchdacht hatte. Also sagte ich leichthin: »Ich glaube, ich gehe dann mal. Morgen früh ist die Nacht um.«

»Ach, bleib doch noch«, bettelte er. »Lass uns den miteinander rauchen.« Er streckte mir den Joint hin. Ich zog ein paar Male daran und versuchte dabei, eine Entscheidung zu treffen. Ich wollte nicht bleiben, aber nach Hause wollte ich auch nicht. Ich wollte überhaupt nirgends hin. Am liebsten wäre ich auf der Stelle in Tiefschlaf gefallen – dann hätte es mich nicht mehr interessiert, wo ich war.

Ich gab ihm den Joint zurück und angelte mir meine Schuhe.

»Wenn du unbedingt gehen willst, dann bringe ich dich wenigstens heim«, erklärte er, machte den Joint aus und steckte ihn für später in seine Zigarettenschachtel. Meinen Protest ließ er nicht gelten. »Es ist schon spät, und man weiß nie, was für Verrückte da draußen unterwegs sind. Wenn ich dich nicht nach Hause bringen darf, mache ich die ganze Nacht kein Auge zu, weil ich nicht weiß, ob du gesund angekommen bist.«

Also ließ ich mich von ihm begleiten. Genau genommen war es mir ganz recht, denn die Vorstellung, nach Mitternacht allein durch die Straßen zu laufen, wo einen alle naselang ein Betrunkener anquatschte, war nicht gerade aufbauend. Ich kann es nicht ausstehen, wenn mich einer rauschfreundlich anlallt, wo ich gewesen sei und ob ich einen schönen Abend gehabt hätte und ob ich eine Zigarette entbehren könnte. Noch schlimmer ist es, wenn ich hinter mir Schritte höre und nicht weiß, ob mich da jemand verfolgt oder nur auf dem Heimweg ist wie ich und entsetzt wäre, wenn er wüsste, dass die Frau vor ihm ihn für einen möglichen Angreifer hält. Scheußlich ist auch, wenn sich einer von hinten mit schnellen Schritten nähert. Dann weiß ich nie, ob ich schneller gehen soll, damit er hinter mir bleibt, oder langsamer, damit er überholen kann. Meistens werde ich langsamer, und es ist eine Qual, bis er endlich vorbeizieht. Ich schaue dann extra nicht hin, um nicht den Eindruck zu erwecken, interessiert zu sein, und komme mir jedes

Mal idiotisch vor, weil ich mich für nichts und wieder nichts verrückt gemacht habe.

Jamie und ich teilten uns den angefangenen Joint, und während wir schweigend nebeneinander hergingen, fiel mir ein, dass ich als Frau statistisch gesehen allein sicherer bin als in der Begleitung eines Freundes. Statistisch gesehen ist es wahrscheinlicher, von einem Freund attackiert zu werden als von einem Fremden, der in einem Hauseingang lauert. Demnach war ich also in Jamies Begleitung gefährdeter, als wenn ich darauf bestanden hätte, allein zu gehen. Ich hätte ihn ja anrufen können, wenn ich daheim angekommen wäre, damit er sich keine Sorgen mehr machte.

Aber da war noch dieser kleine Rest Zweifel – schließlich hatte ich keinen Beweis dafür, dass Jamie hinter den Anrufen steckte. Vielleicht war es doch ein Fremder, und er stand in der Dunkelheit im Hof hinter dem Friseursalon oder hatte mein Türschloss geknackt und erwartete mich in der Wohnung. Vielleicht war es aber doch Jamie, und er hatte nur einen Vorwand gesucht, um in meine Wohnung zu kommen … Nein, das konnte nicht sein! Andererseits – keine Frau hielt ihren Angreifer vor der Tat für dazu fähig, sonst hätte sie ihm ja nicht vertraut …

»Was denkst du?«, fragte Jamie. Wir hatten etwa den halben Weg hinter uns gebracht. Kein Mensch war auf der Straße, in keinem Fenster brannte Licht. Außer uns schien niemand mehr wach zu sein.

»Ich denke darüber nach, wer der Anrufer sein kann«, antwortete ich. »Und je länger ich darüber nachdenke, umso wahrscheinlicher kommt es mir vor, dass es jemand ist, den ich kenne. Ein Freund. Findest du das nicht auch einleuchtend?«

Er antwortete nicht gleich, und als er es tat, klang es, als wählte er seine Worte sorgfältig. »Hast du eine Vorstellung, wer es sein könnte?«

»Jemand, dem ich vertraue«, antwortete ich. »Die Frage ist, warum er es tut.«

Wieder klangen seine Worte sorgfältig gewählt, als er fragte: »Was meinst du – welche Gründe könnte er haben?«

»Vielleicht will er mir Angst machen, weil er denkt, dass er mich damit dazu bringen kann, zu tun, was er will.«

»Und was sollte er wollen?«

»Vielleicht mich.«

»Dich?«

»Vielleicht ist es jemand, der mich anspinnt.«

Er packte mich beim Arm und zwang mich, stehen zu bleiben. »Ich weiß, worauf du hinauswillst – aber ich kann nicht fassen, dass du das denkst.«

Der Wein und der Joint hatten mich mutig gemacht. »Wenn du weißt, worauf ich hinauswill, dann heißt das, dass ich Recht habe, oder?« Er schüttelte langsam den Kopf. »Wie kannst du nur? Wie kannst du mir so was zutrauen?«

Ich war meiner Sache sicher gewesen. Natürlich hatte ich damit gerechnet, dass er es abstreiten würde, wenn ich es ihm auf den Kopf zusagte – aber seine Bestürzung und Verwirrung wirkten so echt, dass ich mich plötzlich fragte, was in mich gefahren war. »Es tut mir Leid«, entschuldigte ich mich zerknirscht. »Ich wollte dich nicht verletzen. Diese Anrufe machen mich so irre, dass ich schon gar nicht mehr klar denken kann.« Falls doch er derjenige welcher war, beherrschte er das Manipulationsspiel perfekt – dann hatte er mich wieder mal tanzen lassen.

Er gab meinen Arm frei, und wir gingen weiter. Zuerst schaute ich stur geradeaus, aber als er hartnäckig schwieg, wagte ich einen kurzen Blick. Jamie trottete mit gesenktem Kopf und hängenden Schultern dahin. Es kostete mich Mühe, ihn nicht zu bemitleiden. Wenn er der Anrufer war, und die Möglichkeit bestand nach wie vor, dann hatte er kein Mitleid verdient – und wenn er es nicht war, dann müsste er mich verstehen. Darum geht es doch in einer Freundschaft, oder? Verständnis aufzubringen, wenn sich jemand in einer Ausnahmesituation befindet – auch wenn man unverdient gekränkt wird.

Als wir vor meiner Haustür ankamen, fragte ich: »Magst du noch mit raufkommen?«

»Nein«, antwortete er an mir vorbei, »ich kehre gleich um.«

»Okay«, sagte ich. »Dann bis bald. Und – danke.«

»Keine Ursache«, erwiderte er förmlich.

Ich lief in mein Appartement hinauf und, ohne Licht zu machen, zum Wohnzimmerfenster. Jamie stand auf dem Bürgersteig und versuchte, sich eine Zigarette anzuzünden, doch das Feuerzeug funktionierte nicht. Er schüttelte es heftig, und das half. Als die Zigarette brannte, drehte er sich um und ging leicht vornübergebeugt langsam die Straße hinunter wie ein in Gedanken versunkener alter Mann.

12

Ich legte das Notizbuch auf den Tisch und trank einen Schluck Bier. Es war kurz vor halb acht und das Lokal gut besucht, aber Jamie und seine Freunde hatten sich bisher nicht blicken lassen. Wenn ich vor Alison zu Hause sein wollte, müsste ich demnächst aufbrechen, denn sie würde mich mit Fragen löchern, wenn ich erst nach ihr eintrudelte, doch das kümmerte mich nicht. Nicht mehr. Ich machte mir Sorgen um Sophie, und ich wollte unbedingt mit Jamie sprechen, und es spielte keine Rolle, dass Alison das nicht verstehen würde.

Je weiter ich in ihrem Notizbuch kam, umso größer wurde meine Sorge um Sophie – und Helens Schilderungen, was Menschen, die auf der Straße lebten, alles zustoßen konnte, taten ein Übriges. Sie verfolgten mich bis in meine Träume. Ich stellte mir vor, wie allein und verloren sie sich fühlen musste, ohne jemanden, an den sie sich wenden, auf den sie sich verlassen konnte. Und ich fühlte mich schuldig. Ich hätte helfen müssen. Wir haben eine soziale Verantwortung für unsere Mitmenschen, und ich hatte sie vernachlässigt. Wenn ich das Rad der Zeit hätte zurückdrehen und wieder neben ihr an der Bushaltestelle stehen können, hätte ich sie angesprochen. Ich hatte weiß Gott oft genug Gelegenheit dazu gehabt, sie aber nie genutzt – und deshalb wäre ich mitverantwortlich für alles, was ihr bereits zugestoßen sein oder noch zustoßen mochte.

Und das hieß, dass ich handeln musste. Als Erstes hatte ich Jamie auf die Anrufe anzusprechen, wenn ich ihn das nächste Mal sah.

Und außerdem musste ich aufhören, um Alison und mich selbst zu rotieren, denn das hatte mich daran gehindert, Sophie die Hand hinzustrecken, als es wichtig gewesen war, als ich hätte verhindern können, was immer inzwischen mit ihr geschehen war.

Ich saß in der Nähe des Pooltisches und konnte von meinem Platz aus die ganze Bar überblicken. Der Tisch, an dem neulich Jamie und seine Freunde gesessen hatten, war noch frei. Im Fernsehen wurde eines der üblichen Freundschaftsspiele vor der Fußball-WM übertragen – England gegen irgendwen. Eine Gruppe junger Männer in Arbeitskluft – einer trug sogar noch seine orangerote Leuchtweste – hatte sich in einem Halbkreis vor dem Bildschirm versammelt. Sie lümmelten, die Beine ausgestreckt, die Bierkrüge in ihren derben Händen, entspannt auf ihren Stühlen und verfolgten konzentriert das Spiel. Es waren Riesenkerle, Muskelmänner, echte Männer. Von denen würde sich bestimmt keiner darüber Gedanken machen, ob seine Frau vor ihm nach Hause käme. Keiner von ihnen würde etwas dabei finden, ohne sie unterwegs zu sein. Sie lachten laut, redeten laut – jeder ihrer fachmännischen Kommentare dröhnte in meinen Ohren. Von ihnen hätte keiner Hemmungen, eine Frau an einer Bushaltestelle anzusprechen oder mit jemandem kurzen Prozess zu machen, von dem er annahm, dass er etwas auf dem Kerbholz hatte.

Ich fühlte mich im Vergleich zu ihnen schrecklich klein und unbedeutend. Wahrscheinlich hätte Sophie mein Hilfsangebot abgelehnt, weil sie mir nicht zutraute, ihr helfen zu können. Wenn ich jemand anderer wäre, dachte ich, zum Beispiel Steve oder Jamie, dann hätte ich mich hinter die Männer gesetzt und mir mit ein paar klug gewählten Bemerkungen Zugang zu ihrer Gruppe verschafft. Steve hätte gewusst, wie er es machen musste, und Jamie hätte sich ganz selbstverständlich zu ihnen gesetzt, und wenn Sophie dabei gewesen wäre, hätte sie die gleiche Begeisterung für das Spiel aufgebracht wie die Männer. Alison hätte in dieser Runde wie ein Fremdkörper gewirkt. Sie hätte dabeigesessen, sich aber abgeschottet, demonstrativ gezeigt, dass sie nichts mit ihnen gemeinsam hatte, und dann hätte ich wählen und mich für sie entscheiden müssen, und damit wäre ich ebenfalls außen vor gewesen. Die Szene lief vor meinem geistigen Auge ab, und ich wurde wütend, denn es konnte doch nicht so schwierig sein, für die Dauer eines Fußballspiels so zu tun als ob.

Es enttäuschte mich, dass Jamie heute nicht in den Pub gekommen war. Ich malte mir aus, wie ich bei den Männern saß und ihn hereinkommen sah, wie ich aufstand, um ihn zur Rede zu stellen, wie ich mich zu meiner vollen Größe aufrichtete und er erkannte, wie viel Kraft in meinem Körper steckte, wie die Männer das Fußballspiel Fußballspiel sein ließen, uns prüfend musterten und mich dann zum Favoriten erklärten. Ich würde Jamie dazu zwingen, einzugestehen, dass ich Recht hätte, dass er nicht Sophies Freund war, dass er nie Sophies Freund gewesen war, dass er immer nur seine eigenen Interessen im Auge gehabt hätte. Und wenn – falls – Sophie zurückkäme, würde sie begreifen, wer ihr wahrer Freund war, wer wirklich ihre Interessen im Auge hatte, dass ich es war, der sie beschützte, dass ich keine niederen Beweggründe hatte, dass mich nicht Egoismus veranlasste, mich um sie zu kümmern.

Wenn ich den Mut aufgebracht hätte, Sophie anzusprechen, bevor sie verschwand, dann hätte sie sich mir vielleicht anvertraut, und ich hätte ihr die Augen über Jamie öffnen können, und dann wäre sie vielleicht überhaupt nicht weggelaufen.

Ich war überzeugt, dass Jamie dafür verantwortlich war, dass er sie in die Flucht getrieben hatte. Ich stellte sie mir vor, wie sie, die Jacke fest um sich gewickelt, einsam durch die Straßen streifte, frierend und verzweifelt, und ich fühlte, was sie fühlte, ich dachte, was sie dachte, als ob eine übersinnliche Verbindung zwischen uns bestände. Im Traum hörte ich manchmal sogar ihre Stimme. Sie rief nach mir, zog mich magisch an.

9. Mai

Heute früh kam ich zu spät zur Arbeit. Kein Wunder nach der Nacht. Ich war noch nicht einmal angezogen, als der Typ, der auch immer mit meinem Bus fährt, zur Haltestelle kam, und ich wusste, dass ich zu spät dran war.

Ich hatte gehofft, Marion würde ein Auge zudrücken, nachdem ich bei ihr zu Hause gewesen war und wir uns nun näher kannten, aber als ich ihr Gesicht sah, wusste ich, dass es ein Problem gab. Sie ließ mir nicht einmal die Zeit, meinen Mantel auszuziehen oder die Tasche abzustellen, rief mich mit messerscharfer Stimme in ihr Büro und schloss die Tür.

Ihr Zimmer zu betreten ist wie eine Reise in die Vergangenheit. Unser Großraumbüro ist mit grauen Kunststoffmöbeln eingerichtet. Es sieht alles hübsch und modern aus – nur wenn man genau hinschaut, fällt einem auf, dass sich hier und da das Furnier von den Tischplatten löst. In Marions Zimmer sieht es dagegen aus, als habe sie sich ihr Mobiliar bei Altwarenhändlern zusammengesucht. Ihr Schreibtisch ist ein scheußliches Ungetüm mit einer unechten Teakholzplatte und Chrombeinen, die mausgrauen Aktenschränke und die Wandregale, in denen sich Leitzordner mit gelben Etiketten stapeln, sind an den Kanten abgestoßen. Sonst hat es mich immer eingeschüchtert, sie in dieser Umgebung zu sehen, weil sie darin irgendwie Respekt gebietend wirkte, aber als ich heute zu ihr reinging, war ich ganz cool. Ich hatte gesehen, wie sie wohnte, was für ein jämmerliches Leben sie führte, und wusste jetzt, dass sie auch nur mit Wasser kochte.

Ich sagte, der Bus habe nicht für mich angehalten, aber sie kaufte es mir nicht ab. Sie sagte, ich käme ständig zu spät, und ich sagte, so oft nun auch wieder nicht, und außerdem holte ich die Zeit immer nach, aber sie winkte bloß ab. Und dann fing sie von meinem Benehmen an, und sie sprach es so aus, dass ich die Trennungsstriche zwischen den einzelnen Silben förmlich sehen konnte. Sie sagte, man merke mir an, dass ich keinen Spaß an meiner Arbeit hätte und dass ich nie mein Pensum erfüllte und dass ich im Umgang mit den Anrufern jede Freundlichkeit vermissen ließe. Ich stand da wie ein Schulmädchen vor dem Rektor, und sie saß hinter ihrem Schreibtischungetüm und tippte mit einem Kugelschreiber auf einen Papierstapel, während sie mich abkanzelte. Als ich etwas dazu sagen wollte, verbot sie mir den Mund, indem sie die Hand hob, und fuhr fort:

»Pünktlichkeit ist das A und O in diesem Büro, Sophie. Zuverlässigkeit ist eine Grundbedingung für diesen Job, und wenn Sie zu spät zur Arbeit kommen, dann weckt das ernste Zweifel an ihrem Pflichtbewusstsein.«

Ich wollte sagen, dass es ihr gar nicht um meine Unpünktlichkeit oder mein »Benehmen« gehe, sondern nur darum, dass sie mich nicht leiden könne. Wahrscheinlich empfand sie mich, nachdem ich in ihrem Haus gewesen war, irgendwie als Bedrohung. Ich wollte sagen, dass sie mich nur so niedermache, weil ich den Mut hätte, es mit ihr aufzunehmen, während alle anderen ängstlich den Kopf einzögen und sich entschuldigten, auch wenn sie gar nichts getan hätten, für das sie sich entschuldigen müssten. Stattdessen hörte ich mich sagen: »Ich bin gewissenhaft und eine gute Kraft.«

»Ihr Benehmen ließ schon, als Sie hier anfingen, zu wünschen übrig«, hielt sie dagegen. »Wir mussten deswegen bereits mehrere Gespräche mit Ihnen führen, erinnern Sie sich?«

»Ja, ich erinnere mich«, antwortete ich. Wie hätte ich vergessen können, wie ich in ihr Büro zitiert wurde, und Mr Bennett extra von oben kam, um mich abzumahnen, weil ich Leitungen blockiert hatte, indem ich aus Quatsch bei Kolleginnen Kundin spielte. Natürlich machten das die anderen auch, aber ich wurde erwischt, und Marion stürzte sich mit Wonne auf mich. »Das ist aber drei Jahre her«, versuchte ich mich zu verteidigen. »Inzwischen bin ich viel verantwortungsbewusster.«

»Tatsächlich? Mir scheint es eher, als seien Sie unbelehrbar.«

Und dann hielt sie mir vor, wie faul ich früher gewesen sei, dass ich nie getan hätte, was ich sollte. Ich entgegnete, dass ich mich geändert hatte, aber davon wollte sie nichts hören. Sie hatte eine feste Vorstellung von mir, und an der konnte ich nichts ändern, und wenn ich mich auf den Kopf stellte.

Dann sagte sie: »Es hat Beschwerden gegeben, dass Sie Ihre vorgeschriebenen Arbeitsstunden nicht einhalten.«

Ich wurde stinkwütend. Ich arbeite immer so lange, wie ich muss, und wenn jemand ein Problem mit mir hat, dann soll er mir das ins Gesicht sagen, anstatt mich hinter meinem Rücken bei Marion schlecht zu machen, als wären wir im Kindergarten oder so was. Marion fuhr fort: »Sie sind vor ein paar Wochen am Freitag früher gegangen, obwohl sie eigentlich noch Dienst gehabt hätten.« Ich erklärte ihr, dass ich mit Leanna getauscht und dafür ihre Dienstagsschicht übernommen hatte, aber sie glaubte mir nicht. Ich hätte sie am liebsten angeschrien, aber ich wusste, dass sie mir auch dann nicht zugehört hätte. Sie hätte mich höchstens rausgeschmissen.

»Das Problem ist damals wie heute das gleiche«, sagte sie. »Ihre mangelnde Arbeitsmoral.« Sie zog einen Stapel Zettel zu sich heran und las mir vor, wie oft ich mein Pensum nicht erfüllt hätte, und wollte wissen, warum ich die bei mir eingegangenen Anfragen nur zum Teil beantwortet hätte. Ihre Stimme bohrte sich schmerzhaft in meine Ohren, und ich konnte sie nicht damit besänftigen, dass mich die Anrufe des »Atmers« so geängstigt hatten, dass ich mich kaum noch traute, den Hörer abzunehmen, weil ich zugeben musste, dass ich im Büro Ruhe vor ihm hatte, seit Leanna und ich die Plätze getauscht hatten. Jeder andere hätte Mitleid mit mir gehabt und verstanden, dass mir die Panik trotzdem noch im Nacken saß, dass mir mein Herz jedes Mal bis zum Hals schlug, wenn das Telefon klingelte, weil ich damit rechnen musste, das schreckliche Atmen zu hören. Aber Marion brauchte ich damit nicht zu kommen – die würde das nicht rühren. Sie würde höchstens sagen, ich solle die Polizei anrufen, wenn ich damit ein Problem hätte, und sie würde nicht begreifen, warum ich das nicht tun will. Tränen schossen mir in die Augen, aber nicht, weil sie mich gekränkt hätte oder weil ich mich vor ihr fürchtete, sondern weil in meinem Leben nichts mehr einfach ist, weil nichts mehr hinhaut, und weil ich das bis obenhin satt habe.

Marion hielt mir einen Vortrag, dass ich mich auf meine Arbeit konzentrieren müsse, anstatt vor mich hin zu träumen, dass ich während der Arbeitszeit alles andere zu vergessen hätte. Als könnte man sein Leben morgens in die Schreibtischschublade legen und es erst am Ende der Schicht wieder rausholen! Sie sagte, ich müsse mein Privatleben von meinem Berufsleben trennen, und irgendwann packte ich ihr Gelaber nicht mehr. Als ich das Gefühl hatte, gleich zu explodieren, sagte ich: »Wenn Sie ein Privatleben hätten, wüssten Sie, was für ein Schwachsinn das ist, was Sie mir da erzählen.«

Im nächsten Moment wünschte ich, ich hätte meinen Mund gehalten oder könnte meine Worte in ihn zurückstopfen, aber sie waren unwiderruflich ausgesprochen, und Marion hatte sie gehört.

Sie stand langsam auf, wurde größer und größer, bis sie fast bis zur Zimmerdecke zu reichen schien, und jetzt hatte ich Angst. Ich stotterte hektisch Entschuldigungen, aber sie schrie nur, was mir eigentlich einfiele, für wen ich mich hielte, und wie ich es wagen könne, so etwas zu sagen. Ich konnte nicht einfach dastehen und einstecken, was sie mir an den Kopf warf, nicht von diesem alten, frustrierten Drachen, und so fing ich an zurückzuschreien. Ich schrie, dass sie mir nie zuhöre, dass sie mir nie glaube, dass sie mich nie ungestört meine Arbeit machen ließe, dass sie mir ständig über die Schulter schaue, dass sie mich von Anfang an nicht habe leiden können.

Ich schrie und schrie, und die Tränen liefen mir übers Gesicht, und ich wusste, wenn ich noch länger bliebe, würde ich komplett durchdrehen, und darum machte ich auf dem Absatz kehrt, riss die Tür auf und rannte los, durch unser Großraumbüro, vorbei an Gesichtern, die ich nur verschwommen wahrnahm, durch die große Tür, die Treppe hinunter und auf die Straße hinaus, die hinter dem Gebäude entlangläuft.

Dann blieb ich keuchend stehen und würgte an meinen Tränen. Meine Kehle war wie zugeschnürt, bei jedem Atemzug brannten meine Lungen wie Feuer. Passanten musterten mich, blieben jedoch nicht stehen. Ich lehnte mich mit dem Rücken an die Hauswand und versuchte, mich zu beruhigen.

Nach einer Weile, als ich gerade dabei war, mir mit zitternden Fingern eine Zigarette anzuzünden, kam Julie raus. »Ach, hier steckst du!«, sagte sie. Dann erzählte sie mir, dass alle im Büro den Krach mitbekommen hätten, aber Marion tue, als sei nichts gewesen. Ich gab Julie eine Zigarette, und sie fing an, mir die Kommentare der anderen zu schildern, und bald musste ich lachen, aber gleichzeitig war mir noch immer zum Heulen. Julie fragte mich, was mit mir los sei, aber ich verriet es ihr nicht. Ich wollte nicht, dass irgendjemand von den Anrufen erfuhr. Es machte mich verrückt, dass es da jemanden gab, der einfach in mein Leben eindrang. Ich fühlte mich wie nackt, verletzbar, wehrlos und kontrolliert, aber es konnte gut sein, dass meine Kolleginnen die Geschichte lockerer sähen als ich, und das Letzte, was ich jetzt noch brauchen könnte, wäre Spott.

Julie sagte, ich müsse unbedingt noch mal mit Marion

reden, und ich sah ein, dass sie Recht hatte. Wenn ich nicht gleich wieder da reinginge, würde ich es nie mehr tun, das wusste ich. Julie hakte mich unter, und wir gingen ins Büro zurück. Alle taten, als seien sie schwer beschäftigt und bemerkten mich nicht. Ich begleitete Julie zu ihrem Platz und ging dann den Gang runter, auf Marions Reich zu, die darin bei offener Tür über irgendwelchen Papieren hinter ihrem Schreibtisch saß. Als ich an den Türrahmen klopfte, schaute sie auf – und lächelte!

»Kommen Sie herein.« Sie winkte mich zu sich. Ich machte zwei zögernde Schritte und schloss die Tür hinter mir, und dann plapperte ich los: »Es tut mir so Leid, ich habe das alles nicht so gemeint, ich wollte Sie auf keinen Fall kränken, mir sind die Nerven durchgegangen, weil ich momentan private Probleme habe, bitte entschuldigen Sie ...« Dann ging mir die Luft aus. Ich kam mir absolut idiotisch vor.

Marion schaute mich eine Weile schweigend an, und ich dachte, wenn sie jetzt wieder zu toben anfängt, renne ich wieder weg oder breche wieder in Tränen aus. Aber sie sagte, ich solle mich setzen, und ihre Stimme klang wirklich und wahrhaftig freundlich, und das machte alles noch schlimmer. »Ich bedaure, dass Sie meine Ermahnungen so schwer genommen haben. Sophie. Es lag nicht in meiner Absicht, Sie aus der Fassung zu bringen. Wenn mir bekannt gewesen wäre, dass Sie private Probleme haben, hätte ich Sie nicht so hart angefasst. Was gibt es denn?« Ich hatte schon wieder einen Kloß im Hals und Tränen in den Augen und musste mich echt beherrschen, mir nicht alles von der Seele zu reden, aber es hätte keinen Sinn gehabt. Sie hätte es nicht verstanden, aus ihrem Mitgefühl wäre in null Komma nichts Verachtung geworden, und sie hätte mich als hysterisch abgestempelt oder so. Ihre Meinung von mir war schon schlecht genug. Also erzählte ich ihr, meine Mum sei schwer krank, und daraufhin überschlug sie sich fast vor Liebenswürdigkeit, sagte, sie könne verstehen, dass ich unter diesen Umständen mit meinen Gedanken woanders sei, ich solle mir keine Sorgen wegen meines Pensums machen, und wenn ich mir freinehmen wolle, brauche ich es nur zu sagen. Ich fühlte mich schauerlich.

Als ich mich an meinen Schreibtisch setzte und meinen Computer einschaltete, spürte ich Kopfschmerzen kommen und Übelkeit aufsteigen, am liebsten wäre ich nach Hause gefahren und hätte mich in mein Bett verkrochen.

Marion war wirklich nett gewesen, aber irgendwann wird sie meinen Auftritt gegen mich verwenden, das weiß ich. Sie hält mir alles, was ich mir mal habe zuschulden kommen lassen, mit Begeisterung vor. Immer wieder. Als ich hier zu arbeiten anfing, war ich ehrlich nicht besonders pflichtbewusst. Das habe ich von überall zu hören bekommen. Ich weiß, dass ich die Arbeit hätte ernst nehmen sollen, ich weiß, dass ich den Pflegekurs nicht hätte schmeißen sollen, dass ich Jonathan nicht zum Lügen hätte überreden sollen, dass ich nicht ohne ein Wort hätte verschwinden sollen. Aber das ist lange her, damals war ich viel jünger, und der Mensch lernt doch aus Erfahrungen, heißt es. Aber keiner merkt, dass ich was gelernt habe, dass ich mich geändert habe, und so klebt die Vergangenheit an mir wie Kaugummi an den Schuhsohlen.

Ein Gutes hatte sie ja: ich konnte, ohne nachzudenken, abhauen, musste mir nicht mehr anhören, wie Jonathan mir für alles, was in seinem Leben schief lief, die Schuld gab, mir vorwarf, dass er meinetwegen vielleicht seinen Job verlieren würde, und an mich hinjammerte, dass man ihm seine Lügen nicht abkaufe und er es nicht mehr aushalte, wie Mum und Dad sich verhielten. Als hätte ich ihn gezwungen, den Plan in die Tat umzusetzen! Als hätte der Plan ihm nicht ursprünglich seinen Hals retten sollen! Als würde ich vor Freude über das Ganze Luftsprünge machen! Er bemerkte überhaupt nicht, in was für einer Verfassung ich war, wie Leid mir das alles tat, und dass ich genauso mit dem Rücken zur Wand stand wie er. Es kümmerte ihn auch nicht, dass ich in dem Pflegekurs nicht mitkam, weil ich den Kopf nicht zum Lernen frei hatte – er war nur mit sich beschäftigt. Und als ich es nicht mehr aushielt, lief ich einfach weg.

Ich würde diesen Job lieber heute als morgen hinschmeißen, aber auch wenn es keiner glaubt – ich bin vernünftiger geworden. Wenn ich kündigte, wovon sollte ich dann meine Miete bezahlen – und wie sollte ich meinen Eltern beibringen, was ich getan hatte? Ich muss weitermachen, und wenn es mir noch so gegen den Strich geht.

Der Tag war ein Albtraum. Lauter Idioten schnauzten mich an, weil sie Probleme mit Abrechnungen hatten, für die ich nichts konnte. Einer meiner Kolleginnen wurde übel, und sie ging nach Hause, und damit war ein

Telefon weniger besetzt, aber die Anrufe wurden deswegen nicht weniger. Und während uns der Kopf rauchte, wanderte Marion durch die Reihen und achtete darauf, dass sich keine von uns eine Atempause erlaubte.

13

Ich erzählte Malcolm, ich hätte einen Termin beim Zahnarzt, und ging ein paar Stunden früher. Ich wusste nicht, wann Sophies Schicht zu Ende war, und wollte auf jeden Fall dort sein, wenn die Mädchen herauskamen.

Das Callcenter war in einem großen Betonklotz aus den Sechzigern untergebacht. Der Eingang zu den Büros befand sich in der Parliament Street auf der Rückseite des Gebäudes, seine Front war dem Market Square zugewandt. Neben dem Eingang gab es ein schäbiges Stehcafé und einen Laden, in dem, nach dem Schaufenster zu urteilen, längst aus der Mode gekommene Damenkleidung verkauft wurde. Ich schlenderte die Gasse entlang, die an den Geschäften vorbeiführte, und bemühte mich unauffällig zu sein. Auf der anderen Straßenseite, direkt gegenüber, gähnte der dunkle Schlund des Liefereingangs des Hotels Forte. Ich postierte mich dort. Mein Blick wanderte über die hässlichen Gesichter der Häuser aus den sechziger Jahren mit ihrem ungesunden Abgas-Teint, während ich auf das Erscheinen der vertrauten rotweiß gestreiften Blusen wartete und mir überlegte, wie ich mein Anliegen vorbringen sollte, um nicht für einen Spinner gehalten zu werden, mit denen es die Mädchen laut Sophies Notizbuch immer wieder zu tun hatte. Die erste Frau, die herauskam, war stämmig und mittleren Alters. Als sie vor dem Eingang stehen blieb und sich eine Zigarette anzündete, sauste ich über die Straße und trat freundlich lächelnd auf sie zu. »Entschuldigen Sie«, sagte ich artig. »Ich bin auf der Suche nach Leanna. Eine ihrer Freundinnen hat mich gebeten, ihr etwas auszurichten.« Die Frau musterte mich von oben bis unten und fand offenbar, dass ich nicht wie ein Perversling oder Massenmörder aussah, denn als hinter ihr eine lärmende Horde rotweiß gestreifter Blusen aus dem Gebäude drängte, rief sie: »He, Leanna – hier ist jemand für dich.«

Ein zierliches Mädchen mit kurzen blonden Haaren löste sich aus dem Pulk und sah mich fragend an. Die stämmige Frau nickte kurz und ging.

»Ich bin ein Freund von Sophie Taylor«, sagte ich.

»Ach ja?«

»Ja. Ich versuche, sie zu finden.«

Die Blondine schaute an mir vorbei. »Die Polizei war schon bei uns«, berichtete sie. »Aber wir konnten den Beamten nicht weiterhelfen.«

Stirnrunzelnd sah sie mich an. »Die glauben doch nicht etwa, dass ihr was passiert ist, oder?«

»Ernst nehmen sie die Sache schon«, erwiderte ich.

»Es ist ja auch merkwürdig, dass sie einfach verschwunden ist«, meinte das Mädchen.

»Ja«, nickte ich. »Sehr merkwürdig. Darum mache ich mir Sorgen.«

»Ach – es wird schon nichts sein«, wiegelte Leanna plötzlich ab, »sie ist ein Stehaufmännchen.« Ich überlegte, ob ich ihr erzählen sollte, was einem laut Helen auf der Straße alles zustoßen konnte, damit sie begriff, warum mir so viel daran lag, Sophie aufzutreiben, bevor ihr etwas davon zustoßen konnte, doch dann entschied ich mich, keine Panik zu verbreiten, und sagte: »Ich glaube auch – aber ich möchte doch gerne wissen, ob sie okay ist, das ist alles.«

Sie beantwortete das Ciao der Mädchen, die als Letzte aus dem Gebäude kamen, und fragte dann: »Wie wollen Sie sie finden, wenn nicht einmal die Polizei sie finden kann?«

»Mit Ihrer Hilfe, hoffe ich.«

»Mit meiner Hilfe?«, fragte sie verblüfft. »Wie kommen Sie denn darauf?«

Ich wagte einen Schuss ins Blaue. »Sie hat Sie mal erwähnt und gesagt, dass sie Sie möge, und da dachte ich, Sie könnten mir vielleicht helfen.«

»Das hat sie gesagt? Ist das Ihr Ernst?«

»Ja. Vielleicht wissen sie ja etwas, ohne zu wissen, dass es wichtig sein könnte. Was halten Sie davon, wenn wir zusammen etwas trinken und uns dabei unterhalten? Vielleicht kommen wir dann auf was.«

»Also … ich weiß nicht«, antwortete sie gedehnt und sah mich unsicher an.

»Ich werde Sie nicht lange aufhalten«, versprach ich.

»Na schön«, willigte sie widerstrebend ein.

»Ich habe schon mit all ihren Freunden gesprochen«, log ich, während wir nebeneinander die Straße entlanggingen, »aber von denen wusste keiner irgendwelche Einzelheiten darüber, was sich so in dem Callcenter tut.« Wir kamen zu einem Pub, und ich deutete darauf. »Ist das okay?« Sie seufzte. »Glauben Sie wirklich, dass ich Ihnen helfen kann?«

»Ja«, nickte ich. »Wirklich.«

Sie verdrehte die Augen, öffnete die Tür des Lokals und ging vor mir hinein. Nach der Helligkeit draußen konnte ich im ersten Moment nichts erkennen außer den blinkenden Lämpchen des Spielautomaten an der hinteren Wand und dem im Schein orangefarbener Glühbirnen schimmernden Tresen. Leanna steuerte auf einen Tisch an dem grün verglasten Fenster zu und setzte sich. In einer Ecke unterhielt sich flüsternd ein Pärchen. Die beiden und wir waren die einzigen Gäste.

»Was möchten Sie?«, fragte ich.

»Ein Helles«, sagte sie. »Und Käse-Zwiebel-Chips! Ich bin am Verhungern!«

Ich ging zur Theke und gab die Bestellung auf, und dann schaute ich verstohlen zu ihr hinüber. Sie saß zurückgelehnt auf ihrem Stuhl und trommelte mit den Fingerspitzen ihrer rechten Hand auf die Tischplatte. Als ich zurückkam, setzte sie sich gerade hin, riss die Chipstüte auf und begann zu essen. Ich ließ mich ihr gegenüber nieder und trank einen Schluck von meinem Bitter-Bier. Dann fragte ich: »Hat Sophie irgendetwas zu Ihnen gesagt, was Ihnen jetzt im Nachhinein seltsam erscheint?« Leanna überlegte und schüttelte schließlich den Kopf. »Nein – nicht, dass ich wüsste.«

»Hat sie sich vielleicht merkwürdig benommen?«

»Nein – sie war wie immer.«

»Wie lange arbeiten Sie schon zusammen?«

»Lassen Sie mich nachdenken.« Sie schaute in die Ferne. »Das müssen ... warten Sie mal ... sie kam kurz nach mir ... also müssen es knapp vier Jahre sein.«

»Und Sie waren immer in der gleichen Abteilung?«

»Ja.«

»Hat Sophie mal erwähnt, dass sie seltsame Anrufe bekam?«

»Die bekommen wir alle.« Leanna ließ die Hand über den Chips schweben, als sei sie drauf und dran, eine Hand voll davon zu packen und in den Mund zu stopfen. »Ich hatte mal einen Keucher. Und Amy musste sogar bei Gericht eine einstweilige Verfügung erwirken, um einen Spinner loszuwerden ...« Ihre Augen weiteten sich. »Sie denken doch nicht etwa, dass ihr so einer ... nein, das kann nicht sein ... denkt die Polizei es?«

»Nein, nein«, beruhigte ich sie mit gespielter Überzeugung. Ich hatte gehofft, Leanna meine Befürchtungen anvertrauen zu können, doch dafür war sie nicht die Richtige. »Aber da sie in einem Callcenter arbeitet, erschien mir die Möglichkeit solcher Anrufe nahe liegend, und ich dachte, Sie hätte Ihnen vielleicht davon erzählt.«

»Nein – kein Wort.« Sie hatte ihr Bier noch kaum angerührt. Es fiel mir schwer, mich zurückzuhalten, aber ich fürchtete, einen schlechten Eindruck zu machen, wenn ich schneller tränke als sie. »Vielleicht damals, als Sie beide im Büro die Plätze tauschten?«, hakte ich nach.

»Nein.« Wieder weiteten sich ihre Augen. »Sie meinen, dass sie darum mit mir tauschte?« Sie dachte nach. Dann schüttelte sie den Kopf. »Nein – das kann nicht sein. Ich wollte von meinem Platz weg – sie tat mir einen Gefallen.« Nach einer kurzen Pause sagte sie: »Wenn ich es mir recht überlege, war es wahrscheinlich doch günstig für sie, von ihrem Schreibtisch wegzukommen. Es hätte ihr nicht ähnlich gesehen, etwas für mich zu tun, nur um mir zu helfen.«

Ihr plötzlich aggressiver Ton erstaunte mich. »Wie soll ich das verstehen?«

Leanna lachte auf, aber es klang nicht heiter. »Sie haben vorhin gelogen, als sie mir erzählten, Sophie habe gesagt, dass sie mich mag, stimmt's?« Bevor ich leugnen konnte, fuhr sie fort: »Sophie mag mich nicht! Damit will ich nicht behaupten, dass sie mich hasst oder so was – sie empfindet gar nichts für mich. Die meiste Zeit schaut sie durch mich hindurch, als wäre ich überhaupt nicht da – außer sie will was von mir. Dann kann sie Süßholz raspeln, dass einem schlecht wird. Sie denkt, ich merke es nicht, sie hält mich für blöd – aber da irrt sie sich gewaltig. Ich weiß genau, wie sie tickt. Sie ist ein egoistisches Miststück.«

Leannas Gesicht hatte sich zu einer Fratze verzogen, und ich fragte mich, was sie so verbittert haben mochte. Ich musste mich zurückhalten, um sie nicht mit einer Ohrfeige aus dem offensichtlich dunklen Winkel ihrer Erinnerungen, in den ich sie da unwissentlich hineingetrieben hatte, in die Gegenwart zurückzuholen. Doch in der nächsten Sekunde glätteten sich ihre Züge, ihre Augen wurden wieder klar und sie sagte: »Ach, kommen Sie – wenn sie ihr Freund sind, dann müssen Sie diese Seite von ihr doch kennen.« Als ich nicht antwortete, setzte sie hinzu: »Die Einzigen, die sie nicht sehen, sind diejenigen, die naiv genug sind, ihr die Rebellenrolle abzukaufen.«

»Die Rebellenrolle?«

»Ja. Sie wissen schon – wenn sie das trotzige Kind spielt. Aber ich muss zugeben, dass man mit ihr lachen kann. Dafür ist sie bei allen beliebt – außer bei Marion.«

»Das ist ihre Abteilungsleiterin, nicht wahr?«

»Ja. Sie behauptet immer, Sophie sei nicht fleißig genug. Aber was ich auch ansonsten von Sophie halte – das ist echt gelogen. Marion mag sie einfach nicht. Warum, weiß ich allerdings nicht.«

»Vielleicht, weil sie beliebt ist.«

»Das dachte ich auch erst«, meinte das Mädchen. »Aber Sophie glaubt, dass es mit ihrer Anfangszeit hier zusammenhängt. Damals benahm sie sich, als sei es das Allerletzte für sie, hier zu arbeiten. Seinerzeit hätte es mich nicht gewundert, wenn sie Knall auf Fall verschwunden wäre.«

»Haben Sie merkwürdige Anrufe bekommen, nachdem Sie mit Sophie den Platz getauscht hatten?«, kam ich auf mein eigentliches Thema zurück.

»Nein.«

»Vielleicht hat sich ja eine der Kolleginnen einen Scherz mit ihr erlaubt.«

»So einen ›Scherz‹ traue ich keiner aus unserem Haufen zu – und außerdem hätte Marion das in den Computerprotokollen entdeckt. Sie ist ständig auf der Jagd nach Mädels, die miteinander quatschen, anstatt zu arbeiten.«

»Die führt ja ein strenges Regiment«, sagte ich.

Plötzlich kam mir der Gedanke, dass ich vielleicht gerade dem Menschen gegenübersaß, der dazu beigetragen hatte, dass Sophie sich entschlossen hatte, zum zweiten Mal alles hinzuschmeißen. Dass Leanna sauer auf sie war, sich von ihr manipuliert und ihr unterlegen fühlte, stand außer Frage. Vielleicht war sie aus Rache – und möglicherweise aus Neid auf Sophies Beliebtheit – bei

Marion, von der sie wusste, dass sie bei ihr ein offenes Ohr dafür fände, und um sich einzuschmeicheln, über Sophie hergezogen. Obwohl ich nicht den geringsten Beweis dafür hatte, spürte ich Zorn in mir aufsteigen.

»Ich muss gehen«, sagte Leanna in meine Gedanken hinein, und ich hob den Blick. Sie hatte ihr Bier ausgetrunken und war bereits aufgestanden.

»Danke, dass Sie sich Zeit für mich genommen haben«, sagte ich.

Sie zuckte wegwerfend mit den Schultern. »Keine Ursache. Ich hoffe, Sie finden sie. Wie, sagten sie, ist Ihr Name?«

Eigentlich hätte es sich gehört, dass ich mich ihr schon vor dem Callcenter vorstellte – es war erstaunlich, dass sie mit einem Fremden hierher gegangen war, von dem sie nicht einmal wusste, wie er hieß –, aber ich war überhaupt nicht auf die Idee gekommen, und jetzt versetzte ihre Frage mich in Panik, denn ich wusste nicht, was ich antworten sollte. In meiner Not nannte ich den ersten Namen, der mir einfiel. »Ich heiße Jamie.« Falls sie den echten Jamie kannte, könnten wir uns gemeinsam über die Namensgleichheit amüsieren.

»Oh!« Sie setzte sich wieder hin. »Ich habe schon von Ihnen gehört.« Sie errötete.

»Ach ja? Was denn?«, erkundigte ich mich.

»Ich weiß nicht, ob ich Ihnen das sagen soll.«

»Nur keine Hemmungen – ich werde es tragen wie ein Mann«, scherzte ich. »Wahrscheinlich weiß ich es sowieso – Sie wissen ja, wie geradeheraus Sophie ist.«

»Okay«, gab sie widerstrebend nach und beugte sich vor. »Sie sagte, Sie seien total verknallt in sie.«

»Und was sagte sie weiter dazu, ich meine, wie fand sie das?«

Leanna wand sich unbehaglich, aber dann rückte sie doch mit der Sprache heraus. »Sie hat sich mit den anderen darüber lustig gemacht. Mit Julie und Amy. Hat ihnen nach jedem Treffen alles haarklein erzählt, was Sie getan hatten, und sie lachten sich gemeinsam kaputt. Sie nennt Sie ›mein kleines Hündchen‹.« Leanna hielt inne und schaute mich ängstlich an. »Habe ich Sie gekränkt?«

»Aber nein«, beruhigte ich sie. »Ich vertrage eine ganze Menge.«

»Sie sagte, Sie seien einfach zu nett. Ein Schlappschwanz.«

»Soso.«

Sie musterte mich stirnrunzelnd. »Ich hatte Sie mir anders vorgestellt«, sagte sie dann.

»Wie denn?«

»Ich weiß auch nicht – jünger zumindest.«

Da ich nicht wusste, was ich darauf antworten sollte, zuckte ich nur mit den Schultern.

Leanna stand wieder auf. »Ich muss jetzt wirklich los. Es tut mir Leid.«

Ich wusste nicht, worauf sich ihre Entschuldigung bezog – auf das, was sie über Sophie gesagt hatte, auf das, was sie über Jamie erzählt hatte, oder darauf, dass sie nicht länger bleiben konnte. Zuerst war sie mir unsympathisch gewesen, weil sie sich so hässlich über Sophie geäußert hatte, doch inzwischen war ich zu dem Schluss gekommen, dass sie in Wirklichkeit eine nette Person war, die – zu Recht oder zu Unrecht – über irgendetwas verbittert war, und ich empfand tatsächlich einen Anflug von Mitgefühl für sie.

Die Tür fiel hinter ihr zu, und ich überlegte, ob ich noch etwas trinken und in dem Notizbuch weiterlesen sollte, entschied mich aber dagegen. Plötzlich kam ich mir schmutzig vor, weil ich Leanna ausgehorcht und sie angelogen hatte, und wollte nur noch nach Hause und mich waschen.

11. Mai

Gestern Abend tauchten Jonathan und Jamie bei mir auf. Sie brachten Bier und Zigaretten mit und versuchten sich ständig dabei zu übertrumpfen, mich aufzuheitern.

Sie kamen zwar nacheinander, aber ich glaube, sie hatten sich verabredet. Nicht, dass ich denke, sie hätten es am Telefon ausgemacht – dazu mögen sie sich nicht genug. Jonathan hält Jamie für einen Dampfplauderer, der sich als Musiker ausgibt, obwohl er in Wirklichkeit im Selectadisc an der Kasse sitzt. Jonathan hat es gerade nötig, sich über ihn aufzuregen! Er ist schon so gut wie verheiratet und bringt es mit siebenundzwanzig trotzdem noch immer nicht, bei Mum und Dad auszuziehen. Aber Jamie bleibt ihm nichts schuldig. Er beschreibt Jonathan als Klugscheißer, als leere Hose. Doch wenn sie sich begegnen, sind sie scheißfreundlich zueinander. Es heißt ja, Mädchen hätten zwei Gesichter, aber die beiden gaben eine echt heiße Vorstellung, als sie in meinem Wohnzimmer saßen und miteinander herumalberten, als seien sie die dicksten Freunde. Und darum glaube ich, dass der Besuch eine abgekartete Sache war. Vielleicht sind sie sich auf der Straße über den Weg gelaufen oder – wahrscheinlich eher – in unserer Stammkneipe und haben bei ein paar Bieren den Plan ausgeheckt, mich auf andere Gedanken zu bringen, weil sie dachten, ich sei deprimiert oder so.

Zuerst hatte ich den Verdacht, dass Jamie Jonathan von den Anrufen erzählt hätte. Wenn es so gewesen wäre, hätte er sich was von mir anhören dürfen. Ich hatte ihn gebeten, es für sich zu behalten, und es hätte mir noch gefehlt, dass Jonathan wieder mal meinte, mich beschützen zu müssen. Ich will nicht beschützt werden, und von Jonathan schon gar nicht! Aber als Jamie dann loszog, um Getränkenachschub zu besorgen, ließ Jonathan die Katze aus dem Sack: Mum ist besorgt. Ich musste lachen: Mir sagt sie, sie mache sich Sorgen um Jonathan, und ihm sagt sie, sie mache sich Sorgen um mich! Immer braucht sie einen Mittelsmann. Vielleicht auch nicht. Vielleicht ist das ihre Taktik, uns dazu zu bringen, miteinander zu reden – obwohl ich glaube, dass wir glücklicher wären, wenn wir uns nie wieder sähen. Mum denkt, der große Krach wäre nur eine harmlose Geschwisterkabbelei gewesen. Sie hat keine Ahnung, was wirklich gewesen ist, und das ist auch gut so.

Ich sagte Jonathan, es gebe keinen Grund zur Sorge, aber ich erkannte daran, wie er mich mit zusammengekniffenen Augen ansah, dass er mir das nicht abnahm. Ich erwartete, dass er anfangen würde zu bohren, und wenn er das getan hätte, hätte ich ihm gesagt, er solle sich zum Teufel scheren, aber er bot mir nur eine Zigarette an. Als ich mich vorbeugte, um mir Feuer von ihn geben zu lassen, bemerkte ich, dass seine Hände zitterten.

Ich richtete mich auf, machte einen tiefen Lungenzug und musterte ihn. Er war in schlechter Verfassung, aber als ich ihn fragte, was mit ihm los sei, lehnte er sich gespielt entspannt zurück und antwortete: »Gar nichts.«

»Ach komm«, sagte ich. »Worum geht es? Um Rachel? Um Mum und Dad? Um die Arbeit?«

Er stieß einen tiefen Seufzer aus und zuckte mit den Schultern.

»Es ist wirklich nichts Besonderes – bloß der Job. Ich habe nur mit Arschlöchern zu tun.«

»Ich weiß, wie das ist«, bestätigte ich ihm und erwartete, dass er weiterreden würde. Als nichts kam, fragte ich: »Schikaniert dich dein Boss immer noch?« Er grinste schief. »Wie eh und je – dabei sollte man denken, er hätte die Geschichte inzwischen verwunden.«

Ich sah ihm an, dass ihm die Sache an die Nieren ging, aber bevor ich ihn dazu auffordern konnte, mir mehr zu erzählen, sagte er: »Also schieß los – was liegt dir im Magen?«

Mit einem »Nichts« brauchte ich es nicht noch mal zu probieren, das war mir klar, also antwortete ich: »Ach, weißt du – das Leben, die Arbeit, der ganze Mist.«

Wieder kniff er die Augen zusammen und sagte dann: »Da steckt mehr dahinter.«

Ich hatte keine Lust auf einen seiner Vorträge darüber, was ich in meinem Leben falsch machte und wie ich es machen sollte, als hätte er die Weisheit mit Löffeln gefressen und sei total vernünftig und tue nie was Idiotisches, und darum log ich hastig: »Es ist nichts, ehrlich. Ich schlafe im Moment schlecht, und deshalb bin ich nicht gut drauf.«

»Allmählich wirst du zur Einsiedlerin«, sagte er. »Du gehst ja kaum noch aus.«

Da wusste ich genau, dass er mit Jamie gesprochen hatte, und das machte mich wütend, aber ich durfte es mir nicht anmerken lassen, weil er es nicht verstanden hätte. Ich hätte ihm gerne gesagt, dass er, nur weil er mein großer Bruder ist, nicht das Recht habe, mir Vorschriften zu machen, aber wenn ich das getan hätte, wäre er mir wieder damit gekommen, dass sich schließlich jemand um mich kümmern müsse – als sei ich nicht fähig, allein zurande zu kommen! – und auf die Diskussion wollte ich mich nicht einlassen, wo wir uns gerade so gut vertrugen. Trotzdem war ich erleichtert, als ich Jamie die Treppe raufpoltern hörte, denn damit war die Gefahr eines Streits vom Tisch. Aber gleichzeitig nervte es mich, dass Jamie zurückkkam, und ich hatte ein schlechtes Gewissen, weil das nicht nett von mir war.

Es war schon spät, als die beiden endlich aufbrachen, und ich schloss aufatmend die Tür hinter ihnen ab. Vom Wohnzimmerfenster aus sah ich sie nebeneinander in Schlangenlinien die Straße hinunterschwanken. Auch mir war schwindlig von dem vielen Bier, aber ich wollte noch nicht ins Bett, und darum machte ich es mir vor dem Fernseher gemütlich. Allerdings war ich zu benebelt, um das Programm zu verfolgen, ich registrierte nur wabernde Farben und Stimmen, die die Stille aus dem Raum vertrieben. Irgendwann schlief ich vor der Kiste ein – und dann klingelte plötzlich das Telefon. Ich fror, aber es klingeln zu lassen und ins Bett zu gehen, brachte ich nicht fertig. Und so saß ich da und wartete darauf, dass sich der Anrufbeantworter einschalten würde. Vielleicht wollte Jonathan endlich doch reden. Mein Text lief ab, der Piepton piepte und dann … Schweigen. Ich hörte mir das Schweigen sekundenlang mit angehaltenem Atem an. Als ich es nicht mehr aushielt, holte ich tief Luft, riss den Hörer von der Gabel und fing an zu schreien. Lassen Sie mich in Ruhe, hören Sie auf, sich in mein Leben zu drängen, verpissen Sie sich, Sie perverses Schwein, Sie Drecksau, Sie verdammter Mistkerl ... Als mir die Luft ausging, dachte er wohl, das wär's gewesen, denn er legte auf, aber ich machte mir keine Hoffnungen, ihn endgültig los zu sein.

Ich ging ins Bett und versuchte einzuschlafen, aber ich war viel zu aufgeregt, hatte ein Engegefühl um den Brustkorb, fühlte mich an wie eingeschnürt und ich japste wie ein Fisch auf dem Trockenen. Aber am schlimmsten war mein Kopf – in dem ging es zu wie auf einem Rummelplatz. Ich hätte alles darum gegeben, nicht mehr denken zu müssen.

Manchmal glaube ich, es wird niemals aufhören. Der Atmer wird weiter anrufen, und jedes Mal, wenn er anruft, wird es mir mehr unter die Haut gehen, und er wird dafür sorgen, dass ich nie rausfinde, wer er ist, denn dann wäre sein ekelhaftes Spielchen ja von einem Moment auf den anderen zu Ende.

Um ihn loszuwerden, müsste ich tun, was ich schon einmal getan habe. Dort draußen kann ich atmen, da ist niemand, nur Weite und Wind und Schafe, die auf den Weiden blöken. Die meisten Menschen flüchten nach London, weil sie darauf hoffen, in der Masse verschwinden zu können. Ich würde mich unter all den fremden Menschen total verloren fühlen. Nein, das wäre nichts für mich. Ich brauche die Natur. Es ist ein herrliches Gefühl, oben auf den Granitfelsen zu stehen und die Lungen mit der sauberen Luft zu füllen, während der Wind meine Kleider bläht, und in ein tiefes, steilwandiges Tal hinunterzuschauen, auf dessen Grund geborstene Felsbrocken liegen, und unter mir Vögel mit ihren ausgebreiteten Flügeln dahinsegeln zu sehen. Dort würde ich mir keine Gedanken mehr über den »Atmer« machen müssen oder über Marion oder meinen Job, ich müsste keine Angst haben, meine Arbeit zu verlieren, meine Miete nicht mehr bezahlen zu können, wieder zu Mum und Dad ziehen zu müssen, in mein altes Kinderzimmer, weil ich wieder mal versagt hatte. Dort würden die Streitereien mit Jonathan wieder anfangen, und ich müsste zum Fenster hinausrauchen, mit dem zugezogenen Vorhang im Rücken, damit kein Rauch ins Zimmer käme, weil Mum unter ihrem Dach Rauchen nicht duldet, und ich würde auf einen Joint zu Jamie gehen und erst heimkommen, wenn Mum und Dad schon im Bett wären, damit sie nicht merkten, was ich getan hatte.

Vielleicht würde Jamie aber gar nicht mehr wollen, dass ich zu ihm käme. Immerhin habe ich ihn vor den Kopf gestoßen. Ich sollte mich bei ihm entschuldigen, ihm sagen, dass ich das alles nicht so gemeint hätte, dass ich ihn nicht als Freund verlieren wolle – und vielleicht sollte ich mich, wenn das die einzige Möglichkeit ist, ihn als Freund zu behalten, dazu überwinden, mich von ihm küssen zu lassen, ihm vormachen, dass ich die gleichen Gefühle für ihn hätte, wie er sie für mich hat.

Oder soll ich doch tun, was ich schon einmal getan habe? Würde Jonathan auch diesmal kommen, um mich zu »retten«? Ich weiß nicht – er ist nicht mehr der Mensch, der er früher war.

14

Ich hatte überhaupt keine Lust, mich am Abend mit Steve zu unserem allwöchentlichen Poolmatch im Arms zu treffen. Alison ging heute in die Abendschule, und ich wäre viel lieber zu Hause geblieben und hätte in der Badewanne, gemütlich von heißem Wasser umflossen, weiter in Sophies Notizbuch gelesen.

Zu meiner Überraschung war Alison da, als ich nach Hause kam. Sie suchte verzweifelt nach einem Ordner, den sie am Morgen mitzunehmen vergessen hatte, aber als ich nach oben ging, um mich umzuziehen, kam sie hinterher und fragte, an den Türrahmen gelehnt: »Du triffst dich nachher mit Steve, oder?«

»Eigentlich ja.« Ich gähnte demonstrativ und streckte mich ausgiebig. »Allerdings bin ich so erledigt, dass ich ihm vielleicht absage.«

»Ich finde, du solltest gehen. He – da ist er ja!« Sie hatte ihren Ordner auf der Schlafzimmerkommode entdeckt, stürzte sich darauf und begann stirnrunzelnd darin zu blättern.

»Ich habe mir Unterlagen mitgebracht, die ich für die Besprechung morgen durchsehen müsste«, versuchte ich es mit einer anderen Ausrede, die recht überzeugend klang, wie ich fand.

Alison zog ein Blatt Papier aus einer der Plastikhüllen im Ordner und schaute darauf hinunter, doch sie las offenbar nicht, was da stand, denn sie sagte: »Für das

Gehalt, das sie dir zahlen, können sie nicht erwarten, dass du auch noch zu Hause arbeitest.«

»Tja – ich bin eben ein Workaholic«, scherzte ich. Der Blick, den sie mir zuwarf, besagte, dass sie es nicht als Scherz sah. Ich wurde wieder ernst. »Wenn ich der nächste SPO werden will, muss ich Engagement zeigen, das verstehst du doch, oder?«

Sie nickte und mühte sich damit ab, das Blatt Papier in die Hülle zurückzuschieben. Mein Ton war ungewollt scharf gewesen, aber mich dafür zu entschuldigen, wäre mir übertrieben erschienen. Also beschloss ich, ihn einfach zu überspielen, und fragte freundlich: »Was steht denn heute auf deinem Stundenplan?«

»Irgendwas über die Verwaltung von Effektenportefeuilles.«

»Also etwas absolut Faszinierendes«, sagte ich, und sie lächelte, und da wusste ich, dass alles wieder okay war.

»Du solltest dich trotz allem mit Steve treffen«, meinte sie. »Es wird dir gut tun. Hör auf, immer im Haus herumzulungern.«

Ich hätte die Gelegenheit beim Schopf packen und ihr von Sophies Verschwinden und dem Notizbuch erzählen können – vielleicht würde es ihr ja gefallen, dass ich mich so um eine Fremde sorgte, vielleicht würde sie mir sogar ihre Hilfe anbieten –, aber ich wollte sie nicht mit hineinziehen, nicht bei ihrer Belastung. Es war für alle besser, wenn ich die Sache für mich behielt, von Sophies Notizbuch niemandem etwas erzählte.

Als sie sich auf den Weg machte, wünschte ich ihr viel Spaß, und dann ließ ich mich mit ausgebreiteten Armen nach hinten aufs Bett fallen und hörte zu, wie der Motor ansprang und der Wagen losfuhr. Danach breitete sich Stille im Haus aus. Keine Uhr tickte, kein Wasserhahn tropfte, keine Fußbodendiele knackte. Vorhin hatte ich den Müden nur gespielt, doch jetzt wurde ich tatsächlich schläfrig und wäre bestimmt liegen geblieben, wenn Steve nicht angerufen hätte, um sich zu vergewissern, dass ich unsere Verabredung einhalten würde.

Es war merkwürdig. Eben noch hatte ich absagen, eine unerwartete dringende Arbeit vorschieben wollen, doch jetzt empfand ich die Stille im Haus plötzlich als erdrückend, fühlte mich einsam ohne Alison und sehnte mich nach der stickigen Behaglichkeit unseres Stammlokals, nach Steves dummen Witzen, die ich, um ihm eine Freude zu machen, stets scheinbar zum Schreien komisch fand. Es wäre eine nette Ablenkung und würde mich für eine Weile daran hindern, über das Marston-Street-Projekt oder den SPO-Posten oder darüber nachzugrübeln, ob mich auch diesmal wieder jemand ausstechen würde, wie Anthony es getan hatte.

Steve und ich hatten das Arms erst vor vier Monaten zu unserem zweiten Wohnzimmer auserkoren, doch wir fühlten uns dort bereits heimisch, als verkehrten wir seit Jahren dort. Als ich durch die Tür trat und das immer gleiche Tonband laufen hörte, den Zigarettenrauch roch, der in der staubigen Luft hing, und, nachdem meine Augen sich an das Schummerlicht gewöhnt hatten, die Lämpchen des Spielautomaten blinken sah, fühlte ich mich erlöst, willkommen, heimgekehrt. Am Tresen saßen die üblichen alten Männer und unterhielten sich darüber, welcher Pub früher wo und im Besitz welcher Brauerei gewesen war und wie jetzt sein Name lautete. Ich nickte ihnen lächelnd zu, orderte mein gewohntes Bier und ließ mich in der Nähe des Pooltisches nieder, um auf Steve zu warten.

Jamie und seine Freunde waren auch heute nicht da, was ich einerseits bedauerte, weil ich ihn gerne wegen der anonymen Anrufe zur Rede gestellt hätte, um zu erfahren, ob er Sophie dazu getrieben hatte, auf und davon zu gehen. Andererseits war es vielleicht gut so, denn mit Steve im Hintergrund, der anschließend natürlich eine Erklärung erwartet hätte, wäre die Sache entschieden zu peinlich gewesen. Ich wusste auch gar nicht, was ich hätte tun sollen, wenn Jamie es zugegeben hätte. Allerdings konnte ich mir das nicht vorstellen. Aber ich vermutete, dass ich ihm seine Schuld auch angemerkt hätte, wenn er sie geleugnet hätte. Wenn er sich tatsächlich so große Sorgen um Sophie machte, wie er behauptete, dann mussten sich die Zähne seines Gewissens jedes Mal tief in sein Fleisch graben, wenn er an sie dachte. Vielleicht lag ihm darum so viel daran, sie zu finden. Wenn er ihr angetan hatte, was Sophie ihm zutraute – wer sonst sollte dann verantwortlich für ihr Verschwinden sein?

Steve trat ein paar Minuten nach mir ein und holte sich ein Bier an der Theke, während ich auf dem Pooltisch die Kugeln für die erste Runde in den Rahmen legte. Wenn wir uns hier trafen, machte uns nie jemand den Tisch streitig – als sei das Lokal darauf bedacht, dass wir die Abende bei ihm nach unserem Geschmack verbringen konnten. Ich fragte mich, ob Sophie sich ebenso eins mit dem Arms gefühlt hatte, wie Steve und ich es taten. Es hätte unsere Verbindung noch vertieft.

Ich war so in Gedanken, dass ich das erste Spiel mit Pauken und Trompeten verlor. Als Steve die Hand auf meinen Arm legte und besorgt fragte: »Alles okay, Kumpel?«, wurde mir bewusst, dass ich seit seiner Ankunft kaum ein Wort mit ihm gesprochen und nur mit halbem Ohr zugehört hatte.

»Klar, bestens«, beeilte ich mich schuldbewusst zu beteuern. »Tut mir Leid. Es geht mir im Moment eine Menge durch den Kopf, das ist alles.«

Er schickte den Spielball mit einem kräftigen Stoß auf den Weg, und gleich darauf traf seine Kugel auf die anderen Kugeln, die dann bis zum Ende des Tisches liefen. Eine gelbe Kugel verschwand in einem Eckloch, und er schaute kurz zu mir herüber, bevor er den Queue erneut in Anschlag brachte. »Hat es was mit Alison zu tun?«

Ich sah zu, wie die zweite gelbe Kugel an der Bande entlang auf ein anderes Loch zurollte und kurz davor anhielt. Steve trat einen Schritt zurück und warf mir einen auffordernden Blick zu. Ich beugte mich vor, zielte und stieß meine Kugel an, die mit einem Klack! die Kugeln in der Mitte des Tisches traf. Die Kugeln liefen auseinander und trieben Steves wohl positionierte gelbe Kugel aus der Gefahrenzone.

»Wie kommst du darauf, dass es mit Alison zu tun haben könnte?«, fragte ich.

»Also ist da wirklich was?«

»Nein«, log ich.

»Wenn dich etwas bedrückt, dann rede mit jemandem darüber«, sagte er. »Mit mir zum Beispiel. Friss es nicht in dich rein.«

»Hast du mit Alison gesprochen?«

»Nein«, antwortete er, doch er schaute dabei weg. Dann trank er einen Schluck und beugte sich wieder vor, um den nächsten Stoß zu planen. »Na ja – nicht ausführlich«, korrigierte er sich. »Sie macht sich Sorgen um dich, Pete – sonst hätte sie es gar nicht erwähnt, da bin ich sicher. Du weißt ja, wie sie ist.«

»Was hat sie denn gesagt?«, wollte ich wissen.

Er hatte einen Stoß vergeigt und hinterließ mir eine Konstellation, die mir ein leichtes Einlochen in das Seitenloch ermöglichen würde, aber ich wollte erst seine Antwort hören. »Nur, dass du sehr ruhig seist. Geistesabwesend. Dass sie glaube, es beschäftige dich etwas, über das du nicht reden willst.«

»Und sie hat dich beauftragt, mich auszuhorchen, ja?«

Er runzelte die Stirn über meinen aggressiven Ton, erwiderte jedoch freundlich: »Nichts dergleichen. Sie fragte mich nur, ob ich vielleicht was wüsste.«

Ich spielte die rote Kugel ins Loch und fragte, als sie mit einem dumpfen Laut aufschlug, gereizt: »Was zum Teufel denkt sie. Denkt sie, ich würde es ihr verschweigen, wenn etwas los wäre?«

»Ich wusste, dass du so reagieren würdest«, sagte Steve. »Ich habe sie gewarnt. Man kann mit dir nicht reden, Pete. Das ist dein Problem.«

»Das ist nicht wahr!« Als ich hörte, wie weinerlich meine Stimme klang, schluckte ich entsetzt und räusperte mich. »Ich erzähle Alison alles, zwischen uns gibt es keine Geheimnisse«, behauptete ich entrüstet. Den nächsten Stoß verschenkte ich, und Steve ging um den Tisch und überprüfte seine Möglichkeiten.

»Aber im Moment gibt es nichts zu erzählen«, fuhr ich fort. »Es ist alles in Ordnung. Ich bin bloß geschafft. Im Büro ist die Hölle los.«

»Alles klar«, nickte Steve, aber ich merkte ihm an, dass er mir nicht glaubte.

Ich fragte mich, was Alison wohl auf den Gedanken gebracht hatte, dass etwas im Busch sei, doch es fiel mir nichts ein. Die Vorstellung, dass Steve und sie hinter meinem Rücken über mich sprachen, missfiel mir gehörig. Abgesehen davon, dass ich es empörend fand, dass die beiden Mutmaßungen darüber anstellten, was in mir vorgehen mochte, als seien sie befugt, in meiner Seele herumzustochern, befremdete es mich, dass Alison ausgerechnet mit Steve über unser Privatleben sprach, denn sie mochte ihn eigentlich nicht – und dass Steve sich vor ihren Karren hatte spannen lassen.

Die nächsten Runden spielten wir, ohne ein unnötiges Wort zu wechseln. Steve wirkte verärgert, und das erboste mich, denn schließlich war er es, der sich in meine Privatangelegenheiten zu mischen versuchte. Es stand mir verdammt noch mal frei, für mich zu behalten, was ich für mich behalten wollte. Dass Alison und ich unter einem Dach lebten, gab ihr nicht automatisch das Recht, alles zu wissen, was ich tat oder sagte oder dachte – und wenn sie es nicht hatte, dann hatte Steve es schon gar nicht.

Nach vier Spielen hörten wir auf, und Steve setzte sich hin, während ich uns neue Drinks holte. Ich wartete noch am Tresen darauf, als plötzlich die Tür aufging und ein Schwall kühler Luft hereinschwappte und über meinen Nacken strich. Ich drehte mich um und sah, dass Alison gekommen war. Sie faltete ihren tropfnassen Regenschirm zusammen und stellte ihn in den Messingständer. Als sie mich entdeckte, kam sie zu mir herüber.

»Ich dachte, du wärst den ganzen Abend in deinem Kurs«, sagte ich.

»Das ist ja eine nette Begrüßung«, beschwerte sie sich, aber sie lachte dabei, worauf ich mir ein Lächeln abrang. »Die Lehrerin hatte ein Babysitter-Problem und darum musste sie früher Schluss machen.«

»Aha.« Sie schaute mich erwartungsvoll an, und so fragte ich pflichtschuldigst: »Was möchtest du?«

»Ein Helles, danke.« Sie ließ den Blick wandern, offenbar auf der Suche nach Steve.

»Er sitzt da hinten neben dem Pooltisch«, half ich ihr auf die Sprünge. »Geh schon – ich komme gleich nach.«

Sie nickte und schlängelte sich zwischen den Tischen zu Steve durch, der ihr entgegenlächelte. Bestimmt hat sie ihren Kurs mit irgendeiner Entschuldigung früher verlassen, weil sie es nicht erwarten konnte, zu erfahren, ob er etwas aus mir herausbekommen hatte, dachte ich, aber im nächsten Moment wurde mir klar, wie blödsinnig diese Vermutung war, denn schließlich hatte sie nicht damit rechnen können, ihn allein zu erwischen. Sie war bei ihm angekommen und sagte etwas zu ihm, während sie sich aus ihrem Mantel schälte und ihn mit dem Futter nach außen über die Stuhllehne hängte, bevor sie sich hinsetzte. Er schüttelte den Kopf, und sie drehte sich zu mir um. Ich änderte hastig meine Blickrichtung – und bemerkte Jamie, der plötzlich mit seinen Kumpels saß, wo er immer saß. Er musste mich beobachtet haben, denn er hob grüßend die Hand, stand auf und kam auf mich zu. Alison und Steve unterhielten sich angeregt, und einen Augenblick lang war ich versucht, dazwischenzufunken, aber Jamie wäre mir sicher an unseren Tisch gefolgt. Also blieb ich, wo ich war, und bestellte die Getränke.

»Haben Sie bei der Polizei angerufen?«, fragte Jamie statt einer Begrüßung.

»Nein«, antwortete ich. »Es hätte wenig Sinn gehabt. Ich sagte Ihnen ja schon, dass ich nichts weiß.«

»Aber sie wollen mit all ihren Freunden sprechen.«

Ich nahm das Wechselgeld, das mir der Barkeeper über den Tresen reichte, steckte es in die Tasche und schaute zu Alison und Steve hinüber. Alison war aufgestanden und auf dem Weg zu mir. »Hören Sie«, sagte ich hektisch, »ich habe jetzt keine Zeit. Geben Sie mir Ihre Telefonnummer, dann melde ich mich bei Ihnen.« Nach kurzem Zögern kramte er in der Schenkeltasche seiner Army-Hose und brachte einen Kugelschreiber und eine Visitenkarte zum Vorschein, lehnte sich an den Tresen und begann langsam, krakelige Buchstaben und Ziffern zu schreiben. Ich hatte das unverschämte Glück, dass Alison unterwegs von einer Bekannten aufgehalten worden war – sonst hätte sie uns inzwischen längst erreicht.

»Bitte rufen Sie bei der Polizei an«, drängte mich Jamie.

»Wie oft muss ich Ihnen noch sagen, dass das keinen Sinn hat?«, fuhr ich ihn an.

Er zuckte zusammen, als hätte ich ihn geschlagen.

»Ich will Sie doch nicht nerven«, sagte er. »Es geht mir nur darum, dass Sophie gefunden wird.«

»Okay, okay«, gab ich mich versöhnlich, denn Alison war wieder auf dem Weg. »Ich rufe an.«

Ich nahm die Visitenkarte und steckte sie ein.

»Wenn Sie mir Ihre Nummer geben, dann kann ich die Polizei ja bitten, bei Ihnen anzurufen«, bot er an.

»Nein!«, lehnte ich ab. Das hätte mir noch gefehlt! »Ich mach das schon selbst.«

Alison war bei uns angekommen. »Wir sind am Verdursten«, scherzte sie und lächelte Jamie neugierig an. Ich stellte ihn nicht vor, und er tat es auch nicht. Stattdessen bat ich »Hilf mir mal« und drückte ihr das für sie bestellte Helle in die Hand. Sie machte sich auf den Rückweg, war jedoch noch in Hörweite, als Jamie mich am Arm zurückhielt und sagte: »Bitte rufen Sie an!« Ich nickte und trug die Getränke an unseren Tisch.

Als wir uns gesetzt hatten, fragt Alison, wie mir schien, gewollt leichthin: »Wer war denn das?«

Ich antwortete im gleichen Ton: »Ach, nur ein Typ, mit dem ich hier mal ins Gespräch gekommen bin.«

»Und wen sollst du anrufen?«

Immer noch der Eigentlich-interessiert-es-mich-ja-gar-nicht-Ton.

Ich schaute zu Jamies Tisch hinüber. Er hatte sich wieder zu seinen Freunden gesellt. »Es ist nicht wichtig«, log ich. »Wirklich nicht.«

»Ihm schien es aber wichtig zu sein.« Sie war ernst geworden, und ich erkannte, dass sie mich nicht vom Haken lassen würde. Steve war in die Betrachtung seines Bierglases versunken. Ich musste Alison einen Brocken hinwerfen, also sagte ich: »Eine Frau ist verschwunden, und er denkt, dass ich etwas darüber weiß, aber er irrt sich.«

»Was für eine Frau?«

»Sie fährt, nein sie fuhr morgens immer mit demselben Bus wie ich.«

Ich sah, wie es hinter Alisons Stirn zu arbeiten begann.

»Wir haben nie ein Wort miteinander gewechselt«, beeilte ich mich hinzuzufügen. »Aber er meint die Polizei will …«

»Die Polizei?«, echoten Alison und Steve wie aus einem Munde.

»Es ist reine Routine«, wiegelte ich ab.

»Warum glauben sie, dass du ihnen helfen könntest?«, wollte Alison wissen.

»Das tun sie ja gar nicht«, wehrte ich mich. »Der Typ da tut es – aber wir sind, wie gesagt, nur mit demselben Bus gefahren.«

Alison nippte nachdenklich an ihrem Bier. Mir war der Durst vergangen. Dass die Polizei immer noch nach Sophie suchte, konnte nur bedeuten, dass sie ein Verbrechen vermuteten. Ich sah im Geiste Hundestaffeln die Umgegend durchkämmen.

»Was treibt eine erwachsene Frau dazu, auf und davon zu gehen?«, dachte Alison laut. Ihre Überlegung zeigte, dass ihre Gedanken in eine gänzlich andere Richtung gingen als meine. »Das machen doch eigentlich nur Jugendliche.«

»Vielleicht ist sie nicht ganz richtig im Kopf?«, meinte Steve.

Ich musste meine ganze Beherrschung aufbieten, um ihm nicht ins Gesicht zu springen.

»Vielleicht hat sie Schulden«, bot er eine zweite Lösung an. »Viele Leute tauchen wegen Schulden unter.«

»Wer weiß«, sagte Alison. »Wenn ich Probleme hätte, würde ich nicht weglaufen. Ich würde jemanden um Hilfe bitten. Ich meine ... es kann doch nichts so schlimm sein, dass man keinen Ausweg findet.«

Es war verständlich, dass Sophies Schicksal den beiden nicht nahe ging, denn sie wussten ja nicht das Geringste über sie, aber trotzdem nahm ich es ihnen übel. Ich hatte das Gefühl, dass ich der Einzige war, der sich wirklich Sorgen um sie machte. Sogar Jamie schien mehr daran zu liegen, zu erfahren, wo sie war, als zu ergründen, was sie dazu getrieben hatte, zu verschwinden.

»Nicht jeder sieht das so«, sagte Steve in meine Gedanken hinein, und als ich den Blick hob, sah ich, dass sie mich beide anschauten.

»Was ist?«, fragte ich, aber sie schüttelten nur die Köpfe, zwei Marionetten, die die gleichen Empfindungen, die gleichen Reaktionen ausdrückten. Ein perfektes Paar. Sie verdienten einander. Ich drehte mich zu Jamie und seinen Freunden um und fragte mich, ob Sophie sich in ihrer Gesellschaft manchmal auch so fehl am Platze gefühlt hatte wie ich mich in diesem Moment in meiner, so fremd und unverstanden – und verraten.

Dass Alison und Steve sich hinter meinem Rücken verbündet hatten, war zwar kränkend, aber es hatte auch etwas Gutes: Immerhin wusste ich jetzt, woran ich war, wie weit ich ihnen vertrauen konnte.

Sophie hätte gute Miene zum bösen Spiel gemacht, und das tat ich ebenfalls. Ich trank mein Bier, lachte über Steves Witze und gab vor, nicht zu merken, dass Alison lauter lachte als angebracht und Steve seine Aufmerksamkeit auf sie konzentrierte. Während ich die beiden beobachtete, spürte ich, wie ich innerlich allmählich zu Eis erstarte, und ich sehnte mich danach, mir im Bett die Decke über den Kopf ziehen und in den Schlaf fliehen zu können. Und träumen zu dürfen.

Nachdem wir uns an der Ecke, wo unsere Wege sich trennten, von Steve verabschiedet hatten, fragte ich Alison, um den Schein der Normalität zu wahren, wie ihr Tag gewesen sei. Für gewöhnlich folgte daraufhin ein ausführlicher Bericht über Managementstrukturen, die Schwierigkeiten von Kunden, deren Versicherungspolicen die Hypothek am Ende der Laufzeit nicht deckten, oder die Unsinnigkeiten, die Leute von sich gaben, die nichts von Kapitalanlagen verstanden, oder wie Zinsen ausgerechnet werden, oder was Kopplungsklauseln sind. Heute war sie nicht so gesprächig.

Als wir zu Hause ankamen, ging ich in die Küche, um Teewasser aufzusetzen. Sie kam mir nach und sagte: »Ich will wissen, was los ist.«

Ich stand am Spülbecken und ließ Wasser in den Kessel laufen.

»Was soll denn los sein?« Sogar in meinen Ohren klang mein Lachen gekünstelt. »Nichts ist los.«

»Ich glaube dir nicht.«

Ich drehte den Wasserhahn zu und stellte den Kessel auf den Herd. »Aber es ist die Wahrheit. Ich kann dir nichts anderes bieten.«

»Es hängt mit dieser Frau zusammen«, sagte Alison. »Warum hast du mir nichts von ihr erzählt?«

»Weil es nichts zu erzählen gibt«, antwortete ich. »Ich kenne sie doch überhaupt nicht.«

Alison lehnte sich an die Arbeitsplatte, verschränkte die Arme und schaute auf ihre Schuhe hinunter.

Ich fühlte mich plötzlich wie ein kleiner Junge, der seiner Mutter Rede und Antwort stehen sollte, und fuhr trotzig auf: »Ich muss dir ja wohl nicht jede Kleinigkeit erzählen, oder?«

Ich sah sie zusammenzucken und bedauerte gleich meine Heftigkeit.

»Ich habe den Eindruck, dass du mir gar nichts mehr erzählst«, erwiderte sie. »Früher warst du nicht so verschlossen.«

»Es tut mir Leid.« Ich trat auf sie zu. »Aber es ist wirklich nichts. Ich bin in letzter Zeit nur etwas gestresst.« Ich wollte sie in die Arme nehmen, doch sie wich mir aus.

»Lass das«, sagte sie.

»Warum?«

Sie drehte den Kopf weg. »Weil du es eigentlich gar nicht willst. Ich finde Unehrlichkeit in einer Partnerschaft unerträglich.«

»Aber ich bin nicht unehrlich!«, beteuerte ich. »Du glaubst das doch nicht wirklich, oder?«

Sie zuckte, noch immer abgewandt, mit den Schultern. »Wenn du mich nicht anfassen willst, solltest du mir nichts vorspielen.«

»Ich weiß nicht, was du meinst – es hat sich nichts geändert.«

Wir liebten einander schon lange, und es gab niemand anderen für uns, und doch, während ich sie davon zu überzeugen versuchte, hatte ich plötzlich das Gefühl, vor einer Fremden zu stehen. Ich dachte an Liebe, ich dachte an Sex, aber die Frau, die mir dazu einfiel, war Sophie.

Alison sagte etwas, und ich kämpfte mich in die Realität zurück. »Ich kann es nicht ertragen, ausgeschlossen zu sein.«

Ihre Stimme war leise und zitterte.

»Wir haben sonst immer über alles geredet. Es muss mit dieser Frau zu tun haben. Ich weiß, dass es so ist.«

Ich schlang die Arme um sie und zog sie an mich. »Es hat nichts mit ihr zu tun. Ich habe nie mit ihr gesprochen. Ich kenne sie nicht – wir fuhren lediglich mit demselben Bus. Ich liebe dich, Alison.« Sie wollte sich losreißen, doch dann wandte sie sich mir plötzlich zu, und ich lächelte sie an und berührte ihre Lippen mit den meinen. Als sie nicht zurückzuckte, vertiefte ich den Kuss. Sie erwiderte ihn, und ich spürte ihren Herzschlag und ihren Körper an meinem. Sie war da, und sie liebte mich, wir waren zusammen, und wir liebten einander. In diesem Augenblick war ich zufrieden damit.

15

Am nächsten Tag rief ich Jamie an. Alison war zu irgendeinem Fest bei einer Kollegin eingeladen, einer Geburtstags- oder Abschiedsparty – so genau hatte ich nicht zugehört –, und ich saß am Esstisch über den Marston-Street-Unterlagen, die ich zurückbekommen hatte.

Es war ein warmer Abend. Vögel zwitscherten, und aus einem Garten in der Nähe drangen leise Stimmen und hin und wieder Gelächter herüber. Ich versuchte auszumachen, wo die fröhliche Gesellschaft tagte, doch die Geräusche wurden von den Hauswänden zurückgeworfen, sodass es schien, als seien sie überall um mich herum, als sei ich der stille Mittelpunkt ihres Kreises.

Nach einer Weile schob ich die Papiere weg und versuchte zu verstehen, worüber die Leute sprachen, aber es gelang mir nicht. Jedenfalls saßen da Menschen zusammen, die sich ihres Lebens freuten, und plötzlich erschien mir meines trostlos und das Marston-Street-Projekt ohne Bedeutung. Ich dachte daran, Steve anzurufen und im Golden Ball ein Bier mit ihm zu trinken. Es wäre genau der richtige Abend dafür gewesen, dort auf der Terrasse am Golfplatz zu sitzen. Doch ich verwarf die Idee wieder, denn eigentlich hatte ich keine Lust, mich mit ihm zu treffen, nachdem er mich so hintergangen hatte. Mein Magen zog sich jedes Mal vor Zorn zusammen, wenn ich daran dachte. Und so rief ich stattdessen Jamie an.

Nach einer Schrecksekunde – er hatte wohl nicht damit gerechnet, von mir zu hören – fragte er sofort: »Haben Sie bei der Polizei angerufen?«

Im ersten Moment wollte ich lügen, doch das wäre unklug gewesen. Also sagte ich: »Nein, noch nicht. Ich wollte vorher noch mal mit Ihnen reden. Haben Sie Zeit – könnte ich vorbeikommen?« Er zögerte, doch dann siegte offenbar seine Neugier, denn er antwortete: »Okay – ist mir recht«, und nannte mir seine Adresse.

Nachdem ich den Hörer aufgelegt hatte, setzte ich mich aufs Sofa und versuchte, der Aufregung Herr zu werden, die meine Nerven flattern ließ. Die Dämmerung brach herein, die Vögel waren verstummt, und die Nachbarn mussten ins Haus oder in einen Pub umgezogen sein, denn es waren keine Stimmen mehr zu hören. Ich lehnte mich zurück, und als ich die Augen schloss, bildete ich mir ein, die Moleküle der Luft auf meiner Haut zu spüren. Ich wusste, dass es das Beste gewesen wäre, Jamie Sophies Notizbuch auszuhändigen, ihm zu erklären, dass ich sie überhaupt nicht kannte, und mich aus ihrem Leben zurückzuziehen. Ich hatte mich noch nicht so weit in die Geschichte verstrickt, dass es unmöglich wäre – wie bei dem Marston-Street-Projekt hatte ich die Möglichkeit, das Steuer herumzuwerfen. Aber bevor ich Jamie das Notizbuch gäbe, müsste ich in Erfahrung bringen, ob er der mysteriöse Anrufer gewesen war. Als ich mit Sophies Aufzeichnungen in der Tasche das Haus verlassen wollte, stellte ich fest, dass ich unfähig war, die Schwelle nach draußen zu überschreiten.

Ich stand wie angewurzelt da und schaute durch die offene Tür auf die Straße hinaus. Erst als ich mir sagte, dass ich den Schlusspunkt ja nicht unbedingt heute setzen müsste, gehorchten mir meine Beine wieder.

Jamie wohnte etwa eine halbe Meile von uns entfernt in der Backsteinreihenhaussiedlung zwischen dem McDonald's-Drive-in und den alten, inzwischen größtenteils geschlossenen Textilfabriken und Lagerhäusern. Seine Straße wurde auf der einen Seite von Wohnhäusern und auf der anderen von den hohen Mauern eines alten Fabrikgebäudes aus dem gleichen dunkelroten Backstein gesäumt, dessen mit Maschendraht bespannte Fenster von innen mit Pappe gegen jeden Einblick gesichert waren. Die Wohnhäuser waren durch dichte Stores an den vom Dreck des oben und unten an der Straße vorbeiflutenden Verkehrs trüben Fenstern vor einem solchen geschützt.

Als ich vor Jamies Haustür stand, die wie alle in der Reihe blau gestrichen war, umfasste ich das Notizbuch in meiner Sakkotasche fester, atmete tief durch und klingelte.

Er öffnete innerhalb von Sekunden und bat mich herein. Wie bei dieser Art von Häusern üblich, gab es keinen Vorraum, sondern man stand nach dem Betreten sofort im Wohnzimmer. Irgendwo dudelte Popmusik aus einem Radiosender durch die zum hinteren Teil gehende geschlossene Tür. Die Einrichtung war billig und schäbig. An einer Wand stand ein braunes Samtsofa und im rechten Winkel dazu ein grauer Lehnsessel, mit Reißnägeln befestigte Filmplakate von Pulp Fiction, The Usual Suspects und Trainspotting dekorierten die schmuddelige beige Raufasertapete, und unter einem scheußlichen Kaminsims öffnete sich ein noch scheußlicherer Kamin für elektrische Feuerung. Jamie verschränkte die Arme und postierte sich neben das Sofa. Ich setzte mich in den Sessel und fragte: »Gibt's was Neues?«

»Ja.« Er hockte sich jetzt auf die Sofakante.

Mein Herz machte einen Satz, das Notizbuch in meiner Tasche wog schwer an meiner Hüfte.

»Die Polizei hat herausgefunden, dass sie ein Bahnticket gekauft hat.«

Das war der einzige Hinweis, den ich hätte geben können – und nun waren sie selbst darauf gekommen. Wenn ich wollte, konnte ich jetzt ruhigen Gewissens aufstehen und gehen.

»Und wohin ist sie gefahren?«, erkundigte ich mich.

»Das haben sie mir nicht verraten«, antwortete er, aber ich hatte den Eindruck, dass er log.

»Dann wird die Polizei die Sache wahrscheinlich auf sich beruhen lassen«, nahm ich an.

»Das klingt, als käme Ihnen das gerade recht«, sagte er. »Warum?«

»Wie kommen Sie denn darauf?«, empörte ich mich.

Er beugte sich vor. »Wer sind Sie? Sophie hat Sie nie erwähnt.«

»Dafür weiß ich von ihr eine Menge über Sie«, erwiderte ich.

»Wenn Sie sie wirklich kennen – was denken Sie, ist passiert?«

»Wenn sie sich eine Fahrkarte gekauft hat, kann man wohl davon ausgehen, dass sie wegwollte. Vielleicht sollten wir das respektieren und einfach abwarten.«

»Aber ich mache mir Sorgen um sie.«

»Ich weiß.«

Er begann an seiner Nagelhaut herumzuzupfen. »Vielleicht tut sie was Dummes.«

»Vielleicht ist sie jetzt glücklicher.«

Ich hatte bei meinem ersten Rundblick auf dem Kaminsims Fotos in billigen Rahmen entdeckt, und jetzt stand ich auf, um sie mir genauer anzusehen. Es waren Schnappschüsse von vier jungen Burschen in T-Shirts und Army-Hosen, die sich, offenbar betrunken, über- und untereinander auf ein Sofa drapiert hatten, vor dem überquellende Aschenbecher und Bierdosen auf dem Boden standen. Auf einigen Fotos hatten sie Sophie in die Mitte genommen. Sie lachte in die Kamera, während sie so tat, als wehre sie die Hände der Burschen ab.

»Sie kennen Sophie schon lange?«, fragte ich.

»Wir sind zusammen zur Schule gegangen.«

Ich nahm einen der Schnappschüsse mit Sophie vom Sims. Ihr Top war ein Stück über den Bauchnabel gerutscht, und sie zog lachend mit einer Hand daran. Jamie stand auf, kam herüber, nahm mir das Foto aus der Hand und stellte es auf den Kaminsims zurück.

»Sie mögen Sie sehr, stimmt's?«

»Wir sind befreundet«, antwortete er.

»Aber Sie wären gerne mehr als ihr Freund.«

Er stand jetzt dicht vor mir. Seine Augen waren fast schwarz, sein Atem roch säuerlich. Die Haut rund um die glänzende Nase war voller Mitesser. »Keine Chance«, sagte er und fügte dann hinzu: »Warum interessiert Sie das überhaupt?«

»Ich möchte nur dahinter kommen, warum sie weggelaufen ist«, erklärte ich in freundlichem Ton.

Seine Nähe war mir unangenehm, ich spürte sogar die Wärme seines Körpers, aber ich war nicht in der Lage, einen Schritt zurückzutreten, um mir Platz zu schaffen. »Sie muss schließlich einen Grund gehabt haben.«

»Worauf wollen Sie hinaus?«

»Sie wissen genau, worauf ich hinauswill. Sophie hat mir von den Anrufen erzählt.«

Wenn es ihn überraschte, dass ich darüber Bescheid wusste, ließ er es sich nicht anmerken. »Die hatten schon Wochen vor ihrem Verschwinden aufgehört.«

»Nein, hatten sie nicht.« Ich konnte der Versuchung, ihm das Notizbuch als Beweis unter die Nase zu halten, kaum widerstehen.

»Das hat sie mir aber gesagt«, insistierte er.

Ich hob die Hände und ließ sie wieder fallen.

»Und Sie meinen, die hätten was damit zu tun?«, fragte er.

Ich musste lachen. »Das bietet sich doch wohl an. Vielleicht machten einfach ihre Nerven nicht mehr mit.« Der Gedanke bestürzte ihn sichtlich, und ich hakte ein: »Haben Sie jetzt Gewissensbisse?«

Einen Moment lang dachte ich, er würde mir an die Kehle gehen. »Soll das heißen, dass Sie mich verdächtigen?«

Wieder hob ich die Hände.

Sein Blick bohrte sich in meine Augen, aber ich hielt ihm stand. Dann sagte er plötzlich: »Raus!« Er ging zur

Tür, umfasste die Klinke und drehte sich zu mir um. »Sie sind nicht hergekommen, um zu helfen.«

Ich rührte mich nicht vom Fleck. »Ich will herausfinden, was passiert ist.«

»Warum? Wer sind Sie? In welcher Beziehung stehen Sie zu Sophie?«

Ich spürte das Gewicht des Notizbuches in meiner Tasche, und sein Besitz verlieh mir den Mut, aufzutrumpfen. »Offenbar in einer engeren als Sie! Ich weiß eine ganze Menge. Sie hat mir erzählt, was passiert ist, nachdem Sie sich gemeinsam das Haus angesehen hatten.«

Seine Augen weiteten sich.

»Sie hat mir erzählt, dass sie nicht so für Sie empfindet wie Sie für sie.«

»Ich weiß, dass es so ist. Na und?«

»Vielleicht ist sie ja gegangen, weil es ihr seit damals unangenehm war, mit Ihnen zusammen zu sein.«

»So ein Schwachsinn!«

»Dann ist wahrscheinlich doch der Anrufer schuld.«

»Ich war das nicht!« Er musterte mich plötzlich scharf und sagte dann: »Sie sind es gewesen! Jetzt wird mir alles klar!«

Ich lachte. »Seien Sie nicht albern!« Sein Verhalten deutete darauf hin, dass er tatsächlich unschuldig war. Wenn das stimmte, dann gab es noch eine Figur in diesem Spiel. Wer konnte das sein?

Jamie kam wieder auf mich zu, doch diesmal hielt er etwas mehr Abstand. »Sie wissen, wo Sie ist«, beschuldigte er mich.

»Wenn Sie wirklich mit ihr befreundet wären, wüssten Sie es selbst und müssten nicht mich danach fragen.«

»Wo ist sie?«

Mein Blick wanderte zu der Fotografie, zu Sophies lachendem Gesicht und der Hand, die ihr Top herunterzog.

Jamie war einen Schritt näher gekommen. »Wo ist sie?«, wiederholte er.

Ich wandte mich ihm zu. »Ich weiß es nicht«, gab ich zu. »Wirklich. Ich habe keine Ahnung. Ich wäre nicht hier, wenn ich es wüsste.«

»Dann sagen Sie mir, was Sie wissen.«

»Nichts«, antwortete ich. »Ich weiß nichts.« Bevor er seine nächste Frage stellen konnte, sagte ich: »Es ist Zeit – ich muss gehen.«

Ich ging an ihm vorbei zur Tür. Als ich schon ein Stück die Straße hinunter war, rief er mir nach, ich solle zurückkommen, aber ich ging nur noch schneller und hoffte, dass er mir nicht hinterherlaufen würde. Ich war zu Jamie gegangen, um klarer zu sehen, aber jetzt war alles noch viel unklarer. Trotzdem hatte ich das Gefühl, der Lösung des Rätsels näher zu kommen. Ich war überzeugt, dass Sophies Verschwinden mit den Anrufen zusammenhing. Wenn ich herausfinden könnte, wer sie da terrorisiert hatte, wenn ich dieses Puzzlestück einsetzen könnte, würde das Bild sich mir erschließen.

13.Mai

Mums Geburtstag. Für gewöhnlich genieße ich unsre Familienzusammenkünfte, aber Mums Geburtstag bedeutet, dass Jonathan und ich die ganze Arbeit machen, damit Mum sich um ihre Gäste kümmern kann. Es ist Tradition, die einzige Möglichkeit, Mum den Star der Veranstaltung sein zu lassen, denn sonst müsste sie die Bewirtung übernehmen und käme zu nichts anderem. Es macht mir nichts aus, das für sie zu tun. Ich finde es sogar schön, zu sehen, dass es allen schmeckt, und dafür gelobt zu werden. Was mich daran stört, ist, dass ich es gemeinsam mit Jonathan tun muss, der üblicherweise wegen irgendetwas stinkig ist.

Diesmal hatte er Streit mit Rachel. Sie ließ es sich nicht anmerken, spielte im Wohnzimmer bei Mum die Fröhliche, aber ich war wieder mal Jonathans Blitzableiter. Wir hatten den Supermarkt kaum verlassen, als er mich auch schon anpfiff. Er fand, ich hätte zu teuer eingekauft, der alte Geizkragen. Ich erklärte ihm, dass Qualität eben ihren Preis hätte und man bei einem solchen Anlass nichts Zweitklassiges servieren dürfe, aber er tat weiter so, als hätte ich ihn sein letztes Hemd gekostet.

Er schimpfte unentwegt vor sich hin. Als er aus dem Parkplatz auf den Autobahnzubringer einbiegen wollte, kriegte er vor lauter Wut den Gang nicht rein, und das Getriebe krachte, dass ich dachte, jetzt wäre es im Eimer. Seit sie mit den Bauarbeiten für die Straßenbahn begonnen haben, ist es fast nicht mehr möglich, von hier

nach da zu kommen. Sie haben die eine Fahrbahn ge-
sperrt, und der Verkehr bewegte sich im Schritttempo
an uns vorbei. Es dauerte ewig, bis sich einer erbarmte
und uns reinließ. Als wir dann endlich auf der Radford
Road in der Schlange am Polizeirevier vorbeikrochen,
kochte Jonathan immer noch. Ein Cartoonzeichner hätte ihm Dampfwolken aus den Ohren quellen lassen.

»Du hast einfach kein Verantwortungsgefühl«, erklärte er hochnäsig.

»Das hattest du noch nie.«

»Ich habe kein Verantwortungsgefühl, weil ich Mums
Gästen keinen Schrott vorsetzen will?«, fuhr ich auf.
»Du spinnst doch.«

Er umklammerte das Lenkrad so fest, dass seine Fin-
gerknöchel weiß hervortraten – man hätte denken können, er fahre ein Formel-1-Rennen –, und starrte unverwandt geradeaus. Ich schaute seine Kassettensammlung
durch, schob Travis in den Rekorder und drehte den
Lautstärkeregler etwas nach rechts. Es war ein heißer
Tag, und alle hatten die Fenster offen, um wenigstens
ein bisschen Fahrtwind abzukriegen, aber bei dem Tempo tat sich da so gut wie nichts, und was reinkam, stank
nach Auspuffgasen. Jonathan langte rüber und machte
die Musik so leise, dass ich sie vor lauter Motorenlärm
fast nicht mehr hörte.

»Was soll denn das?«, fragte ich ärgerlich.

»Ich muss mich konzentrieren«, antwortete er pampig.

»Bei zwanzig Stundenkilometern?«, spottete ich.

»Du bist so selbstsüchtig, Sophie«, klagte er mich an.

»Bin ich nicht«, widersprach ich, aber ich machte die

Musik nicht wieder lauter. Als er nicht weitersprach, wollte ich wissen: »Warum hast du das jetzt gesagt?«

»Weil du es bist. Das warst du schon immer.«

Es macht mich stinksauer, wenn er mir so was hinknallt. »Du bist wohl die Nächstenliebe in Person, was?«

»Leck mich! Du weißt genau, wovon ich rede.«

»Ja, das weiß ich – aber ich habe es satt, dass du es mir immer wieder vorhältst!«

Jetzt schaute er mich an. Sein Gesicht war puterrot vor Zorn. »Du hast es satt? Wahrscheinlich findest du es ganz okay, dass du vor vier Jahren zu Mums Geburtstag nicht hier warst, dass sie sich die Augen ausweinte, weil du nicht einmal anriefst, und dass sie und Dad krank vor Sorge waren, weil sie nicht wussten, wo du stecktest.«

»Ich weiß, dass das falsch von mir war«, sagte ich. Jonathan lenkte den Wagen mit gerunzelter Stirn zwischen der Absperrung der Baustelle und den am Straßenrand geparkten Autos hindurch und schwieg. »Ich weiß nicht, wie oft ich noch sagen soll, dass es mir Leid tut«, setzte ich hinzu.

»Es genügt nicht, dass es dir Leid tut«, erwiderte er. »Du musst dich bessern.«

Da reichte es mir. »Was, glaubst du, habe ich in den letzten vier Jahren gemacht? Ich habe mir den Arsch aufgerissen, um zu beweisen, dass ich ein braves Mädchen bin. Was soll ich denn noch tun?«

Er antwortete nicht.

»Du willst einfach keine Ruhe geben und mich mein Leben leben lassen, stimmt's?«

Die provisorische Ampel an dem kleinen Kreisverkehr schaltete auf Rot. Jonathan riss die Handbremse hoch und wandte sich mir zu. »Du verstehst nicht, dass ich das alles nicht einfach vergesse? Kein Wunder – du hast ja auch nicht miterlebt, was hier los war. Mum und Dad riefen alle Leute an, von denen sie dachten, sie könnten wissen, wo du warst, und dann baten sie die Polizei, dich zu suchen. Sie glaubten, dass dir etwas zugestoßen sei. Als du an ihrem Geburtstag nicht anriefst, sagte Mum, du müsstest tot sein, sonst hättest du dich gemeldet. Wie konntest du ihnen das antun, verdammt?«

Jetzt starrte ich geradeaus. Um Jonathan nicht ansehen zu müssen, beobachte ich die Bauarbeiter in ihren orangeroten Leuchtwesten, die mit Pressluftbohrern den Asphalt aufbrachen. Ein Bagger schaufelte den Schutt auf die Ladefläche eines Kippers. Ich hatte gute Lust, Jonathan anzuschreien, dass ich ja wohl nicht allein schuld gewesen sei, dass er gefälligst nicht so tun sollte, als sei ich weggelaufen, weil mir gerade nichts Besseres einfiel, aber ich sagte nur: »Du weißt, was Sache war.«

»Jaaaa«, erwiderte er unwirsch.

Die Ampel sprang auf Grün, Jonathan löste die Handbremse, trat aufs Gas und ließ den Motor röhren. Die Frau, die in dem Wagen vor uns am Steuer saß, drehte sich um und warf uns einen vernichtenden Blick zu, bevor sie losfuhr.

»Denkst du, ich wünschte nicht, es wäre nie passiert?«, fragte ich.

Der Stau hatte sich aufgelöst, die Straße vor uns war frei, und Jonathan fuhr mit Vollgas an der alten

Shippo's-Brauerei vorbei. Danach drosselte er das Tempo und sagte: »Weißt du – das ist das Problem mit dir: Du redest davon, als sei es eine Krankheit oder so was gewesen, gegen die du nichts tun konntest, und das ist Schwachsinn. Du bist einfach ein selbstsüchtiges Miststück, das sich einen Dreck um die Gefühle anderer Leute schert.«

»Du meinst deine damit, ja?«

Er antwortete nicht.

»Natürlich meinst du deine – weil du ja Mister Unschuldig bist, Mister Vernünftig. Spiel dich nicht auf, als wärst du unfehlbar, Jonathan – du weißt genauso gut wie ich, dass es nicht so ist.«

»Übertreib's nicht«, sagte er leise, aber in so drohendem Ton, dass ich unwillkürlich den Kopf einzog. Eine Weile schwiegen wir beide. Nachdem wir die Bahngleise überquert hatten, fuhren wir den Western Boulevard entlang. Jonathan raste wie ein Blöder.

»Du wärmst die Geschichte bloß immer wieder auf, um mich als Ungeheuer und dich als Unschuldslamm hinzustellen, aber das bist du nicht.« Ich redete weiter, als hätte ich seine Warnung nicht gehört. Er sagte nichts dazu, und so setzte ich noch eins drauf: »Dein scheinheiliges Getue ist wirklich zum Kotzen.«

Er hatte zum Abbiegen runterbremsen müssen, doch in der nächsten Straße gab er sofort wieder Gas. Er fuhr noch immer viel zu schnell, als wir zu Mums und Dads Straße kamen, so schnell, dass wir regelrecht um die Kurve schwammen. Ich hielt die Klappe, und dann waren wir da und stiegen aus, und Rachel kam raus, um beim Reintragen zu helfen. Als Jonathan und ich die letzten Tüten holten, sagte ich: »Wir sollten Waffenstillstand schließen, damit Mum nichts merkt.«

»Ist mir recht«, nickte er und rang sich ein Lächeln ab. »Ich will Mum ihren Geburtstag bestimmt nicht verderben.«

Darauf hätte ich ihm liebend gerne eine passende Antwort hingefahren, aber ich schluckte sie runter. Rachel half uns bei den Vorbereitungen und schob Mum jedes Mal, wenn sie in die Küche wollte, raus. Die Spannungen zwischen Jonathan und mir schienen ihr nicht aufzufallen. Vielleicht war sie zu sehr mit der Spannung zwischen sich und Jonathan beschäftigt, um sie zu bemerken.

Wie auch immer – das Essen wurde rechtzeitig fertig, und als die Onkel und Tanten versorgt waren und die Kinder durchs Haus tobten, hockte ich mich im Wohnzimmer mit einem Teller in der Hand auf eine Sessellehne und sah zu, wie die Männer sich voll laufen ließen und die Frauen sich so viel zu erzählen hatten, als hätten sie einander seit Jahrzehnten nicht gesehen.

Und Mum saß mitten drin und strahlte.

Später erklärte sich Tante Carol bereit, bei den Kindern zu bleiben, und wir Übrigen gingen auf einen Drink ins Coach and Horses. Die Damen tranken Gin Tonic, und ich holte mir ein Bitter-Bier, worauf ich mir, wie jedes Mal, den müden Scherz anhören musste, dass ich davon Haare auf der Brust bekommen würde. Und dann war Pool angesagt. Ich hatte keine Lust zu spielen, und so blieb ich bei Mum und Rachel sitzen. Mum war schon reichlich angesäuselt. Sie sagte immer wieder, was für ein schöner Geburtstag es doch sei, und Rachel und ich lächelten nur und ließen sie brabbeln. Seit Jonathan so schlecht drauf ist, hatte ich Rachel kaum gesehen. Als Mum auf die Toilette ging, suchte ich nach einem Gesprächsanfang, aber es fiel mir nichts ein, und darum fragte ich geradeheraus, ob zwischen ihr und Jonathan alles okay sei.

Sie zwang sich zu einem Lächeln. »Ach ... du weißt ja, wie er sein kann.«

O ja! dachte ich. Abscheulich, gemein, unverschämt, arrogant, egoistisch. Ich hätte es gerne aufgezählt, aber ich tat es nicht.

»Er zieht fast jeden Abend um die Häuser«, fuhr sie fort und schaute mich an, als erwarte sie von mir, dass ich ihre Beziehung rettete. »Kannst du mir sagen, was mit ihm los ist? Ihr steht euch doch nahe.«

»Das war einmal«, antwortete ich.

»Wie das?« Sie schaute mich mit ihren großen blauen Augen verwundert an.

»Ganz einfach: Ich interessiere mich nicht für Autos.«
Jetzt lächelte sie wirklich.

»Hast du versucht, mit ihm zu reden?«, fragte ich.

»Natürlich«, nickte sie. »Aber er behauptet, ich sehe Gespenster. Findest du es normal, sich abends entweder zu betrinken oder bis in die späte Nacht mit dem Wagen durch die Gegend zu fahren? Und wenn er bei mir ist, habe ich auch nichts von ihm, weil er mit seinen Gedanken sonst wo ist.« Sie beugte sich zu mir vor. »Meinst du, er hat eine andere?«

»Auf keinen Fall! Er ist zwar ein Stinkstiefel, aber ein treuer.«

Ich hätte gerne noch mehr von ihr gehört, doch da

kam Mum zurück, und Dad brachte uns frische Getränke.

Mum trug die Bluse, die Dad ihr geschenkt hatte, und als er wieder zum Poolmatch zurückging, erzählte sie uns schmunzelnd, dass sie sie ihm gezeigt habe, als sie das letzte Mal gemeinsam im Victoria Centre gewesen seien. »Das ist ein Tipp für euch«, sagte sie. »Lasst euch von einem Mann nie etwas zum Anziehen schenken, das ihr euch nicht selbst ausgesucht habt. Einmal hatte ich das versäumt und bekam ein scheußliches Polyester-Ding von ihm, das ich am nächsten Tag sofort umtauschte.«

Wir lachten, und ich sagte: »Wann war denn das? Ich kann mich gar nicht daran erinnern.« Ich hatte es noch nicht ganz ausgesprochen, als mir klar wurde, weshalb ich mich nicht daran erinnern konnte. Mum muss mir angesehen haben, dass es mir eingefallen war, und sogar Rachel schien zu wissen, um welchen Geburtstag es ging, denn sie wurde ernst und schaute weg.

Ich hätte mich ohrfeigen können. Bis zu diesem Augenblick war der Tag ohne irgendwelche Sticheleien gegen mich vergangen, und ich hatte schon gehofft, dass die Geschichte endlich vergessen sei – und dann war ich so idiotisch, mir mein Grab selbst zu schaufeln!

Mum strafte mich nur mit einem kurzen Blick dafür, dass ich mit meiner Gedankenlosigkeit schlimme Erinnerungen in ihr geweckt hatte. Dann wandte sie sich Rachel zu. »Wie weit seid ihr denn mit euren Plänen für das Haus?«

Rachel erzählte ihr, es gäbe noch Probleme wegen der Hypothek, und Mum schluckte es. Jonathan hatte Rachel offenbar für diese Frage präpariert.

»Siehst du – das ist alles, was ich mir für dich wünsche«, sagte Mum zu mir. »Dass du sesshaft wirst – und glücklich.« Mit Jonathan als Vorbild!, dachte ich giftig. Ich hätte kotzen können, aber ich zwang mich zu einem Lachen. »Du meinst, mit Mann und Kindern und Haus und Job?«

»Warum nicht? Was findest du so schrecklich daran? Einen Job hast du bereits, ein Haus wirst du haben, sobald du eines findest, das dir zusagt, und dann folgt der nächste logische Schritt.«

Die Aussicht auf ein solches Leben ließ Panik in mir aufsteigen.

»Und wenn ich das alles nicht will?«

»Warum solltest du es nicht wollen?«

Ich dachte an die vielen Sorgen, die ich ihr im Lauf der Jahre gemacht hatte, und dann sah ich Rachels Blick, der mich beschwor, Mum bei Laune zu halten, ihr zu sagen, was sie hören wollte. Und so log ich, ich hätte nur Spaß gemacht, natürlich würde ich das alles wollen, wenn ich den richtigen Mann fände, wenn die Zeit reif wäre.

Aber ich fand es grässlich, sie anzulügen, und es half mir überhaupt nicht, dass Rachel und Jonathan sie auch anlogen. Muss denn gelogen werden, damit der Familienfrieden erhalten bleibt? Jonathan beherrscht das perfekt. Alle halten ihn für einen vernünftigen, verantwortungsvollen Menschen, aber er kann nur besser lügen als ich, das ist alles. Ich will niemanden anlügen, aber vielleicht ist das die einzige Möglichkeit, leben zu können, wie man will. Ich finde das schrecklich traurig.

16

Es war auf den Tag genau vier Wochen her, dass ich Sophie das letzte Mal gesehen hatte, vier Wochen, die mir wie eine Ewigkeit erschienen. Wie jeden Morgen kam ich auf dem Weg zu meinem Schreibtisch am Tram-Taskforce-Büro vorbei. Für gewöhnlich war die Tür geschlossen, doch heute stand sie offen, und ich sah die Truppe mit Kaffeebechern an einem Tisch in der Mitte des Raumes stehen, auf dem sich Unterlagen, Bücher und Schnellhefter stapelten. Hier tat sich wirklich etwas, wurde etwas verändert, etwas bewegt. Ich war stehen geblieben, doch als einer der Planungsingenieure mich bemerkte, nickte ich ihm lächelnd zu und ging weiter.

Auch in meiner Abteilung war aufgrund der Ausschreibungswettbewerbe für die städtischen Erholungsräume und der Bauvorhaben am Lace Market und im Kanalviertel ganz schön was los.

Ich arbeitete mich gerade durch die Pläne eines Architekten für die Umwandlung eines Lagerhauses in Wohnungen, als Malcolm mich zu sich bat. Sein Büro war für einen Mann in seiner Position erstaunlich klein und schlicht. An den Wänden zogen sich Regale voller Ordner entlang, auf deren Rücken ausgebleichte gelbe Etiketten mit Aufschriften wie »Meadows Clearance« oder »Hyson Green Redevelopment« klebten, all die Bezeichnungen der Projekte aus der Anfangszeit, als Stadtplanung wirklich noch Stadtgestaltung bedeutete.

Malcolm, dessen Figur auf seinem Weg zu den Sechzigern zusehends aus den Fugen geriet, erinnerte sich mit einer Freude an jene Tage, die ich über meine Arbeit ganz sicher nie empfinden werde.

Als er sah, wo ich hinschaute, sagte er: »Es ist immer wieder aufregend für mich, wenn ich daran denke, wie viele Veränderungen ich miterlebt habe.«

»Das kann ich mir vorstellen.«

»Wenn Sie in zwanzig Jahren zurückblicken, wird es Ihnen genauso gehen.«

Ich deutete lächelnd ein Nicken an, aber ich dachte dabei, dass alles, was ich dann dazu würde sagen können, wäre, dass ich sie geschehen sah. Malcolm war dabei gewesen, als es zählte.

»Allerdings ist es nicht mehr wie früher«, bestätigte Malcolm meinen Gedankengang. »Jetzt hat die Wirtschaft das Sagen. Die großen Städteplaner gibt es nicht mehr, und diese Zeiten kommen auch nicht wieder.«

»Ich bin dreißig Jahre zu spät geboren«, sagte ich bedauernd. Malcolm zog die Brauen hoch. »Ich hätte niemals Pioniergeist bei Ihnen vermutet, Pete.«

»Na ja – ich habe diesen Beruf eigentlich nicht ergriffen, um Antragsformulare zu prüfen«, erwiderte ich.

»Wer macht das schon gerne«, meinte er. »Trotzdem – es muss nun mal gemacht werden.«

Er erkundigte sich danach, wie weit ich mit der Bearbeitung der Anträge der Bauherren gekommen sei, die mit ihren geplanten Projekten der Tatsache Rechnung tragen wollten, dass Wohnraum in der Innenstadt immer begehrter wurde, und wir sprachen kurz über das Gerücht, dass die Sanierung des Kanalviertels sogar

Londoner Pendler zu uns herauslockte, seit die Midland Mainline ihren Service verbessert hatte.

Und dann kam Malcolm endlich zur Sache. »Es ist mir zu Ohren gekommen, dass Sie nicht mehr ganz so … äh, gewissenhaft arbeiten wie in der Vergangenheit.«

Von einer Sekunde zur anderen brach mir der Schweiß aus allen Poren. »Sie meinen die Marston-Street-Geschichte … ich weiß, ich hätte mich genauer …«

»Schon gut«, fiel er mir ins Wort. »Die Sache war ja gottlob noch zu retten. Im Moment haben Sie auch viel um die Ohren, weil zwei POs fehlen – aber die Personalabteilung hat mir versichert, dass die Posten in allernächster Zeit besetzt werden.«

»Ich habe alles im Griff«, beteuerte ich hastig. »Wirklich. Ich hatte mir einen Virus eingefangen und bin noch nicht wieder ganz auf der Höhe, aber ich komme schon klar.«

»Na ja – krank werden wir alle mal«, sagte Malcolm, und es klang erleichtert. »Wenn das das ganze Problem ist, dann brauche ich nicht umzudisponieren. Wie Sie wissen, ist Anthony für die ersten sechs Monate der Bauarbeiten am Straßenbahnnetz zur Tram-Taskforce versetzt worden.«

Ich äußerte mich nicht dazu, denn ich fürchtete, mein Ton hätte meinen Neid verraten.

»Während dieser Zeit muss ihn hier natürlich jemand vertreten. Wie würde es ihnen gefallen, die sechs Monate als SPO zu fungieren?«

»Sehr!«, würgte ich mit vor Aufregung erstickter Stimme hervor. Malcolm lächelte mich an. »Selbstverständlich muss ich es noch mit der Personalabteilung

abklären, aber ich denke, da dürfte es keine Schwierigkeiten geben. Ich melde mich bei Ihnen, sobald ich Bescheid von dort bekommen habe, okay?«

»Okay«, nickte ich. »Vielen Dank.«

Mit weichen Knien ging ich den Flur hinunter und
versuchte, meine Gedanken zu ordnen. Ich war fällig für
die Beförderung gewesen – überfällig! –, sie stand mir
zu, und jetzt hatte ich sie endlich bekommen. Ich setzte
mich an meinen Schreibtisch und ließ den Blick über die
Aktenberge, die auf ihre Bearbeitung warteten, und die
Post, die sich in meinem Eingangskorb türmte, wandern, und dann malte ich mir aus, wie ich als SPO Bau-
plätze besichtigte, an Besprechungen teilnahm, mit Architekten und Bauunternehmern konferierte und nach
meiner Meinung gefragt wurde.

Alison hatte mich so lange wegen dieser Beförderung
bedrängt, dass mein erster Impuls war, ihr die Neuigkeit
sofort mitzuteilen, doch als ich ihre Nummer eingetippt
hatte, legte ich den Hörer wieder auf, denn vor meinem
geistigen Auge erschien ihr Gesicht mit Pfund-Zeichen
in den Augen. Sie würde darauf bestehen, augenblicklich eine sündteure Urlaubsreise zu buchen, und meine
Gehaltserhöhung verplanen, bevor ich sie überhaupt bekommen hätte. Ich hob den Kopf und überlegte, wie ich
den Frauen, die da an ihrer Arbeit saßen, Malcolms
Entschluss am besten rüberbrächte. Sollte ich aufstehen, mich räuspern und es allen gemeinsam verkünden?
Oder wäre es besser, es ganz nebenbei zu erwähnen,
wenn ich einer von ihnen in der Teeküche begegnete?

Zum zweiten Mal innerhalb einer halben Stunde
brach mir der Schweiß aus, als mir plötzlich ein schreck-

licher Gedanke kam. Was wäre, wenn ich versagte? Wenn ich Malcolms Vertrauen in mich enttäuschte? Ich sah mich in einer Konferenz sitzen und nach meiner Meinung gefragt werden. Aller Augen waren auf mich gerichtet, Malcolm wartete ungeduldig auf eine fundierte Aussage, die Sekretärin saß mit gezücktem Bleistift vor ihrem Stenoblock ...

Ich fing an zu zittern. Als ich die rechte Hand vorstreckte, flatterte sie regelrecht. Das Marston-Street-Fiasko war ein Fingerzeig gewesen, das wurde mir jetzt klar. Ich war einfach nicht geeignet für eine leitende Position, die Verantwortung, die damit zusammenhing, war eine Nummer zu groß für mich.

Meine Beine drohten bei jedem Schritt unter mir einzuknicken, als ich das Büro durchquerte, den Flur und dann die Treppe hinunter und am Empfang vorbei in den Innenhof hinausging, wo eine Holzbank stand, auf der sich in der Mittagspause die Raucher versammelten. Ich ließ mich darauf nieder und versuchte, tief durchzuatmen, doch die Angst schnürte mir fast die Kehle zu. Wie hatte ich mir auch nur einen Moment einbilden können, dieser Aufgabe gewachsen zu sein? Ich sollte auf der Stelle zu Malcolm gehen und ihm sagen, dass ich es mir anders überlegt hätte. Ich sah mich vor ihm stehen und hörte mich stammeln, dass ich noch nicht so weit sei, dass ich noch ein, zwei Jahre bräuchte, dass wir sowieso zwei POs zu wenig hätten, und dass ohne mich alles zusammenbrechen würde.

Er würde mir das natürlich nicht abkaufen. Er würde mich sofort durchschauen, die Wahrheit erkennen, sehen, dass ich auch in zehn Jahren nicht »so weit«

wäre. Und dann würde ich mein ganzes restliches Berufsleben lang als PO auf demselben Stuhl in demselben Großraumbüro sitzen und jeden Tag die gleiche stumpfsinnige Arbeit tun und zusehen, wie Anthony eine Beförderung nach der anderen einsackte, bis er schließlich Malcolms Platz einnähme, wenn der in Pension ginge. Das Atmen fiel mir immer schwerer. Ich fühlte mich wie gefesselt. Wie in einer Falle. Gefangen. Was würde Alison sagen, wenn ich ihr reinen Wein einschenkte? Was würde Steve sagen? Und wie würde Sophie reagieren?

Alison würde mich einen Schwachkopf schimpfen; Steve würde fassungslos den Kopf schütteln; sie würden miteinander telefonieren und einen Plan schmieden, um mich dazu zu bringen, die Beförderung doch anzunehmen. Sophie würde mich verstehen. Sie hatte auch in einer Falle gesessen – aber sie war ausgebrochen.

Als ich an meinen Schreibtisch und zu meiner Arbeit zurückkehrte, wurde mir klar, dass ich keine Veranlassung hatte, mich gefangen zu fühlen. Ich könnte jederzeit aufstehen und gehen. Man würde mich ersetzen, niemand würde mich vermissen. Und was hielt mich hier? Ich würde niemals etwas bewegen, etwas verändern können. Was sollte das Ganze also?

Auf der Fahrt nach Hause schloss ich die Augen und versuchte, mich zu beruhigen. Ich erinnerte mich, dass ich glücklich gewesen war – noch vor gar nicht langer Zeit. Ich hatte Alison gehabt, das Haus, meinen Job, die Aussicht, irgendwann SPO zu werden – und keinen Grund zu grübeln. Sophie hatte mir die Augen geöffnet, Sophie, die den Mut besessen hatte, einfach auf und davon zu gehen, den Stier bei den Hörnern zu packen, ihr Leben zu leben.

Die Luft im Bus war stickig. Ich schaute aus dem Fenster. Auf dem Oberdeck befand ich mich auf gleicher Höhe mit den Wohnungen im ersten Stock der sanierten Häuser und über den Läden und Imbissbuden, die die Straßen in der Innenstadt säumten. Bei den meisten Fenstern verhinderten dichte Stores oder Jalousetten den Einblick, doch gelegentlich erhaschte ich einen Blick auf weiß gestrichene Wände und ein Sofa mit einem blumengemusterten Überwurf und Topfpflanzen auf einem Fensterbrett. Es war wie ein Blick in eine andere Welt, ein Blick in die Intimsphäre fremder Menschen, und mir wurde plötzlich bewusst, dass ich bis heute nie genau hingesehen, nie realisiert hatte, dass hinter diesen Fenstern gelebt wurde, gelacht, geweint, geliebt und gelitten.

Als ich aus dem Bus stieg, war ich voller Tatendrang. Ich schaute zu Sophies Fenstern hinauf und dachte daran, dass auch sie mir noch vor kurzer Zeit keines genauen Blickes wert erschienen war. Direkt gegenüber gähnte der dunkle Schlund des Durchgangs neben dem Friseurladen. Mein Herz begann zu hämmern, als ich die Straße überquerte, und schlug mir bis in den Hals, als ich in die Dunkelheit eintauchte. Sekunden später blinzelte ich gegen die Helligkeit an, als ich in den sonnengrellen Hof hinaustrat. Das kaputte Sofa stand noch immer da, auch die alten Ziegel hatte niemand weggeschafft. Die halb offene Holztür des altersschwachen Anbaus hing schief in den Angeln.

Ich schob die Hand durch den Schlitz von Sophies Briefkasten und tastete an den Seiten nach einem Schlüssel. Nichts. Ich fuhr mit der Hand auf dem Sims über der Haustür entlang, aber außer schwarzer Schmiere und Fliegenleichen war auch dort oben nichts. Ich drehte mich um, und wieder blendete mich die Helligkeit.

Ich schloss die Augen und dachte, was Alison oder Steve denken würden, wenn sie mich hier sehen könnten, und hätte beinahe laut gelacht. Ich stellte mir vor, wie Malcolm sich in seinem Büro einen Grund dafür überlegte, meine Beförderung rückgängig zu machen, ich sah, wie Anthony sich schadenfroh die Hände rieb, und ich malte mir aus, wie geschockt Jamie wäre, wenn er die Wahrheit kennen würde, wie geschockt alle wären, wenn sie wüssten, was in meinem Kopf vorging.

Und dann konzentrierte ich mich auf Sophie, bis mein ganzes Sein von ihr erfüllt war – und plötzlich wusste ich es. Als ich die Augen öffnete, war die Sonne weitergewandert, und ein weiches bläuliches Licht durchflutete den Hof. Zielstrebig steuerte ich auf den Anbau zu und schlüpfte durch den Türspalt – sie weiter zu öffnen, hatte ich nicht gewagt, denn sie hätte bestimmt gequietscht, und ich durfte schließlich keine Aufmerksamkeit erregen, denn wie hätte ich erklären sollen, was ich hier wollte?

Und dann hielt ich den Ersatzschlüssel in der Hand. Sie hatte ihn in der Ritze zwischen zwei Backsteinen für mich versteckt. Es war eine Botschaft. Sie wollte, dass ich ihr half, dass ich weiter nach ihr suchte, dass ich herausfand, was mit ihr geschehen war.

Es klickte – in meiner Angst vor Entdeckung ohrenbetäubend –, als ich den Schlüssel im Schloss herumdrehte, doch die Tür öffnete sich lautlos. Ich trat in den kleinen

Vorraum und zog sie vorsichtig hinter mir zu. Es war bedeutend kühler als draußen, doch der Schauder, der mich überlief, hatte nichts mit dem Temperaturunterschied zu tun. Ich wagte kaum zu atmen. Eine steile schmale Treppe führte zur Wohnung hinauf. Die Ränder des abgetretenen grauen Teppichbelags hatten sich an mehreren Stellen vom Untergrund gelöst. Auf der untersten Stufe lag ein kleiner Stapel Briefe. Ich schaute die weißen und braunen Umschläge durch – alles Rechnungen.

Mit wild klopfendem Herzten stieg ich die Treppe hinauf, wobei ich jede Stufe erst testete, bevor ich mit meinem vollen Gewicht darauf trat, denn ein Knarzen hätte vielleicht jemanden aus dem Friseursalon auf den Plan gerufen. Die Luft roch nach Staub wie in einem alten, seit Ewigkeiten nicht betretenen Gemäuer. Oben angekommen, stand ich auf einem Absatz, von dem weitere Stufen aufwärts führten und zwei Türen abgingen. Ich verharrte einen Moment regungslos wie ein witterndes Tier, ehe es auf eine Waldlichtung hinaustritt, und öffnete dann die eine. An einer Wand zog sich eine altmodische Resopal-Küchenzeile entlang, das einzige Fenster ging auf den Hof hinaus. Im Spülbecken stand ein Müslischüsselchen, in das mit träger Regelmäßigkeit Tropfen aus dem Wasserhahn platschten. Es war wie eine Szene aus einem Horrorfilm.

Ich trat wieder auf den Treppenabsatz hinaus und öffnete die zweite Tür. Die Wohnzimmervorhänge waren offen. Staubteilchen tanzten im Licht, das durch den Store hereindrang. Die Wände waren weiß gestrichen, unter einem verrutschten Folkloreüberwurf lugte eine

Ecke eines roten Kunstledersofas hervor, der Lehnsessel daneben hatte offenbar früher zu dem Sofa gehört, das unten im Hof verrottete. Auf dem kleinen Couchtisch herrschte ein Tohuwabohu aus Briefen und Unterlagen. Auf dem Sims über dem Kamin für Gasfeuerung stand ein Bilderrahmen aus Schildpattimitat mit einem Foto von einer Familie, die sich vor einem grauen Farmhaus in Positur gestellt hatte.

Ich setzte mich mit dem Rahmen auf Sophies Sofa – vielleicht war es sogar ihr Stammplatz, auf dem ich saß – und schaute mir die Aufnahme genauer an. Sophies Mund war leicht geöffnet, als habe sie gerade etwas gesagt. Ihre Eltern standen ihr zugewandt, und hinter ihr blickte ein blonder junger Mann – offenbar Jonathan – finster in die Kamera. Ich drehte den Rahmen um, legte ihn auf den Tisch, entfernte die Klammern und hob das Stück Pappe heraus, das als Rückwand diente. Auf der Rückseite des Fotos stand in Sophies Schrift ein fünf Jahre zurückliegendes Datum, darunter der Ort: Arbor Low Farm. Ich zog das Notizbuch aus der Tasche, legte das Foto vorne hinein, damit es geschützt war, und steckte beides wieder ein. Dann ging ich zu dem halbhohen Bücherschrank neben dem Fenster. Oben drauf standen das Telefon und der Anrufbeantworter. Ich stellte mir vor, wie Sophie darauf hinunterstarrte, während es klingelte, und mit angehaltenem Atem darauf wartete, dass leises Atmen aus dem Lautsprecher dränge. Ich drückte auf die Auswurftaste, doch es war keine Kassette im Gerät. Behutsam fuhr ich an den Rücken der Bücher darunter entlang: Liebesromane, ein Lexikon und eine Reihe von Lehrbüchern über Krankenpflege. Es überraschte mich, dass sie sie aufgehoben hatte. Ich zog aufs Geratewohl eines heraus und blätterte es durch. Es enthielt Abbildungen, illustrierte Anleitungen zum Blutabnehmen, Nähen von Schnittverletzungen und Verbinden von Wunden. Ich stellte es an seinen Platz zurück.

Papiere, Briefe und Bankauszüge lagen in einem solchen Durcheinander auf dem Couchtisch, als ob sie aus einer Schublade darauf geschüttet worden seien. Ich fing an, sie zu sortieren, verschiedene Stapel anzulegen. Der höchste wurde der aus Makler-Dossiers zu verschiedenen Häusern. Interessant war auch ihr Pass, aus dem sie mir mit jüngerem Gesicht stirnrunzelnd entgegenblickte. Unter der Rubrik »Im Notfall zu benachrichtigen« waren ihre Eltern aufgeführt. Ich holte das Notizbuch wieder aus der Tasche und trug Adresse und Telefonnummer ganz hinten ein.

Im zweiten Stock stieß ich zunächst auf das kleine Bad. Auf dem schmalen Wannenrand drängten sich Shampoos, Duschgels und Flaschen mit duftenden Badezusätzen. Über die Armatur war eine Plastikduschhaube gestülpt. Auf der Konsole über dem Waschbecken stand in einem Plastikbecher eine dunkelrote Zahnbürste mit schiefen Borsten.

Ich drückte langsam die angelehnte Schlafzimmertür auf. Die Vorhänge waren zugezogen, doch das Tageslicht schimmerte hindurch und verlieh dem Raum eine zartblaue Unwirklichkeit. Das zerwühlte Laken in dem ungemachten Bett deutete drauf hin, dass Sophie in ihrer letzten Nacht unter diesem Dach unruhig geschlafen hatte. Ich öffnete den Kleiderschrank und betrachtete die Arbeits- und anderen Blusen auf den Bügeln, die ordentlich zusammengelegten Pullover und die so präzise wie mit einem Lineal ausgerichtet unten im Schrank gestapelten Jeans. Vorsichtig zog ich ein Sweatshirt heraus und vergrub mein Gesicht darin. Es duftete nach Weichspüler, doch ich bildete mir ein, ihren warmen Körper zu riechen. Ich legte mein Sakko ab und hängte es über den einzigen Stuhl, zog meine Schuhe aus und stellte sie vor das Bett, legte mich hinein, zog mir die Daunendecke über den Kopf – und jetzt roch ich sie wirklich. Ich schloss die Augen und stellte mir ihren warmen Körper neben dem meinen vor.

Sie hatte gewollt, dass ich ihr so nahe käme – warum hätte sie mir sonst einen Schlüssel dagelassen? Warum hätte sie mir sonst ihr Notizbuch dagelassen? Sie sehnte sich nach meiner Nähe, wünschte sich, dass ich sie aus ihrer Einsamkeit erlöste.

Wenn sie doch nur da gewesen wäre, wenn ich sie hätte berühren, ihr das von dunklen Haaren umflossene Gesicht hätte streicheln können, wenn sie doch nur ihre Arme um mich schlingen und ihren Körper an meinen pressen würde. Und dann verwischte sich die Grenze zwischen Wunsch und Wirklichkeit. Ich spürte, wie sie mein Hemd aus der Hose zerrte, es aufknöpfte und mir von den Schultern streifte, wie sie mir alles auszog, bis ich die kühlen Laken an meiner glühenden Haut fühlte. Ich brauchte nichts zu tun, überließ mich ihren Liebkosungen, wurde Wachs in ihren Händen. In diesem Augenblick hatte ich das Gefühl, dass nichts uns jemals wieder trennen könnte, und dann hörte ich mich ihr mit erstickter Stimme sagen, wie sehr ich sie begehrte.

Meine Hände zitterten, als ich mich danach wieder anzog. Natürlich wäre es einfacher gewesen, wenn ich dazu aufgestanden wäre, aber ich konnte mich nicht dazu überwinden, das Bett zu verlassen. Durch das geschlossene Fenster drang gedämpft der Lärm des unten vorbeiflutenden Verkehrs herein. Ich verschränkte die Hände hinter dem Kopf, starrte an die Decke und stellte mir vor, wie sie das Nacht für Nacht getan hatte, während sie voller Angst darauf wartete, dass das Telefon klingeln würde, und sich den Kopf darüber zerbrach, wer der Anrufer sein könnte.

Auf dem Nachttisch lag eine angebrochene Schachtel Marlboro lights. Ich fischte eine Zigarette heraus und zündete sie mit dem daneben liegenden Einwegfeuerzeug an. Der erste Zug schmeckte bitter und kratzte im Hals. Das Papier knisterte leise und verbrannte dunkelorange, als ich beim zweiten Mal einen tiefen Zug nahm. Ich streckte den Arm aus, holte das Notizbuch aus meinem Sakko, nahm das Foto heraus, legte beides neben mich auf die Matratze und schaute, auf einen Ellbogen gestützt, darauf hinunter, während ich rauchte. Ich fühlte mich geborgen in Sophies Bett. Seit Tagen schob ich es hinaus, ihren letzten Eintrag zu lesen, denn ich wollte nicht, dass es endete, doch jetzt, hier, in ihrem Bett, glaubte ich, es ertragen zu können, denn jetzt hatte ich so viel mehr als nur ihre Worte. Also schlug ich das Notizbuch auf und begann, durch Sophies Nähe gestärkt, zu lesen.

17. Mai

Es gibt Tage, das weiß ich schon morgens, dass mir alles zu viel werden wird. Dann sitze ich im Bus und male mir aus, was alles schief gehen kann, wer mir ein Bein stellen könnte. Ich bin wieder zu spät dran, was bedeutet, dass Marion mich wieder in ihr Büro rufen und mir wieder einen Vortrag halten wird, und die anderen werden sich vor Schadenfreude nicht mehr einkriegen. Ins Gesicht schauen tun sie mir ja alle schön, aber ich bin nicht blöd. Ich weiß genau, dass sie nicht ehrlich sind, dass sie sich hinter meinem Rücken das Maul über mich zerreißen. Das gilt auch für den Typen aus dem Obergeschoss, diesen miesen Doppelagenten – aber wenn ich meinen Job behalten will, muss ich brav die Klappe halten. Ich sehe vor mir, wie der Tag verlaufen wird, und mir graut davor. Auch das Motto »Augen zu und durch« wird mir heute nicht helfen. Ich spüre schon jetzt eine Migräne kommen. Die Halterung der Freisprechanlage wird meinen Kopf wie eine eiserne Klammer zusammendrücken, die Stimmen der Anrufer werden sich durch meine Trommelfelle in mein Gehirn bohren, und es wird sich verkrampfen, bis ich das Gefühl habe, dass es mir die Augen aus den Höhlen treibt und die Schädeldecke wegsprengt. Und jede noch so kleine atmosphärische Störung in der Leitung wird wie leises Atmen klingen, und mein Herz wird mir jedes Mal fast aus der Brust springen, bis endlich jemand spricht, eine Frage zu seiner Rechnung stellt oder verzweifelt um Zahlungsaufschub fleht, nein, bitte, bitte, sperren sie

uns nicht den Strom, ich habe drei kleine Kinder zu ernähren, der Scheck ist unterwegs, ich kann am Freitag in
bar bezahlen, der Scheck wird diesmal nicht platzen, das
verspreche ich, die Bank hat Mist gebaut, und ich weiß
nicht, was ich jetzt machen soll. Eine Million Entschuldigungen, die meisten verständlich, glaubhaft, vielleicht
sogar wahr.

Ich würde so gerne mit Jamie reden, aber jedes Mal,
wenn ich anrufe, habe ich einen von seinen Mitbewoh-
nern dran, der mir erzählt, er sei bei einer Bandprobe,
er mache Überstunden, er besuche seine Mutter, er sei
gerade weggegangen. Vielleicht stimmt das ja alles, vielleicht war er schon immer so beschäftigt, und ich habe
es nur nicht bemerkt, aber vielleicht steht er auch daneben und bedeutet seinem Kumpel mit einem Kopfschüt-
teln und einem Hieb durch die Luft, dass er nicht mit mir
sprechen will. Ich dachte immer, einem echten Freund
könne man alles sagen, er würde es sich anhören, es verstehen, aber es scheint da eine Grenze zu geben, und
vielleicht habe ich die überschritten, ohne zu merken,
dass ich sie schon erreicht hatte. Wahrscheinlich hat er
sogar versucht, es mir zu sagen, und ich habe nicht richtig zugehört.

Ich möchte ihm sagen, dass es mir Leid tut, dass ich es
ihm überhaupt zugetraut habe. Ich glaube, das bin ich
ihm schuldig. Ich möchte ihm sagen, dass ich alles
gründlich satt habe, dass ich einen Schlussstrich ziehen
und von vorne anfangen will. Manchmal wünsche ich
mir eine Kopfverletzung. Keine so schlimme, dass ich
danach gelähmt oder nicht mehr bei Verstand bin. Nein,
sie soll nur so schwer sein, dass ich das Bewusstsein ver-

liere und mich an nichts mehr erinnere. Wenn sie mich dann wieder hochfahren würden, wäre ich so gut wie neu, dann wäre mein Datenspeicher frei für frische Informationen. Alle Fehlfunktionen des Systems wären vergessen. Aber die Sache hätte einen Haken: Um wirklich ganz von vorne anfangen zu können, müsste ich auch die Erinnerungen sämtlicher Leute, die mit mir zu tun hatten, löschen. Ich müsste einen kollektiven Gedächtnisschwund herbeiführen – dann wäre für uns alle das Jahr null. Als gestern Abend das Telefon klingelte, wusste ich, wer da anrief. Ich habe inzwischen so was wie einen sechsten Sinn dafür entwickelt, wann der Atmer sich bei mir meldet. Eigentlich wollte ich nicht drangehen – dafür hatte ich schließlich den Anrufbeantworter gekauft –, aber dann hielt ich es plötzlich nicht mehr aus. Ich wollte endlich Bescheid wissen. Also hob ich den Hörer ab, und dann hörten wir einander eine Ewigkeit beim Atmen zu, bis ich schließlich fragte:

»Warum tun Sie mir das an?« Schweigen. »Habe ich Sie mit irgendwas verärgert? Wollen Sie mich bestrafen?« Stille. »Möchten Sie mir was sagen?« Plötzlich klang sein Atmen anders, als weine er und versuche es vor mir zu verbergen. »Warum weinen Sie?«, fragte ich. »Warum sind Sie unglücklich?« Er gab sich alle Mühe, sich zu beherrschen, doch ich hörte seine Tränen. Wir hatten eine gemeinsame Vergangenheit, wir waren durch Blutsbande verbunden – es war Jonathan. Eindeutig. Ich hatte mir oft ausgemalt, was ich meinem Peiniger alles an den Kopf werfen würde, wenn mir irgendwann die Nerven durchgingen, wie ich ihm androhen würde, ihm das Leben zur Hölle zu machen, ihn zu verfluchen, ihn bis ins

Grab zu verfolgen – aber bei Jonathan war das undenkbar. Ihm konnte ich das unmöglich antun.

Es überraschte mich, wie ruhig ich war, als ich sagte: »Ich weiß, wer da dran ist. Ich weiß, mit wem ich rede. Warum tust du mir das an?«

Er zog scharf die Luft ein, aber ich wusste nicht, ob er es tat, weil ich ihn ertappt hatte, oder um ein Schluchzen zu unterdrücken.

»Du bist es doch, oder?«, fuhr ich fort. »Warum tust du das? Ist dir nicht klar, was für eine Angst du mir damit machst?«

Ich erwartete nicht, dass er plötzlich anfangen würde zu reden, ich erwartete auch nicht, dass er mir sein Verhalten erklärte, doch ich erwartete, dass er in irgendeiner Form reagierte, mich wissen ließ, dass ich richtig lag – oder falsch. Aber alles, was ich zu hören bekam, war Schweigen.

Ich startete den nächsten Versuch, ihm eine Brücke zu bauen.

»Geht es um das, was damals passierte? Du sagtest, du habest Ärger in der Arbeit. Hast du Angst, dass ich es jemandem erzählen werde? Du müsstest eigentlich wissen, dass ich das niemals tun würde. Mum und Dad würden dir nie verzeihen, nachdem sie dich seinerzeit so verteidigt haben. Und Rachel auch nicht. Ich weiß das alles – denkst du, mir ist das nicht sonnenklar?«

Nichts. Nur Atmen.

»Ich verstehe nicht, warum du die Sache so schwer nimmst«, sagte ich. »Ich verstehe nicht, warum sie dich so total durcheinander bringt. He – rede mit mir! Erkläre es mir!«

Schweigen.

»Ich weiß doch, dass du all das, was du damals gesagt hast, nicht ernst meintest. Du brauchst deswegen kein schlechtes Gewissen zu haben. Ich weiß, du würdest mich genauso wenig absichtlich verletzen, wie ich dich hintergehen würde. Es fiele mir nie ein, dir Ärger zu machen. Bitte sag mir, dass alles wieder gut wird.«

Ich saß da und hörte ihm beim Atmen zu und versuchte, ihn durch die Kraft meiner Gedanken zum Sprechen zu bewegen, aber nach einer Weile legte er einfach auf. Ich hatte das Gefühl, dass er nicht noch einmal anrufen würde – jetzt nicht mehr, nachdem ich herausgefunden hatte, dass er der Anrufer war. Aber es geht mir nicht besser, seit ich es weiß. Ich ahne nicht, was er von mir erwartet. Ich habe niemanden erzählt, was passiert ist, aber er benimmt sich noch immer so, als würde ich ihn in der nächsten Minute in die Pfanne hauen. Das macht mich stocksauer! Erinnert er sich nicht daran, wie panisch er war und welche Angst er mir machte? Ich weiß, dass es keine Absicht war, aber zeigt ihm das nicht, zu wie viel ich bereit bin, um ihn zu beschützen? Wenn ich ihn hinhängen wollte, dann hätte ich es damals getan, als er mit seinen Nerven am Ende war, und ich dachte, er würde durchknallen. Er ist verzweifelt darauf aus, bei allen beliebt zu sein, und will natürlich nicht, dass irgendjemand erfährt, was wir getan haben – aber es müsste ihm doch klar sein, dass es genauso schlimm für mich ausginge, wenn ich es verriete. Begreift er nicht, dass Mum und Dad zusammenbrechen würden, wenn sie wüssten, dass sie zwei Lügner verteidigt haben?

Aber er denkt, dass ich mit allem ungestraft davonkomme. Das denkt er, weil Mum und Dad nie erwähnen, wie weh ich ihnen getan habe, als ich weglief – in seinen Augen beweist das, dass sie mir verziehen haben. Er versteht überhaupt nichts! Ich bin diejenige, die jeder auf dem Kieker hat, ich muss mich unentwegt für Fehler entschuldigen, die ich gemacht habe. Wie kann ich Jonathan bedauern, wenn ich diejenige bin, die ständig eine reingewürgt kriegt?

Wie auch immer – er ist mein Bruder. Er war es, der mich abholen kam, als ich es damals nicht mehr aushielt. Manchmal schaut er mich mit so einem seltsamen Blick an, dass ich denke, jetzt wünscht er sich, er hätte mich nicht von unserem Hof nach Hause geholt.

Was wäre passiert, wenn er es nicht getan hätte? Hätte sich für ihn etwas geändert? Er denkt, wenn ich weg wäre, wäre auch sein Problem weg. Es wäre niemand mehr da, der ihn verraten könnte. Er könnte mit Rachel das Haus kaufen, sie heiraten, unseren Eltern die Enkel schenken, die sie sich so sehnlich wünschen, Geld zusammensparen und irgendwann vielleicht sogar eine eigene Werkstatt aufmachen. Ich würde immer weiter in den Hintergrund treten, mit ihm verschmelzen und verblassen, und irgendwann würde vielleicht niemand mehr an mich denken. Alle würden ihr Leben leben, als habe es mich nie gegeben. Wenn ich mich irre, wenn es nicht das ist, was Jonathan sich wünscht, dann wird er wissen, wo ich zu finden bin. Und er wird wissen, dass die Entscheidung bei ihm liegt, ob er mich auch diesmal nach Hause holt oder nicht.

Es ist alles Mist. Gibt es keine andere Möglichkeit, keinen anderen Ausweg? Kann ich nichts anderes tun?

Ich möchte mit Jonathan reden, aber ich fürchte mich davor. Ich fürchte mich davor, dass ich feststellen könnte, dass ich mich getäuscht habe – wie bei Jamie. Ich habe Angst, dass ich, wenn ich Jonathan geradeheraus frage, mehr Probleme schaffen als lösen werde. Ich habe Angst davor, dass, wenn ich mich getäuscht habe, alles so weitergeht wie bisher und der Druck in mir immer größer wird, bis ich explodiere, bis ich echt durchdrehe. Ich habe das Gefühl, dass ich über nichts, was geschieht, die Kontrolle habe – und ich habe Angst, dass Jonathan mich, wenn ich diesmal gehe, nicht wieder heimholen wird.

Aber ich kann doch nicht einfach gar nichts tun, ich kann doch nicht einfach den Dingen ihren Lauf lassen! Ich muss es riskieren. Wenigstens werde ich dann wissen, woran ich bin. Wenigstens muss ich mir dann nicht mehr den Kopf zerkeilen.

17

Nachdem ich die Wohnung verlassen hatte, wanderte ich ziellos durch die Straßen. Wie lange, weiß ich nicht. Ich hatte mir von Sophies letztem Eintrag die Antwort auf all meine Fragen erhofft, den absoluten Durchblick, doch ich war so schlau wie vorher. Ich verstand noch immer nichts – aber ich wollte es verstehen. Durch ihre Aufzeichnungen war ich Sophie so nahe gekommen, dass ich mich beinahe betrogen fühlte, weil sie mich im Unklaren gelassen hatte.

Jonathan kam meiner Ansicht nach als Anrufer nicht in Frage. Er war ihr engster Vertrauter, konnte sie besuchen, wann immer er wollte. Ich wäre gerne an seiner Stelle gewesen.

Am liebsten hätte ich Jamie besucht. Er war ebenso um Sophie besorgt wie ich, und wenn ich ihm erklärte, was ich wusste, würde er bestimmt mit mir zusammenarbeiten. Aber wie sollte ich es ihm erklären, ohne das Notizbuch ins Spiel zu bringen? Um nichts in der Welt wollte ich es ihm geben – ich wusste, dass Sophie das unter keinen Umständen gewollt hätte.

Ich könnte natürlich auch zu Jonathan gehen und ihn zur Rede stellen, doch bei dem bloßen Gedanken fing ich an zu zittern, und ein eiskalter Schauder überlief mich. Ich wusste nicht, was ich tun würde, wenn sich herausstellte, dass Sophies Bruder hinter alldem steckte, für all das verantwortlich war, er sie zu einem Schritt getrieben hatte, von dem ich nicht ahnte, wohin er sie geführt hatte. Also verwarf ich auch diese Idee. Fürs Erste, zumindest.

Als ich nach Hause kam, bereitete Alison sich oben im Bad auf einen Freitagabend mit ihren Freundinnen vor. Ich setzte mich unten ins Wohnzimmer und hörte dem Wasser zu, das auf dem Weg zum Boiler durch die Rohre rauschte. Ich musste etwas tun, das stand fest. Irgendetwas. Ich würde es mir nie verzeihen, wenn ich irgendwann feststellen müsste, dass Sophie hätte gerettet werden können, wenn ich meine Informationen nicht für mich behalten hätte. Das Notizbuch steckte noch in meiner Tasche. Für gewöhnlich fand ich es wohltuend, seinen Druck an meiner Hüfte zu spüren, doch jetzt irritierte es mich. Ich nahm es heraus, schaute eine Weile darauf hinunter und schlug es dann ganz hinten auf, wo ich die Angaben zu ihren Eltern notiert hatte. Sophie würde nicht wollen, dass ich dort anriefe, aber allmählich wurde ich ungeduldig mit ihr. Sie hatte mir eine Riesenverantwortung aufgebürdet, von der ich nicht wusste, ob ich ihr gerecht werden könnte. Wenn ich mit ihren Eltern spräche, könnte ich sie dorthin abwälzen, mich aus ihrem Leben zurückziehen und wieder mein eigenes führen.

Bevor ich es mir wieder ausreden konnte, sprang ich auf, holte das Telefon aus dem Flur und schloss die Wohnzimmertür. Die Schnur reichte gerade bis zum Sofa. Ich setzte mich auf die Lehne und wählte die Nummer.

Sophies Mutter meldete sich so schnell, als habe sie einen Anruf erwartet. Ich hatte mir keinen Text zurechtgelegt und war im ersten Moment völlig ratlos, doch als sie zum zweiten Mal und jetzt hörbar unwillig »Hallo?« sagte, antwortete ich hastig: »Ich bin ein Freund von Sophie. Ich ... ich wollte bloß fragen, ob Sie etwas von ihr gehört haben.«

»Nein«, erwiderte sie und setzte dann in hoffnungsvollem Ton hinzu: »Wissen Sie vielleicht etwas?«

»Leider nicht.« Ich fuhr mit der Zunge über meine trockenen Lippen. »Haben Sie eine Ahnung, warum sie fortgegangen ist?«

»Nein«, sagte Mrs Taylor. »Sie?«

Ich suchte krampfhaft nach den richtigen Worten. Sollte ich ihr raten, Jonathan zu fragen, was geschehen war, oder ihr von dem mysteriösen Anrufen bei Sophie berichten? Ich könnte ihr sagen, was ich wusste, und dann auflegen, und niemand würde je erfahren, wie tief ich in Sophies Leben hineingeraten war. Ich öffnete den Mund, aber es kamen keine Worte heraus. Ich wusste nicht, was ich sagen sollte. Sophie hatte ihren Eltern verschwiegen, was vorgefallen war, um sie nicht zu kränken – wie könnte ich ihr da in den Rücken fallen? Und was hätte ich ihr überhaupt Schlüssiges sagen können? Also antwortete ich: »Nein – nicht wirklich. Ist die Polizei schon weitergekommen?«

»Nein. Sie wissen nur, dass sie mit dem Zug nach Derby gefahren ist.«

Derby! Adrenalin schoss durch meine Adern. In Derby war Arbor Low. Dort musste sie sein!

»Wer sind Sie denn überhaupt?«, wollte Sophies Mutter wissen. Ich wiederholte das Märchen von dem Freund, doch sie ließ nicht locker. »Wie ist Ihr Name?

Woher kennen Sie Sophie? Wie sind Sie an diese Nummer gekommen?«

»Ich bin nur ein Freund«, wich ich aus. »Nur ein Freund. Entschuldigen Sie, dass ich Sie belästigt habe.«

Ich legte auf, um weitere Fragen zu verhindern. Mein Hemd klebte durchgeschwitzt an meinem Oberkörper, und mein Herz hämmerte gegen die Rippen. Ich trug das Telefon in den Flur zurück und hörte Alison oben aus dem Bad kommen. Sie würde bald das Haus verlassen. Dann hätte ich Gelegenheit, in aller Ruhe zu überlegen, wie ich mein Wissen weitergeben könnte, ohne noch tiefer in die Geschichte hineingezogen zu werden – ich musste da raus. So schnell wie möglich.

18

Als ich am nächsten Morgen herunterkam, fand ich eine nur mit Mühe zu verstehende Nachricht auf dem Anrufbeantworter vor. Immer wieder übertönt von ohrenbetäubender Musik, informierte mich Alison, dass sie bei einer Freundin übernachten würde. Der Name ging unter. Ich machte mir eine Tasse Tee, trank sie im Stehen in der Küche und wollte gerade den Staubsauger aus der Besenkammer unter der Treppe holen, als es klingelte. Ich öffnete die Tür und stand zwei Männern gegenüber, die in ihren dunklen Anzügen und den Regenmänteln wie Vertreter wirkten. Waren sie aber nicht. Sie stellten sich als McAllister und Joseph vor – von der Polizei. Ich war heilfroh, dass sie wie Zivilisten aussahen. Das hätte mir gefehlt, dass jemand aus der Nachbarschaft Alison gefragt hätte, was die Polizisten bei uns gewollte hätten!

Äußerlich völlig gelassen, bat ich die beiden herein und führte sie ins Wohnzimmer. McAllister war der ältere und offenbar auch der Vorgesetzte von Joseph. Sein gewichtiges Auftreten wurde durch seine Leibesfülle noch unterstrichen. Als er sich auf dem Sofa niederließ, schnaufte er wie ein Walross, und ich bemerkte Verachtung in dem verstohlenen Blick, den Joseph, der sich am Kamin postiert hatte, zu ihm hinüberwarf. Dann wandte er sich den Dingen zu, die auf dem Sims standen, nahm ein Foto herunter, das Alison und mich im Urlaub auf Korfu zeigte, und hielt es mir hin.

»Wer ist das Mädchen?«, wollte er wissen. »Ihre Frau?«

»Meine Lebensgefährtin – Alison!«, antwortete ich, und plötzlich packte mich Unbehagen. Wieder einmal brach mir der Schweiß aus. Ich überlegte, ob ich mir eine von Sophies Malboro lights anzünden sollte – ich hatte nicht widerstehen können, sie aus ihrer Wohnung mitzunehmen –, um meine Nerven zu beruhigen, ließ es dann aber sein, weil ich fürchtete, dass meine Hände zittern würden. Stattdessen setzte ich mich in den Sessel und schob sie von rechts und links unter meine Schenkel. Wenn es Joseph aufgefallen war, so überging er es. »Sind Sie schon lange zusammen?«, erkundigte er sich.

»Seit vier Jahren.«

»Werden Sie heiraten?«

Er hatte das Foto von Alisons Nichte heruntergenommen und drehte es um, als interessierte er sich für die Rahmenkonstruktion. »Ausdrücklich gesprochen haben wir noch nicht darüber.« Sein Herumgefummel machte mich ganz nervös.

»Es ist erstaunlich, dass Sie sich gar nicht über unseren Besuch wundern«, sagte McAllister.

Ich wandte mich ihm zu. Er hatte ein weißes Stofftaschentuch in der Hand und wischte sich damit den Mund ab. Dann räusperte er sich, knüllte das Taschentuch vor seinem Mund zusammen und sah mich darüber hinweg erwartungsvoll an. Ich hatte Mühe, meinen Ekel zu verbergen. Der zerknitterte Fetzen verschwand in der

Sakkotasche. »Ich nehme an, es hängt mit Sophie Taylor zusammen«, antwortete ich.

Joseph betrachtete die Nippes auf dem Kaminsims, den gläsernen Delfin aus Korfu, die Porzellanballerina, die Alison in den Haushalt mitgebracht hatte. Ich wäre am liebsten aufgesprungen und hätte ihm die Sachen aus seinen schmutzigen Pfoten gerissen.

»Wie kommen Sie darauf?«, fragte McAllister.

»Ich wüsste keinen anderen Grund«, erklärte ich. Als Joseph nach der Potpourrischale griff, die Alisons Schwester uns geschenkt hatte, riss mir der Geduldsfaden. Ich stand auf, durchquerte den Raum und nahm sie ihm aus den Händen.

»Vorsicht!«, warnte ich. »Der Deckel sitzt nicht fest.«

Joseph setzte sich ohne ein Erwiderung zu McAllister aufs Sofa und zog einen kleinen Notizblick heraus. McAllister bedachte ihn mit einer Grimasse, die ich als freundliches Lächeln interpretierte, und bestätigte dann: »Ja – wir untersuchen Miss Taylors Verschwinden.«

Wieder sah er mich erwartungsvoll an, doch meine Kehle war wie zugeschnürt. Schweißbäche rannen an meinem Körper herunter. Ein plötzliches Kratzen in meinem Hals zwang mich zum Husten.

»Sie wirken nervös«, fand McAllister.

»Nervös?« Ich hörte mich gekünstelt lachen. »Nein, nein. Das ist wohl der Anfang einer Erkältung – oder Heuschnupfen.«

Sie schauten mich beide prüfend an. Ich strich mir mit der Hand über die Haare und zwang mich zu einem Lächeln.

»Sie haben gestern bei Mrs Taylor angerufen«, sagte McAllister.

»Ja«, bestätigte ich verblüfft. »Woher ... woher wissen Sie, dass ich das war?«

»Bis zu diesem Moment wussten wir es nicht«, erwiderte der korpulente Beamte mit einem feinen Lächeln. »Sie hatte uns nur mitgeteilt, dass sich ein angeblicher Freund ihrer Tochter telefonisch nach ihr erkundigt habe – und sie fand den Anruf irgendwie merkwürdig ...«

»Merkwürdig?«, fiel ich ihm ins Wort.

»So drückte sie es aus«, nickte er. »Wir hatten von Jamie Forester Ihren Namen und Ihre Adresse bekommen und beschlossen, auf den Busch zu klopfen. Warum haben sie bei Mrs Taylor angerufen?«

»Ich wollte hören, ob es etwas Neues über Sophie gebe. Im Nachhinein betrachtet, ist mir klar, dass es ein Fehler war, sie anzurufen.«

»Ein Fehler? Warum?«

»Nun ja – sie erhoffte sich Informationen von mir, und ich konnte ihr keine geben. Haben Sie denn Neuigkeiten?«

»Wie es scheint, ist sie aus freien Stücken verschwunden.«

Sein Ton war mir ein wenig zu unbesorgt, um echt zu sein. »Das hat sie schon einmal getan, wissen Sie.«

»Ja«, nickte ich. »Das weiß ich.«

McAllister beugte sich vor. »Richtig – Sie haben ja mit Mr Forester gesprochen.«

»Ja.« Ich hatte das Gefühl, als streiche eine eiskalte Hand über meinen Rücken. »Er hat mir eine Nummer gegeben, unter der ich anrufen sollte, aber ich bin einfach noch nicht dazu gekommen.«

»Dafür haben wir Verständnis«, sagte McAllister väterlich.

»Wo arbeiten Sie denn?«

»Bei der Stadt. Im Baureferat – in der Planungsabteilung«, antwortete ich. »Ich kenne Sophie Taylor eigentlich gar nicht. Wir sind lediglich morgens mit demselben Bus gefahren.«

»Wenn das so ist – warum haben Sie sich dann bei ihren Eltern nach ihr erkundigt?«

»Ich war besorgt, das ist alles. Man hört heute ja die schrecklichsten Dinge. Die Erde ist ein gefährliches Pflaster.«

»Da haben Sie Recht.« McAllisters Stimme war süß und klebrig wie Schokoladensirup. »Aber wenn Sie Miss Taylor, wie Sie sagen, kaum kennen – warum haben Sie sich dann bei ihrer Mutter als ein Freund ausgegeben?«

»Na ja – die Wahrheit konnte ich ihr ja wohl schlecht sagen, oder?«

Joseph fand meine Antwort offenbar komisch, doch er verbarg sein Lachen hinter einem Hüsteln und schaute auf seine Notizen hinunter, als McAllister ihm einen strafenden Blick zuwarf.

»Spielt das eine Rolle?«, fragte ich. »Ich habe mir Sorgen gemacht, und ich dachte, ich würde nichts erfahren, wenn ich zugäbe, dass ich sie nur flüchtig kannte.« Ich wusste, dass ich den Mund halten sollte, der Ausdruck, mit dem die beiden mich ansahen, zeigte mir, dass ich mir mit meiner Geschwätzigkeit keinen Gefallen tat, aber ich war so in Fahrt, dass ich die Kurve nicht kriegte. »Wir waren vielleicht keine Busenfreunde, aber ich bin nun mal kein Mensch, der blind durchs Leben läuft. Ich nehme Anteil. Das ist mir wichtig.«

»Schon gut, schon gut.« McAllister lehnte sich zurück. »Wahrscheinlich ist sie wohlauf. Erfahrungsgemäß trifft das auf die meisten Vermissten zu. Aber wir müssen der Sache nachgehen. Routinemäßig, verstehen Sie.«

Ich nickte, und dann merkte ich plötzlich, dass ich viel zu heftig nickte, und hielt abrupt inne. »Sie glauben also, dass es ihr gut geht.«

Er breitete die Hände aus, um anzudeuten, dass er es nicht wisse.

»Ich bin sicher, dass es ihr gut geht«, erklärte ich.

»Es kommt schon mal vor, dass jemand eine Kurzschlusshandlung begeht«, gab Joseph zu bedenken.

»Das gilt nicht für Sophie«, behauptete ich im Brustton der Überzeugung.

»Seien Sie da nicht zu sicher«, dämpfte Joseph meinen Optimismus. »Sie müssen Sie ja doch näher kennen, wenn Sie sich zutrauen, ihre Verhaltensweise zu beurteilen«, meinte McAllister.

»Nicht wirklich, nein.«

»Woher hatten Sie die Telefonnummer ihrer Eltern?«

»Von der Auskunft.« Ich fühlte mich inzwischen höchst unbehaglich, denn ich hatte den Eindruck, dass sie mir kein Wort glaubten. Nach dem Motto »Angriff ist die beste Verteidigung« knallte ich den beiden einen Schuss vor den Bug. »Hören Sie – wenn Sie eine Frage auf dem Herzen haben, dann stellen Sie sie einfach, und reden Sie nicht länger um den heißen Brei herum.«

»Es besteht kein Anlass, aggressiv zu werden«, erwiderte Joseph gelassen. »Wir sind nicht hier, weil wir Sie verdächtigen oder um Sie zur Sache zu vernehmen.«

»Wir haben nur ein kleines Problem, Mr Williams«, sagte McAllister. »Keiner von Sophies Freunden kennt Sie. Niemand von ihnen wusste, dass es Sie gibt, bis Jamie Forester Ihnen am Tag von Miss Taylors Verschwinden vor ihrer Wohnung begegnete. Verstehen Sie jetzt, warum wir mit Ihnen sprechen wollten?«

»Ich kann Ihnen versichern, dass daran nichts merkwürdig ist«, antwortete ich vage, um Zeit zu gewinnen. Das Notizbuch fiel mir ein, und plötzlich wünschte ich, ich hätte es vernichtet, damit ich nicht Gefahr liefe, schwach zu werden und es ihnen zu geben, damit keine Gefahr bestünde, dass sie aufgrund einer unbedachten Äußerung von mir dahinter kämen, dass ich mehr wusste, als ich zugab, zwei und zwei zusammenzählten und von mir verlangten, es ihnen auszuhändigen. Ich zermarterte mir den Kopf, suchte verzweifelt nach überzeugenden Argumenten für meine Unverdächtigkeit, aber alles, was mir einfiel, klang absolut unglaubwürdig. Also versuchte ich es mit der Wahrheit. Mit einem winzigen Teil der Wahrheit. »Sie hatte ihre Magnetstreifenkarte im Bus verloren – die Karte für die Sicherheitstür des Callcenters –, und ich wollte sie ihr bringen.«

»Wo ist die Karte jetzt?«

»Nebenan in einer Schublade.«

»Warum haben Sie sie nicht in ihrer Firma abgeliefert – oder zur Polizei gebracht?«

»Ich fürchtete, dass sie Ärger bekäme, wenn bekannt

würde, dass sie sie verloren hatte, und das wollte ich vermeiden.«

»Äußerst rücksichtsvoll von Ihnen«, sagte McAllister, doch sein Ton strafte seine Worte Lügen. »Würden Sie sie bitte holen?«

»Natürlich«, nickte ich. »Sofort.«

Joseph folgte mir in die Küche und blieb in der Tür stehen, als ich die Schublade öffnete. Ich hatte die Karte ganz hinten hineingeschoben, damit Alison sie nicht fände, und nun musste ich mich blind durch die Unordnung tasten, denn dank der eingebauten Sperre konnte man die Schublade nicht bis zum Anschlag herausziehen. Joseph machte eine Bemerkung zu dem Wildwuchs in unserem Garten, und ich antwortete ihm in ungewollt gereiztem Ton, da ich die Karte immer noch nicht gefunden hatte. Ich nahm mir vor, sobald die Beamten gegangen wären, Ordnung in das Durcheinander zu bringen. Endlich spürte ich die Karte unter meinen Fingern. Ich griff zu, zog sie heraus und übergab sie Joseph.

Als wir ins Wohnzimmer zurückkamen, war McAllister nun dabei, die Nippes auf dem Kaminsims in Augenschein zu nehmen. Joseph reichte ihm die Magnetstreifenkarte, worauf MacAllister sie so eingehend untersuchte, als ob sie ihm verraten könnte, wo Sophie war. Dann steckte er die Karte ein und sagte nach einem schnellen Blick zu Joseph: »Nun, das wär's dann, Mr Williams. Danke, dass Sie sich Zeit für uns genommen haben.«

Ich brachte die beiden zur Tür. Vor Erleichterung übermütig, sagte ich: »Wenn ich irgendetwas für Sie tun kann, zögern Sie nicht, mich anzurufen, ich bin immer

215

für Sie da.« Ich hatte den Satz noch nicht zu Ende gesprochen, als ich ihn auch schon zutiefst bereute. McAllister antwortete freundlich: »Das ist sehr entgegenkommend von Ihnen, Mr Williams. Wir melden uns, falls uns etwas einfällt.« Ich wurde das Gefühl nicht los, dass er es nicht aufrichtig mit mir meinte. Trotzdem zwang ich mich zu einem Lächeln, und er fuhr fort: »Ich bin sicher, dass sie irgendwann wiederkommt. Wissen Sie, dass sie schon einmal weggelaufen ist?«

Er schien nicht mehr zu wissen, dass er das schon einmal gesagt hatte, aber ich war mit Columbo aufgewachsen und würde mich hüten, einen Kriminalbeamten im Trenchcoat zu unterschätzen. »Ja. Jamie hat es mir erzählt.«

Darauf nickte er nur und ging, Joseph war schon durchs Gartentor. McAllister ließ sich auffällig viel Zeit, es hinter sich zu schließen, wobei er mich nicht aus den Augen ließ. Als die beiden sich dann endlich aufmachten, schloss ich die Haustür hinter mir und ging zurück ins Wohnzimmer, wo mir die Luft unerträglich stickig schien. Also riss ich das Fenster auf. Dann klopfte ich die Kissen, auf denen die beiden gesessen hatten, in Form, um die Gegenwart der Beamten vergessen zu machen, rieb mit der Schuhspitze so lange über den Sohlenabdruck, den einer von ihnen hinterlassen hatte, bis der Flor des Teppichs den Staub geschluckt hatte. Die Erinnerungsstücke auf dem Kaminsims standen jetzt völlig durcheinander, also nahm ich die Sachen herunter, staubte den Sims ab, streifte von jedem Stück ihre Finger ab und stellte jedes auf seinen angestammten Platz. Die gläserne Potpourrischale war als Letztes dran.

Ich weiß nicht warum, jedenfalls rutschte sie mir aus der Hand, als ich sie zurückstellen wollte, und ich sah sie wie im Zeitraffer den Fliesen vor dem Kamin entgegenstürzen. Ihr durchlöcherter Deckel löste sich, und die rötlich braunen, runzligen Blütenblätter tanzten durch die Luft wie Laub im Herbstwind. Ich streckte die Hände aus, doch es war zu spät. Die Schale zerschellte auf den Fliesen. Ich sank auf die Knie und betrachtete wie betäubt die Scherben zwischen den Blättchen. Ich weiß nicht, wie lange ich dort kniete. Es können Sekunden gewesen sein, aber auch Minuten. Irgendwann riss mich eine Bewegung an der Tür aus meiner Lethargie. Ich hob den Kopf und sah Alison.

»O je«, sagte sie nach einem Blick auf die Bescherung. »Wie ist denn das passiert?« Sie ließ ihren Mantel aufs Sofa fallen und kam zum Kamin herüber.

»Sie ist mir weggerutscht«, gestand ich und fühlte mich wie ein kleiner Junge, der Mutters schönste Vase zerteppert hatte. »Es tut mir so Leid.«

Sie kniete sich neben mich und begann, die großen Scherben aufzusammeln.

»Es war keine Absicht!«, hörte ich mich mit erstickter Stimme beteuern, und dann fing ich zu meinem Entsetzen plötzlich an zu schluchzen. Meine Nase ging zu, Tränen strömten über mein Gesicht, meine Kehle brannte, und ich zitterte am ganzen Körper.

»Macht doch nichts«, versuchte Alison mich zu trösten. »Es soll uns nichts Schlimmeres passieren.«

Sie nahm mich in die Arme, und ich barg den Kopf an ihren weichen Brüsten und weinte ihre Bluse nass. Ich atmete ihren Duft und ihre Wärme ein und wurde allmählich ruhiger. Als sie mich schließlich losließ, rieb ich mir mit den Fäusten die Augen und wischte mit den Ärmeln die Tränenspuren von meinen Wangen.

Ich kam mir entsetzlich albern vor, doch als ich endlich wagte, ihr ins Gesicht zu schauen, sah ich, dass sie nicht über mich lachte. Sauer war sie auch nicht. Sie wirkte besorgt.

»Entschuldige«, sagte ich verlegen. »Ich weiß nicht, was mich gepackt hat.«

Sie musterte mich prüfend.

»Es ist schon wieder okay«, bemühte ich mich, sie zu überzeugen. »Ein Durchhänger. Vergiss es – es ist vorbei. Es tut mir Leid.«

»Das braucht es nicht«, sagte sie mit sanfter Stimme. »Du musst dich nicht entschuldigen.«

Noch etwas benommen, ging ich in die Küche und holte Kehrschaufel und Handfeger. Als ich zurückkam, stand Alison mit den großen Bruchstücken in der Hand neben dem Scherbenhaufen. Ich bückte mich, fegte die Splitter zusammen und hielt ihr dann die Schaufel hin. Nach kurzem Zögern legte sie hinein, was sie hatte retten wollen.

Ich brachte alles nach draußen und kippte die Schaufel in die Mülltonne. Als ich diesmal ins Wohnzimmer zurückkam, saß Alison auf unserm Sofa.

»Hattest du einen schönen Abend?«, fragte ich.

»Ja«, antwortete sie, jedoch ohne jede Begeisterung. »Wir waren nach dem Pub noch im Rig und haben ein bisschen Boogie getanzt.« Wieder schaute sie mich prüfend an. »Bist du okay?« Ich zwang mich zu einem Lächeln. »Absolut.«

»Irgendetwas beschäftigt dich, stimmt's?«

»Nein.« Ich ließ mich in den Sessel fallen, beugte mich vor und nahm die Zigarettenschachtel vom Couchtisch, lehnte mich zurück, las die Warnungen des Gesundheitsministeriums, die Angaben zum Teer- und Nikotingehalt, die Qualitätsgarantie. Als ich eine Zigarette herauszog und sie mir anzünden wollte, sah ich Alison die Stirn runzeln und steckte sie zurück.

»Irgendetwas stimmt nicht«, sagte sie. »Wieso rauchst du auf einmal?«

»Weil ich Lust dazu habe«, antwortete ich. Eine Welle der Euphorie erfasste mich, und ich lachte. »Warum soll ich nicht? Massenhaft Leute rauchen.« Ich schob mir eine Zigarette zwischen die Lippen und lachte mutwillig.

Alison stand auf, kam zu mir herüber und zog sie mir aus dem Mund. »Du benimmst dich äußerst seltsam. Was ist los mit dir?«

Ich merkte zwar, dass sie allmählich ärgerlich wurde, aber ich konnte nicht aufhören zu lachen. Wie würde sie wohl reagieren, wenn ich ihr sagte, dass die Polizei hier gewesen war, dort auf unserem Sofa ein Kriminaler gesessen hatte, wenn ich ihr sagte, dass sie glaubten, ich hätte Dreck am Stecken.

Sie bemühte sich, ihre Verärgerung nicht zu zeigen, ging neben meinem Sessel in die Hocke und sagte mit sanfter Stimme: »Erzählst du mir, was dich so verändert hat?«

Meine Euphorie verpuffte, ich spürte wieder Tränen kommen und senkte den Blick. Sie hatte ja Recht – ich war ihr eine Erklärung schuldig. Also sagte ich: »Ich …

ich weiß nicht. Im Moment ist mir einfach alles zu viel. Vielleicht bin ich überarbeitet. Vielleicht drehe ich ja auch durch. Glaubst du, dass ich durchdrehe?«

Sie dachte stirnrunzelnd darüber nach. »Kann ich nicht sagen«, meinte sie dann. »Hat es mit deinem Job zu tun?«

»Vielleicht.« Ich zögerte, obwohl ich nicht wusste, weshalb, und fuhr dann fort: »Malcolm hat mir den Posten eines SPO angeboten. Nur für ein halbes Jahr«, ergänzte ich, als ich ihre Augen aufleuchten sah.

»Das ist doch wunderbar!«, meinte sie, aber was sie in meinem Gesicht las, dämpfte ihren Enthusiasmus. »Oder nicht?«

Ich zuckte mit den Schultern.

»Ich dachte, du würdest vor Freude einen Luftsprung machen«, wunderte sie sich. Bevor ich etwas erwidern konnte, schob sie eine Frage nach: »Wann hat er dir das Angebot gemacht?«

»Gestern.«

Ich dachte, sie würde wissen wollen, warum ich erst heute damit rausgerückt war, aber ich irrte mich. Stattdessen sagte sie: »Offenbar belastet es dich. Erzähl mir, warum.«

»Na ja – ich habe Angst, dass ich der Verantwortung nicht gewachsen bin. Die ist eine Portion größer.«

»Dein Gehalt auch«, sagte sie und lächelte dabei. »Das können wir verdammt gut brauchen, außerdem hast du dir diese Beförderung immer gewünscht. Erinnere dich, wie enttäuscht du warst, als Anthony aufstieg. Jetzt kriegst du die Chance zu zeigen, dass du der richtige Mann für diesen Job bist – und zwar auf Dauer.«

»Das ist wahr.« Ich bemühte mich redlich um Begeisterung.

»Du willst ihn doch haben, oder?«, fragte Alison und klang sehr skeptisch. »Ich weiß, ich rede nur über das Geld, aber natürlich ist das unwichtig, du musst den Posten wollen.«

»Ich will ihn«, erwiderte ich. »Ich warte ja schon eine Ewigkeit darauf. Es ist nur … ich habe eben Angst, dass ich Mist baue, und darum bin ich nervös.«

»Jeder ist nervös, wenn er befördert wird«, sagte sie lächelnd, umfasste meine große, grobknochige Hand mit ihren zarten Händen und begann sie mit ihren feingliedrigen Fingern zu streicheln. Ich fühlte mich merkwürdig – als sei es nicht meine Hand, die Alison da hielt, als sei es nicht Alison, die mich streichelte.

Ich entzog ihr die Hand. »Anthony war keine Sekunde nervös.«

»Das weißt du nicht«, erwiderte sie. »Viele Menschen spielen Theater, geben sich stark, obwohl sie in Wahrheit schwach sind. Vielleicht macht Anthony das genauso. Arrogante Menschen sind immer unsicher – sonst hätten sie es nicht nötig, andere verunsichern zu wollen. An ihm solltest du dich auf keinen Fall orientieren.« Sie legte die Hand auf meinen Arm und schaute mich eindringlich an. »Was ist wirklich los, Peter? Du hast dich von mir entfernt, und ich möchte wissen, weshalb.«

Ich wusste, dass sie vermutete, dass es mit uns zu tun habe, dass sie erwartete, dass ich ihr eröffnen würde, dass ich sie nicht mehr liebte, dass ich mich von ihr trennen wollte. Wie sollte ich ihr erklären, was tatsächlich in mir vorging? Ich verstand es ja selbst nicht! Also sagte ich nur: »Es tut mir Leid. Ich meine es nicht böse.« Und dann versuchte ich es mit einem Lächeln. »Ich werde mich bessern. Versprochen.« Einen Moment lang sah es so aus, als wolle sie noch etwas hinzufügen, doch dann nickte sie nur schweigend und stand auf. In der Tür blieb sie stehen und sagte, ohne sich umzudrehen: »Du solltest mehr mit mir reden – schließlich lebst du nicht allein hier.«

Ich wollte mich noch einmal entschuldigen, aber da war sie schon draußen. Ich hörte sie die Treppe hinaufgehen. Ich war geknickt und zündete mir die Zigarette an, die sie mir vorhin weggenommen hatte. Sie schmeckte wie Gift, und ich drückte sie nach dem zweiten Zug angeekelt aus.

19

An diesem Montagmorgen war es das erste Mal seit Sophies Verschwinden, dass ich mir nicht wünschte, dass sie zurückgekommen sei, mir nicht wünschte, sie aus dem Durchgang neben dem Friseursalon rennen und über die Straße hetzen zu sehen, um den Bus zu erwischen. Ich fühlte mich wie befreit, dass ich den Atem nicht anzuhalten brauchte, bis die Türen sich klappernd schlossen und der Bus anfuhr. Es war geradezu lächerlich, aberwitzig, dass ich mich derart in ihr Leben hineingesteigert hatte. Es war mir vor mir selbst peinlich, dass ich mich als erwachsener Mann benommen hatte wie ein verknallter Teenager. Dieses Mädchen hatte mich von meinem Kurs abgebracht, meine Augen für die wirklich wichtigen Dinge blind gemacht – meinen Job, meine Verpflichtungen, das Haus, Alison.

In der Anfangszeit unserer Beziehung gab es nichts, was ich nicht für Alison getan hätte. Sie beherrschte mein ganzes Denken, mein ganzes Sein. Dass wir zusammen waren, machte mich schwindlig vor Glück. Tagsüber kam ich mir vor wie ein halber Mensch, und abends holte ich sie mit einem Blumenstrauß von der Arbeit ab, und wenn wir dann miteinander im Bus saßen, fing mein Tag erst richtig an. Wir redeten und redeten, konnten gar nicht genug übereinander erfahren und darüber, was wir seit dem Morgen bis zu unserem Wiedersehen erlebt hatten. Doch nach einer Weile verblasste der Reiz des Neuen, und der Alltag hielt Einzug, und als wäre das nicht schon gefährlich genug gewesen, war ich dabei, unsere Liebe auch noch meinem Sophie-Wahn zu opfern.

Den ganzen Tag ging mir unsere Beziehung durch den Kopf. Es war noch nicht zu spät. Dass Alison noch nicht aufgegeben hatte, spürte ich, und dass ich das Steuer noch herumreißen und unseren Beziehungswagen, den ich auf den Abgrund zugelenkt hatte, wieder auf den richtigen Weg bringen könnte, spürte ich auch. Ich sah uns beide bei Kerzenlicht auf einem Balkon mit Blick aufs Meer dinieren, während die Sonne langsam in den Wellen versank. Leise Musik würde dazu spielen – Geigen –, und ich würde vor ihr auf ein Knie sinken und ihr einen Ring darbieten, und sie würde ihn nehmen, und das Mondlicht würde sich in ihren feuchten, aber strahlenden Augen spiegeln, wenn sie »Ja« sagte, und dann würden wir uns küssen. Meine Gefühle für Sophie waren ein Strohfeuer gewesen, entstanden aus der Faszination, die ihr Geheimnis auf mich ausübte, das meinen Sinn für Romantik und Abenteuer ansprach. Sie hatte es darauf angelegt, und ich hatte den Köder geschluckt und an ihrer Angel gezappelt, aber ich würde nicht zulassen, dass sie sich zwischen Alison und mich drängte.

Und was das Notizbuch betraf, so verabscheute ich inzwischen seinen bloßen Anblick, die angestoßenen Ecken und den zerfetzten Kunststoffüberzug, durch den die graue Pappe zu sehen war, und es empörte mich, wie liederlich sie damit umgegangen war. Und ihre Handschrift! Ein schreckliches Gekrakel! Und beim Schreiben hatte sie den Kugelschreiber so sehr aufgedrückt, dass die Seiten voller Dellen waren und nicht mehr direkt aufeinander lagen. Und was stand denn schon drin? Ein Haufen unreifes Gejammer, ein paar Reste von Teenagerängsten und Verdächtigungen der Menschen, die ihr am nächsten standen. Leanna hatte Recht, und Jonathan hatte Recht: Sophie dachte nur an sich – und wegen eines solchen Menschen hatte ich mich verrückt gemacht! So durfte es nicht weitergehen – ich musste der Sache einen Riegel vorschieben, meine Beziehung zu Sophie beenden. Ich war nicht wie sie – ich hätte es niemals über mich gebracht, auf meine Verpflichtungen zu pfeifen und einfach zu verschwinden.

Diesmal war es mir wirklich ernst.

Ich rauchte eine Zigarette auf dem Weg zum Haus von Sophies Eltern.

Es lag am Ende einer langen Sackgasse mit Klinkerdoppelhäusern aus den vierziger Jahren: Ich hatte mir vorgenommen, das Notizbuch in ihren Briefkasten zu werfen und in aller Ruhe wieder zurückzugehen.

Es war eine ruhige Straße. Ich hielt nach Augenpaaren Ausschau, die neugierig durch die Stores spähten, nach den hiesigen Spionen, denen nichts entging, was sich vor ihrer Haustür tat, konnte jedoch niemanden an den Fenstern entdecken. Am Ende der Gasse sah ich jemanden über den Kofferraum seines geparkten Wagens gebeugt stehen, die in Jeans steckenden Beine eines Mannes. Als ich mich ihm näherte, begann ich zu schwitzen, und meine Hände fingen an zu zittern. Ein Gefühl drohenden Unheils stieg in mir auf, was mich aber nicht abhielt weiterzugehen.

Sobald ich die Auffahrt der Taylors hinaufgegangen

wäre, das Notizbuch in den Briefkasten geworfen hätte, wäre die Geschichte ausgestanden. Ich würde wieder Peter Williams sein, SPO auf Zeit bei der Stadt Nottingham, und ich würde Alison einen Heiratsantrag machen, und wir würden Kinder bekommen, und ich würde Schritt für Schritt die Karriereleiter hinaufsteigen, und Alison würde sich als Ausstattungs- und Investitionskapitalanlageberaterin qualifizieren, und wir würden aus unserem Vorort in einen hübscheren umziehen, in ein Haus mit einem richtigen Garten, in einer Gegend, in der es gute Schulen für die Kinder gäbe, damit ihre Zukunft gesichert wäre. Es war alles so einfach, so klar vorgezeichnet, so jenseits jedes Wenn und Aber. Mein Verhalten in den letzten Wochen war auf eine kurze Phase einer Art geistiger Umnachtung zurückzuführen, ausgelöst durch den Druck, unter dem ich stand, aber jetzt war ich wieder Herr meiner Sinne, und alles würde gut.

Als ich die Auffahrt zum Haus der Taylors erreichte und zur Haustür hinüberschaute, gewahrte ich, dass der Mann, der doch intensiv mit seinem Auto beschäftigt schien, auf mich zukam. Ich wendete mich ihm wie automatisch zu und schaute in ein Gesicht, das ich von dem Foto, das ich in Sophies Wohnung eingesteckt hatte, kannte. Ich stand Jonathan gegenüber.

»Suchen Sie die Nummer achtunddreißig?«

»Ja«, sagte ich, wieder wie automatisch.

»Sie wollen zu meinen Eltern? Sie sind nicht zu Hause.«

»Oh.« Das Notizbuch lag wie ein Stein in meiner Sakkotasche. Was sollte ich tun? Sophie würde nicht wollen, dass ich es ihm gäbe. Ich konnte es ihm nicht geben – nicht nach allem, was sie mir über ihn erzählt hatte.

»Was wollen Sie von meinen Eltern?«

»Ich ... ich ...«, stotterte ich und brach ab. Mein Herz klopfte wie wild gegen meine Rippen, in meinem Kopf überschlugen sich die Gedanken. Jonathan musterte mich misstrauisch. Seine Oberarmmuskeln spielten, als er sich mit einem Lappen, den er aus seiner Gesäßtasche gezogen hatte, die Hände abwischte. Die blonden Haare standen in alle Richtungen. Keine Frage – es war derjenige, der Sophie angerufen hatte, er war schuld daran, dass sie verschwunden war.

»Sind Sie ein Freund von Sophie?«, fragte er und kniff die Augen zusammen.

»Nein«, antwortete ich etwas zu schnell.

»Wer sind Sie dann?« Bevor ich mir eine Lüge ausdenken konnte, fuhr er fort: »Sind Sie der durchgeknallte Typ, der vor ein paar Tagen bei meiner Mum angerufen hat?« Ich wollte gerade zum Sprechen ansetzen, wollte leugnen, doch er gab mir keine Gelegenheit dazu. »Ja, ich wette, der sind Sie. Die Polizei war bei Ihnen, stimmt's?«

Ich versuchte vor ihm zurückzuweichen, aber er kam immer dichter, und ich sagte: »Ich weiß nicht, wovon Sie sprechen.«

»Warum sind Sie dann so schreckhaft, Mann?« Die tiefe Falte, die sich auf seiner Stirn gebildet hatte, sah wie eine Narbe aus. »Was zum Teufel ist los? Wo zum Teufel ist meine Schwester?«

Ich wollte ihm ins Gesicht schleudern, dass er sie in

die Flucht getrieben hatte, ich wollte von ihm verlangen, mir zu sagen, was zwischen ihm und Sophie vorgefallen war. Ich hörte mich die Worte sprechen, ich stellte mir sein betretenes Schweigen vor, ich malte mir aus, wie das alles ändern, wie viel stärker als er ich dann auf einmal sein würde.

»Wir sind alle krank vor Sorge«, zerstörte seine aggressive Stimme meine schöne Illusion, »und Sie verraten mir jetzt auf der Stelle, warum Sie meine Familie belästigen und was Sie hier wollen, sonst rufe ich die Polizei.«

Wenn ich ihn anbrüllen würde, wenn ich schreien würde, dass das alles seine schuld ist, wenn ich ihn zwingen würde, mir zu gestehen, was passiert war …

Er hatte ein Handy aus der anderen Gesäßtasche gezogen und begann nun Zahlen einzutippen.

»Ich weiß wirklich nicht, wovon Sie sprechen«, beteuerte ich. »Wirklich. Ich weiß nicht das Geringste über das Verschwinden Ihrer Schwester, ehrlich, ich habe Ihre Mutter nur angerufen, um zu hören, ob es etwas Neues gibt.«

Er hob das Handy ans Ohr. Es konnte ein Bluff sein – oder auch nicht.

»Sie wissen mehr als ich«, ging ich zum Angriff über. »Sie wissen, warum sie verschwunden ist.«

Die Hand mit dem Handy senkte sich langsam. »Was?«

»Es hat mit Ihnen zu tun.«

»Was?«

»Dass Sie gegangen ist.«

Er bohrte seinen Blick in meine Augen, als wollte er

bis in mein Gehirn vordringen, um meine Gedanken zu lesen. Ich fuhr mir mit der Zunge über staubtrockene Lippen, während mir der Schweiß ausbrach.

»Inwiefern hat es mit mir zu tun?«, fragte er und machte einen Schritt auf mich zu.

Das Notizbuch fühlte sich zentnerschwer an. »Genau weiß ich das nicht«, antwortete ich. »Sie hat mir nie erzählt, was vorgefallen ist.«

Die Falte auf seiner Stirn war verschwunden, und auch das Misstrauen, und den jetzigen Ausdruck konnte ich nicht deuten.

»Was ist denn vorgefallen?«

»Gar nichts.«

»Das stimmt nicht«, insistierte ich. »Es gab da was zwischen Ihnen beiden. Ich weiß es. Sie ist damals deswegen weggelaufen und jetzt wieder.«

Er schaute mich verständnislos an, aber das konnte auch gespielt sein.

Ich ließ nicht locker. »Sie wissen, warum.«

»Nein. Ich habe keine Ahnung.«

Ich sah ihm an, dass er log. Wenn ich jetzt hart bliebe, würde ich es aus ihm herausholen. »Ist sie in Arbor Low? Sind Sie dort gewesen?«

Es überraschte ihn sichtlich, dass ich den Namen kannte, doch er ging nicht darauf ein, sondern antwortete: »Ja, ich war dort. Es ist alles mit Brettern vernagelt.«

»Haben Sie reingeschaut?«

Zorn verdunkelte seine Augen. Ich wechselte mein Standbein.

»Woher wissen Sie von Arbor Low?«, fragte er in

drohendem Ton. »Was sind Sie? So ein verdammter Perversling, der im Privatleben fremder Leute rumschnüffelt?«

»Natürlich nicht!«, entrüstete ich mich, wie ich hoffte, glaubhaft. »Ich bin nur ein Freund.«

»Wenn Sie tatsächlich ein Freund wären, würden Sie uns helfen, sie zu finden, anstatt uns zu belästigen. Ich sollte wirklich die Polizei rufen.«

»Das ist nicht nötig – ich gehe freiwillig. Es tut mir Leid – ich habe es nicht böse gemeint.«

Ich hob beide Hände und trat einen Schritt zurück, dann drehte ich mich um und ging. »Lassen Sie sich hier bloß nicht noch mal blicken«, rief er mir nach.

Am liebsten hätte ich die Beine in die Hand genommen, aber ich war sicher, dass er mich beobachtete, und so entfernte ich mich gemessenen Schrittes.

Die Straße schien kein Ende zu nehmen. Konnte ich davon ausgehen, dass er die Polizei nicht anrufen würde? Wenn er der »Atmer« war, wenn er der Grund für Sophies Verschwinden war, dann würde er es vielleicht nicht tun. Allerdings fing ich allmählich an, an Sophies Aussagen zu zweifeln. Schließlich war sie anfangs auch sicher gewesen, dass Jamie sie angerufen hatte. Vielleicht irrte sie sich ja auch, was Jonathan anging.

Es war verrückt, dass ich mir immer noch Gedanken darüber machte. Ich hätte niemals zum Haus der Taylors gehen dürfen. Ich war hingegangen, weil ich ihnen helfen wollte – und mich aus der Affäre ziehen, natürlich –, aber ich hatte alles noch schlimmer gemacht. Ich musste die Verbindung ein für alle Mal kappen und es ihnen überlassen, das Problem zu lösen, das sie selbst geschaffen hatten.

Während ich so vor mich hin sinnierte, hatte ich das Ende der Sackgasse erreicht. Ich bog um die Ecke und ging die Straße entlang, bis ich zu einem Weg kam, der zum River Leen hinunterführte und in einen Schotterpfad mündete, der dem Lauf des Flüsschens folgte, das eigentlich eher ein Bach war, mit steilen Ufern und schlammigem Wasser. Je weiter ich zwischen den in Abständen am Wegrand stehenden Inseln hoch aufgeschossenen gelben Grases und den verkrüppelten Büschen dahinwanderte, umso leiser wurde der Verkehrslärm, bis ich ihn schließlich nur noch als sanftes Summen wahrnahm.

Ich zog das Notizbuch aus der Tasche. Nachdem ich es so viele Male durchgeblättert hatte, sah es noch bedeutend mitgenommener aus als damals, als ich es im Bus vom Boden aufhob. Mir wurde klar, dass ich es Sophies Eltern nicht zurückgeben konnte – jetzt nicht mehr. Diese Möglichkeit hatte ich mir verbaut. Aber ich wollte es loswerden. Wie könnte ich das anstellen? Es einfach wegzuwerfen, würde ich nicht über mich bringen, das wusste ich.

Der Schotterpfad führte zu einem Wäldchen, das an eine Kirche grenzte, die vom Stil her besser aufs Land gepasst hätte als in die Stadt. Ein Stück weiter stand eine Bank, und als ich mich darauf niederließ, hatte ich einen Moment lang die Illusion, mich tatsächlich auf dem Land zu befinden, die Stadt hinter mir gelassen zu haben. Doch dann drang das Brummen der Lastwagen von der Hauptstraße zu mir herüber, und als ich den Kopf ein wenig zur Seite drehte, sah ich die Dachfirste mehrerer Lagerhäuser. Ich schaute mir das Notizbuch ein letztes Mal an. Sophies Handschrift war mir inzwischen so vertraut, als ob ich sie schon eine Ewigkeit kennen würde. Es kam mir vor, als sei Sophie ein Teil von mir, als seien ihre Worte so lebendig, wie sie es war.

Ich packte die beiden Deckel und riss sie mit aller Gewalt auseinander. Der Rücken brach mit einem Knacken, und die Seiten begannen, sich zu lösen und zu Boden zu flattern. In einem wilden Durcheinander landeten Sophies Worte auf dem Boden. Ich blickte prüfend in die Runde. Als ich niemanden entdeckte, sammelte ich die Seiten ein, legte sie aufeinander und beschwerte sie mit ein paar Zweigen. Dann holte ich Sophies Einwegfeuerzeug heraus und hielt die Flamme an die vier Ecken des Papierhäufchens. Zuerst wollte es nicht brennen, und der leichte Wind, der zwischen den Bäumen hindurchwehte, drohte das Feuer mehrmals auszublasen, doch schließlich wurde meine Beharrlichkeit belohnt. Die Flammen fraßen sich in das Papier, verschlangen ein Wort nach dem anderen, und die Seiten rollten sich an den Rändern ein und wurden schwarz.

Ich hielt das Foto in den Händen, das ich aus ihrer Wohnung mitgenommen hatte, und schaute auf die Familie hinunter, die gemeinsam vor dem Farmhaus von Arbor Low stand. Die Gesichter und ihr Ausdruck hatten sich mir in den vergangenen Tagen eingeprägt. Ich sah mir Sophie an, das Lächeln in ihren Augen und den leicht geöffneten Mund. Dann hielt ich die Fotografie ins Feuer, und sie begann zu brennen. Die Flamme bewegte sich wie ein Lauffeuer über die bunte Oberfläche, und das Bild zerrann, während das Papier verbrannte. Ich warf das Foto auf die Tagebuchseiten und sah zu, wie es brach und zusammenschnurrte, wie die Gesichter langsam schwarz wurden und verschwanden, bis auch Sophie nicht mehr zu sehen war. Ich hockte da und beobachtete, wie der Plastiküberzug des Einbandes Feuer fing und zu schmelzen begann. Das war das letzte Stadium der Vernichtung, das Ende von allem. Als ich sicher war, dass man nichts mehr erkennen, dass man kein Wort mehr lesen konnte, stand ich auf und ging davon, ohne mich noch einmal umzudrehen. Ein Gefühl unendlicher Erleichterung beflügelte meine Schritte. Ich hatte mich endlich von Sophie befreit. Jetzt konnte ich wieder mein Leben leben.

20

Als ich nach Hause kam, saß Alison mit einem Becher Kaffee auf dem Sofa und sah sich im Fernsehen die Nachrichten an. Ich hatte unterwegs Blumen gekauft und überreichte sie ihr mit einer schwungvollen Geste. Sie nahm sie lachend entgegen und stand auf. Ich folgte ihr in die Küche und sah zu, wie sie das Zellophan entfernte und den Strauß in eine Vase stellte.

»Er ist sehr hübsch«, lobte sie. »Danke schön.« Sie drehte den Hahn am Spülbecken auf, und als das Wasser in die Vase lief, fragte sie: »Was ist der Anlass?«

»Was der Anlass ist?«, fragte ich verdutzt, »Kann ich dir nicht einfach so Blumen schenken, Alison?« Ich trat zu ihr und legte die Hände auf ihre Schultern. Als sie zu mir aufschaute, war ihr Gesicht ernst geworden. »Ich liebe dich, Alison«, erklärte ich mit Nachdruck. »Ich weiß, dass ich in letzter Zeit etwas seltsam war, und es tut mir Leid. Ich kann dir nicht sagen, was schuld daran war. Stress, vielleicht. Aber ich liebe dich wirklich, Alison.« Zum ersten Mal seit langer Zeit schaute ich sie richtig an, registrierte bewusst den forschenden Ausdruck in ihren Augen, das zögernde Lächeln. Euphorie erfasste mich. »Lass uns essen gehen«, schlug ich vor.

»Essen?«

»Ja. In ein Restaurant.«

»An einem Wochentag?« Sie überlegte. Dann lachte

sie. »Warum eigentlich nicht? Das ist eine gute Idee. Wohin möchtest du denn?«

»Mmmm …« Ich dachte nach. »Wie wär's … wie wär's irgendwo in der Innenstadt?«, meinte ich dann.

»Ist mir recht«, antwortete sie lächelnd. »Ich zieh mir nur schnell was anderes an.«

Sie ging nach oben. Ich arrangierte die Blumen in der Vase so, dass jede Farbe, jede Sorte optimal zur Geltung kam, trug sie ins Wohnzimmer und rückte die Nippes auf dem Kaminsims ein wenig zur Seite, um in der Mitte Platz für den Strauß zu schaffen. Dann setzte ich mich in den Sessel, zog die Schachtel Marlboro lights aus der Tasche und nahm eine Zigarette heraus. Ich strich mit dem Finger an ihr entlang, spürte die Tabakfasern unter dem glatten Papier, wog sie in der Hand – und steckte sie in die Schachtel zurück. Dann stand ich auf und folgte Alison nach oben.

Sie saß in Unterwäsche vor dem Spiegel ihres Frisiertisches und tuschte sich mit einem langen Bürstchen die Wimpern. Ich trat hinter sie und betrachtete uns beide im Spiegel. Sie ließ das Bürstchen sinken und lächelte das Spiegelbild an, lächelte mich an. Ich beugte mich hinunter, küsste sie auf den Nacken und ließ meine Hände dann langsam von ihren Schultern zu ihren Brüsten gleiten.

»He, he – nicht jetzt!«, protestierte sie und schob sie weg, aber sie lachte dabei.

»Du musst ja einen Riesenhunger haben«, scherzte ich. Sie sah mir zu, wie ich mein Sakko auszog, den Kleiderschrank öffnete und ein frisches Hemd herausnahm. Dann zückte sie wieder das Wimpernbürstchen. Nachdem ich das Hemd angezogen hatte, bestellte ich ein Taxi und wartete vor dem Fernseher auf Alison.

Als sie herunterkam, trug sie das Fliederfarbene, das bei jedem Schritt ihre Körperformen modellierte.

Sie hatte die Haare mit farblich passenden Clips hochgesteckt, und diese Frisur brachte ihre Gesichtsform, die hohen Backenknochen und den seidig schimmernden Teint optimal zur Geltung. So sah für mich vollkommene Schönheit aus. Am liebsten hätte ich sie in die Arme genommen und gleich hier und jetzt geliebt.

»Du siehst atemberaubend aus«, sagte ich. »Wie eine Prinzessin.«

Sie quittierte das Kompliment mit einem huldvollen Lächeln und einem angedeuteten Nicken. Als sie gerade etwas sagen wollte, quäkte draußen auf der Straße eine Hupe.

»Perfektes Timing«, lobte ich und bot ihr meinen Arm. »Das Taxi ist da, Mylady.«

Ihre Brauen hoben sich leicht ob der Extravaganz, mit einem Taxi zum Essen zu fahren, aber sie sagte nichts, nahm meinen Arm und ließ sich hinausführen. Ich spürte ihre Nähe so deutlich, als wären wir beide nackt. Im Fond des Kleintaxis rückte ich dicht an sie heran und ergriff ihre Hand. Wir verflochten unsere Finger miteinander, und sie wandte sich mir zu und lächelte mich an, und da wusste ich, dass sie das Gleiche dachte wie ich – dass der Funke wieder übergesprungen war, dass es wieder so war wie in der Anfangszeit unserer Liebe.

Wir tranken einen Aperitif im Peacock und gingen dann in ein spanisch-mexikanisch-italienisches Restaurant in der Mansfield Road, wo wir uns an einen kleinen

Tisch in einem entlegenen Winkel setzten. Es war ein feines Lokol. Die Gäste unterhielten sich vornehm leise, und sogar das Besteckklimpern klang gedämpft. Alison strahlte, und ich war glücklich. Genau so hatte ich mir den Abend der Abende erträumt.

Als wir eine halbe Flasche Wein später darauf warteten, dass der Ober unsere Teller abräumte, beugte sich Alison vor und sagte: »Jetzt will ich endlich wissen, warum du an diesem ganz normalen Wochentag einen solchen Aufwand treibst.«

Ihr Ton war heiter, und ich antwortete in dem gleichen. »Ich wollte einfach nur die schönste Frau der Welt zum Essen ausführen, das ist alles.«

Der Ober kam, und sie lehnte sich zurück und nippte an ihrem Wein, während er unsere Teller abdeckte. Wir bestellten beide Kaffee. Sobald der Kellner außer Hörweite war, beugte sie sich wieder vor, und diesmal war ihr Ton sehr ernst. »War das meine Henkersmahlzeit? Willst du dich von mir trennen?«

»Von dir trennen?« Ich war fassungslos. »Wie kommst du denn darauf, um Himmels willen? Es fällt mir überhaupt nicht ein, mich von dir zu trennen.« Ich ergriff ihre Hand, umschloss sie mit meinen Händen. »Ich liebe dich wie eh und je.«

Eine Falte kräuselte die glatte Oberfläche ihrer Stirn. »Ich hatte das Gefühl, dass du dich von mir zurückzogst«, sagte sie. »Immer mehr.«

»Es tut mir Leid, dass ich dir diesen Eindruck vermittelt habe«, erwiderte ich. Vor lauter Angst, etwas Falsches zu sagen, hatte ich mich ungewohnt gezirkelt ausgedrückt. »Es war ... ich weiß auch nicht«, fuhr ich in meinem gewohnten Stil fort. »Irgendwie war ich vorübergehend nicht ganz bei Trost. Aber jetzt bin ich wieder okay.« Ich drückte ihre Hand. »Jetzt ist mit uns auch wieder alles okay, ja?«

»Das musst *du* wissen«, erwiderte sie.

»Von mir aus ist alles bestens«, sagte ich, und ich drückte wieder ihre Hand.

»Ich dachte, ich würde dich verlieren«, sagte sie. »Aber ich wusste nicht, an wen.«

»Konntest du ja auch nicht – weil es nicht so war, und weil es keine andere gab.« Ich hob ihre Finger an die Lippen und küsste sie. »Ich liebe dich, Alison. Du bist die einzige Frau, die mir etwas bedeutet.«

»Wenn du mich liebst, dann musst du mich an dem teilhaben lassen, was in deinem Kopf vorgeht. Manchmal habe ich das Gefühl, mit einem Fremden zu sprechen, der nicht bereit ist, sich mir zu öffnen. Ich möchte dir vertrauen können, ich glaube, dass ich dir vertrauen kann – aber du musst auch mir vertrauen. Du darfst dich nicht verschließen.«

»Es tut mir Leid, Alison«, beteuerte ich zum x-ten Mal. »Ich war irgendwie durch den Wind. Diese Beförderung hat mich dazu gebracht, darüber nachzudenken, was ich eigentlich will.«

»Und – zu welchem Schluss bist du gekommen?«

Die Flamme der Kerze auf dem Tisch spiegelte sich in ihren Augen. Ich hatte einen kleinen Rotweinschwips, aber es lag nicht daran, dass mir plötzlich warm wurde. Als ich Alison ansah, wusste ich, dass meine Idee die einzig richtige war, die einzige Möglichkeit, ihr zu zeigen, dass ich mit ihr zusammen sein wollte. Nur mit ihr. »Ich will dich«, antwortete ich. »Für den Rest meines Lebens.« Sie sagte nichts, sie lächelte nicht, sie schaute mich nur mit großen Augen an. Ich hatte diesem Augenblick entgegengefiebert, ihrer Reaktion entgegengefiebert, und nun saß ich da und versuchte verzweifelt, ihren Gesichtsausdruck zu deuten. Als ich die Ungewissheit nicht länger ertrug, setzte ich darauf, sie mit der althergebrachten romantischen Formel aus der Reserve locken zu können. »Alison«, begann ich in feierlichem Ton, »willst du meine Frau werden?«

Nachdem sie mich eine Ewigkeit weiter mit diesem unerträglich unergründlichen Blick fixiert hatte, senkte sie ihn auf das Tischtuch. »Du solltest mich das nicht fragen, wenn du es nicht ehrlich meinst.«

»Aber ich meine es doch ehrlich!«

»Bist du sicher?«

»Natürlich bin ich sicher! Ich liebe dich, Alison – und ich will dich immer bei mir haben.«

Als sie aufschaute, las ich in ihren Augen, worauf ich gehofft hatte. Ein Lächeln ließ ihr Gesicht leuchten, als sie sagte: »Wenn das wirklich dein Ernst ist, dann werde ich gerne deine Frau, Peter. Sehr gerne.«

Bis ich ihre Antwort gehört hatte, war ich nicht fähig gewesen, mir vorzustellen, was ich empfinden würde. Nun wusste ich es. Ich war überwältigt. Am liebsten wäre ich aufgesprungen und hätte einen Triumphschrei ausgestoßen, sie vor allen Leuten in die Arme genommen und geküsst. Sie war die Richtige für mich, die einzig Richtige, und wir würden auf immer und ewig zusammenbleiben.

21

Ein Geräusch drängte sich in meinem Traum. Ein unangenehmes Geräusch. Plötzlich war ich hellwach. Jemand klingelte an der Haustür! Ich setzte mich ruckartig auf. Ein Blick auf den Wecker zeigte mir, dass es kurz nach sechs war.

»Was ist los?«, erkundigte sich Alison schlaftrunken, ohne die Augen zu öffnen.

»Keine Ahnung. Lass dich nicht stören. Ich gehe nachsehen.« Ich griff mir die Hose, die ich am Abend zuvor getragen hatte, und knöpfte mir auf dem Weg nach unten das Hemd zu. Es läutete wieder.

McAllister und Joseph hatten drei junge Beamte dabei, darunter eine Frau. McAllister reichte mir ein Blatt Papier und fragte: »Dürfen wir reinkommen, Mr Williams?«, wartete jedoch meine Antwort nicht ab, sondern trat an mir vorbei in den Flur.

»Was soll dieser Überfall?«, empörte ich mich. »Und was ist das da?« Ich streckte ihm das Papier hin.

Ohne darauf zu reagieren, steuerte er, gefolgt von dem ganzen Pulk, auf das Wohnzimmer zu. Ich sah Alison auf der Mitte der Treppe stehen. Sie hatte sich ihren Morgenrock übergeworfen und schaute verständnislos auf die Menschenansammlung.

»Was wollen Sie hier?«, wandte ich mich in forderndem Ton wieder an McAllister. Er hatte Alison ebenfalls bemerkt und bedeutete ihr, ins Wohnzimmer zu kommen. Sie gehorchte zögernd. Auf ihren fragenden Blick konnte ich nur mit einem Schulterzucken antworten. Ich folgte ihr hinein.

»Was Sie da in der Hand halten, ist ein Durchsuchungsbefehl«, richtete McAllister das Wort an mich. »Er berechtigt uns, diese Räumlichkeiten in Zusammenhang mit dem Verschwinden von Sophie Taylor in Augenschein zu nehmen.«

Alison schlug die Hand vor den Mund und schaute mich fassungslos an. Verzweiflung stieg in mir hoch. Die Geschichte wuchs mir über den Kopf. »Aber Miss Taylor ist niemals hier gewesen! Ich sagte Ihnen doch, ich kenne sie kaum.«

»Darüber sprechen wir später, Mr Williams«, winkte McAllister ab. »Zuerst möchten wir uns hier umsehen.«

Alison stieß einen erstickten Laut aus. Ich hob hilflos die Hände. Als ich auf Alison zutrat, wich sie zurück.

»Joseph«, wandte sich McAllister an seinen Begleiter, »Sie und die Kollegin gehen mit der Dame nach oben und durchsuchen die Schlafzimmer.« Joseph bedeutete Alison, voranzugehen, und folgte ihr dann die Treppe hinauf, seinerseits gefolgt von der Polizistin. Ich sah ihnen nach, bis sie aus meinem Blickfeld verschwanden.

»Na, dann wollen wir mal«, sagte McAllister in munterem Ton zu mir, »und Sie setzen sich inzwischen.« Dann machte er sich daran, die Sideboardschubladen herauszuziehen und den Inhalt auf den Couchtisch zu kippen. Die Rechnungen, Bankauszüge und Quittungen waren zwar ordentlich abgeheftet, doch ich fürchtete, dass sich bei dieser rüden Behandlung einige aus den Schnellheftern lösen könnten. Als sich meine Befürchtungen bestätigten und ich die Hand ausstreckte, um das Durcheinander zu beseitigen, hielt McAllister mich am Arm zurück.

»Die Unterlagen waren alle sorgfältig abgelegt«, sagte ich.

Er hatte dafür nur einen Grunzlaut übrig. Einer der jungen Beamten schaute kurz zu McAllister hinüber und danach zu mir und wandte sich dann wieder dem Chaos auf dem Tisch zu.

Ich stand auf, lehnte mich mit verschränkten Armen an die Wand neben dem Kamin. McAllister öffnete die Türen unter den Schubladen und holte Fotoalben, Briefe, alte Reiseprospekte und Versandhauskataloge heraus. Rücksichtslos wurde alles durchschnüffelt – und oben musste Alison mit ansehen, wie unsere Unterwäsche auf das Bett geleert wurde!

»Hören Sie«, sagte ich, »ist das wirklich nötig? Sie werden hier nichts finden. Weil es nichts zu finden gibt …«

»Wir müssen es überprüfen«, erwiderte McAllister mit einem unverbindlichen Lächeln. »Wenn Sie nichts zu verbergen haben, haben Sie auch keinen Grund, sich zu beunruhigen, stimmt's?«

Er ging zum Regal und nahm ein Buch nach dem anderen heraus und schüttelte es, um zu sehen, ob etwas darin versteckt wäre.

»Sie sind offenbar Sciencefictionfan«, stellte er fest.

»Das war ich«, antwortete ich. »In jüngeren Jahren.«

Für die unterste Reihe musste er sich hinknien. »Ich für meinen Teil hatte nie was dafür übrig. Diese Aliens und all das – ist doch blanker Unsinn.«

Ich sah zu, wie er Alisons Lehrbücher für ihren Abendkurs öffnete und ausschüttelte. Wut kochte in mir hoch, doch ich hielt mich zurück. »In den meisten Romanen geht es überhaupt nicht um Aliens«, belehrte ich ihn betont herablassend. Von oben waren Gepolter, Schritte und leise Stimmen zu hören. Verstehen konnte man nichts. Ich fragte mich, was Joseph wohl zu Alison sagte und wie sie die Situation verkraftete. Es frustrierte mich, wie machtlos ich war. »In der Sciencefiction geht es häufig um andere Sichtweisen unserer Welt«, fuhr ich fort. »In der ehemaligen Sowjetunion zum Beispiel bot sie Autoren die Möglichkeit, sich kritisch über ihr Land zu äußern, ohne deshalb verhaftet zu werden.«

»Was Sie nicht sagen!« Er hatte alle Bücher aus dem untersten Fach überprüft und fegte nun mit der Hand heraus, was im Laufe der Jahre aus den oberen Fächern hinten runtergefallen war.

»Ja, so war das«, bestätigte ich in aggressivem Ton. »Eine Reaktion auf den Polizeistaat!«

Er hielt kurz inne und schaute zu mir herauf. Dann lächelte er und wandte sich wieder der Weihnachtskarte mit dem Foto von bunten Kugeln und Kerzen auf der Vorderseite zu, die er in der Hand hielt.

Eine irrationale, unerklärliche Angst, dass er etwas Belastendes finden könnte, kroch in mir hoch, und ich spürte meine Stirn feucht werden. »Wenn sie die Zustände in der Sowjetunion in Form einer Parabel …«

»Einer Parabel?«, echote er.

»Genau! Wenn sie sie in Form einer Parabel anprangerten, dann hätten die Zensoren, wenn sie so ein Buch auf den Index setzten, zugegeben, dass mit dem sowjetischen System etwas nicht stimmte, und dann wären sie in Teufels Küche gekommen. Also ließen sie die Bücher einfach durchgehen.«

»Tatsächlich?« Seine Frage zeigte zwar, dass er zugehört hatte, doch sein Ton verriet, dass das Thema ihn langweilte. Er kam wieder hoch und nahm sich als Nächstes die unter dem Fernseher gestapelten Videokassetten vor. Jede Hülle wurde überprüft. Oben polterte es wieder. Was machten die da nur? Ich hätte gerne nach Alison gesehen, doch mir war klar, dass ich mir diese Bitte sparen konnte.

McAllister war mit dem Wohnzimmer fertig und ging in die Küche. Ich lehnte am Türrahmen, während er Schubladen aufzog, den Inhalt auf die Arbeitsplatte legte und alle eingehend untersuchte. »Sie werden auch hier nichts finden«, sagte ich, »denn ich habe ein reines Gewissen.« Meine Angst war verflogen.

»Sie bellen unter dem falschen Baum«, fuhr ich fort. »Es wird Ihnen noch Leid tun, dass Sie mir das hier zugemutet haben – und meiner Verlobten.«

Er würdigte mich nicht einmal eines Blickes, setzte ungerührt seine Suche fort, während ich mich ebenso unermüdlich wie zwecklos über seinen Generalangriff auf die Intimsphäre unbescholtener Bürger erregte. Irgendwann schaute er mich an – und diesmal lächelte er nicht – und sagte: »Gehen wir nach oben, ja?«

Er folgte mir die Treppe hinauf. Die Polizeibeamtin stand mit verschränkten Armen in der Schlafzimmertür und trat beiseite, als sie erkannte, dass ihr Chef dort hineinwollte. Alison saß vornübergebeugt auf der Bettkante und hielt mit beiden Händen ein zerknülltes

Taschentuch umklammert. Ich trat auf sie zu. »Alison! Ich bin's. Bist du okay?«

Sie hob nicht den Kopf, sie antwortete nicht, aber an ihren kaum wahrnehmbar bebenden Schultern erkannte ich, dass sie weinte. Auf dem Boden lag in einem wirren Haufen der Inhalt des Kleiderschranks und der Kommode und darauf ein Berg Bücher und Papiere. Ich ging in das angrenzende Gästezimmer. Dort lagen die Bücher aus dem Regal über das Bett verstreut, und die gemangelte frische Bettwäsche türmte sich zerknittert auf dem Teppich. Im Bad überprüfte Joseph gerade den Spülkasten der Toilette.

McAllister, der mich begleitet hatte, fragte ihn: »Was gefunden?«

»Nein, Sir.«

McAllister runzelte die Stirn und strich sich den nicht-vorhandenen Bart. Dann ging er ins Schlafzimmer zurück und ich hinterher. Alison hatte sich aufgerichtet und putzte sich die Nase. »Sie haben einen großen Fehler gemacht, und das wird Ihnen noch sehr Leid tun«, griff ich McAllister erneut an. Alison lächelte mit rot geweinten Augen zu mir auf.

»Ach, ich weiß nicht«, meinte McAllister im Konversationston.

»Ich glaube immer noch, dass Sie uns bei unseren Nachforschungen behilflich sein können Mr Williams. Ich möchte Sie bitten, uns aufs Revier zu begleiten und ein paar Fragen zu beantworten, die ich noch an Sie habe.«

»Wie oft muss ich Ihnen denn sagen, dass ich nichts über diese Angelegenheit weiß«, fuhr ich auf.

»Warum glauben Sie, dass er etwas damit zu tun hat?«, wollte Alison wissen. »Wie kommen Sie darauf?«

»Wir haben unsere Gründe«, erwiderte McAllister vage. »Mr Williams – ich empfehle Ihnen, uns zu begleiten. Sobald der Verdacht gegen sie aus der Welt geschafft ist, können Sie wieder in Frieden leben.«

»Aber ich habe Ihnen überhaupt nichts zu sagen.«

»Dann bestätigen Sie uns das in Form eines Protokolls, und Sie können gehen. Wir verhaften Sie ja nicht.« Er lächelte mit leicht geöffnetem Mund, und ich hörte förmlich das unausgesprochene »noch«. Meine Knie begannen zu zittern.

»Ich finde, du solltest es tun – damit die Sache vom Tisch ist«, sagte Alison.

Ich ließ den Blick über das Chaos wandern.

»Aber wir müssen doch aufräumen.«

»Ich fange schon mal an, und du hilfst mir beim Rest, wenn du wieder da bist«, antwortete sie. »Du wirst ja nicht lange weg sein.«

Ich gab nach. »Wenn du meinst, dass es das Beste ist, dann mache ich es natürlich.« Verrückterweise schoss mir durch den Kopf, dass ich dadurch nicht gezwungen wäre, Alison das Ganze zu erklären. Noch nicht zumindest. Ich könnte in aller Ruhe eine glaubhafte Version der Geschichte erfinden.

McAllister tippte mir auf den Arm. Als ich ihn ansah, bedeutete er mir, ihm voran die Treppe hinunterzugehen. Ich war noch immer barfuß und sagte giftig: »Sie müssen mir schon die Zeit geben, ein Paar Socken zu finden.«

Während ich dann unten auf dem Sofa saß und meine

Schuhe zuband, suchte er sich aus dem Wust auf dem Couchtisch Fotoalben, Briefe, Telefonrechnungen und Notizblöcke zusammen und packte alles in eine große Klarsichttüte.

»Wozu brauchen Sie die Sachen?«, wollte ich wissen.

»Ich möchte sie mir nur etwas genauer ansehen. Sie bekommen sie zurück, wenn ich damit fertig bin.«

Inzwischen war es kurz vor acht. Als wir auf die Straße hinaustraten, herrschte dort bereits reger Betrieb. McAllister öffnete die Tür zum Fond des Rover, und ich stieg ein. Dann nahm er auf dem Beifahrersitz Platz und Joseph hinterm Steuer. Gefolgt von dem Streifenwagen mit den drei jungen Beamten, fädelte sich der Wagen in den Verkehr ein.

Es kam mir alles unwirklich vor. Auf dem Polizeirevier in der Radford Road musste ich meinen Gürtel, meine Schnürsenkel und den Inhalt meiner Taschen abliefern, und dann verkündete Joseph mir, dass sie meine Fingerabdrücke nehmen wollten.

»Warum denn das?«, fragte ich entgeistert.

»Um uns unsere Nachforschungen zu erleichtern«, antwortete er, als sei das völlig selbstverständlich. »Kommen Sie bitte mit.«

»Ich muss das aber nicht erlauben, oder?«, vergewisserte ich mich.

Er hatte sich bereits zum Gehen gewandt. Jetzt drehte er sich wieder zu mir um. »Nein«, bestätigte er, »das müssen Sie nicht. Aber es gäbe zu denken, wenn Sie sich weigern würden. Wenn Sie nichts zu verbergen haben, dürfte es Ihnen doch nichts ausmachen.«

Ich sah ein, dass er Recht hatte – es abzulehnen, wäre

taktisch höchst unklug gewesen –, doch die irrationale Angst meldete sich wieder, und ich begann erneut zu schwitzen. Nach der Prozedur wurde ich in einen kleinen Raum geführt und allein gelassen. Die Seife war der Stempelfarbe nicht gänzlich Herr geworden, und ich versuchte, die Reste durch Reiben zu entfernen. Das Vernehmungszimmer war klein und kotzgrün gestrichen. In einer Öffnung oben in der Wand surrte ein Ventilator. Die Neonröhre flackerte.

Nach einer Ewigkeit erschienen McAllister und Joseph und sahen mich stirnrunzelnd an, als hätten sie gerade die Ergebnisse einer Prüfung erfahren, die ich vergeigt hatte. Sie setzten sich mir gegenüber, und Joseph bereitete das Tonbandgerät auf dem Tisch für die Aufnahme vor.

»Wieso wird das aufgezeichnet?«, fragte ich irritiert.

»Zunächst einmal zu Ihrer Sicherheit und zu unserer«, erklärte McAllister. »Aber wir könnten es später auch als Beweismittel vorlegen. Bis jetzt sind Sie nicht verhaftet – Sie können gehen, wann immer sie wollen. Möchten Sie einen Tee?«

Die Frage kam so unverhofft, dass ich einen Moment brauchte, um darauf zu antworten. Dann sagte ich: »Ja, bitte – mit Milch und ohne Zucker. Ich hatte heute ja noch keine Gelegenheit zu frühstücken.«

Keiner der beiden lächelte.

»Also dann, eine Runde Tee«, sagte McAllister sehr bestimmt.

Er sah mich dabei an, und Joseph reagierte nicht. McAllister wandte sich ihm zu: »Wollen Sie sich nicht in Bewegung setzen?«

»Wie bitte, Sir?«, fuhr Joseph aus seinen Gedanken hoch.

»Sie sollen drei Mal Tee holen, Sie Lahmarsch!«

Joseph sprang auf. »Sofort, Sir!«

McAllister schüttelte den Kopf. Als die Tür sich hinter Joseph schloss, lächelte er mich vertraulich an. »Der Bursche braucht ab und zu einen Tritt in den Hintern, wissen Sie. Zigarette?« Er hielt mir eine Schachtel hin.

»Nein, danke«, lehnte ich ab.

Er zuckte mit den Schultern und steckte die Schachtel wieder in die Sakkotasche.

»Wird es lange dauern?«, erkundigte ich mich. »Ich müsste nämlich eigentlich schon im Büro sein.«

»Sollen wir anrufen und Sie entschuldigen?«

Ich malte mir Malcolms Reaktion darauf aus. »Nein, nein – es wird schon in Ordnung gehen. Sie werden auch mal kurze Zeit ohne mich auskommen.«

Joseph kam mit drei Plastikbechern Tee aus dem Automaten zurück, die er mit beiden Händen gefährlich zusammenquetschte. Nachdem er sie abgestellt hatte, bedienten wir uns, und ich nippte an der heißen, geschmacksneutralen Flüssigkeit, während er den Rekorder einschaltete. Ich hatte keine Ahnung, was ich sagen sollte. Diesmal brach mir zur Abwechslung kalter Schweiß aus, und es kostete mich Mühe, meine Hände ruhig zu halten.

»Okay«, sagte McAllister. »Sie haben uns bereits erklärt, dass Sie Miss Taylor nicht gut kannten und dass Sie ihr ihre Magnetstreifenkarte zurückbringen wollten, als Jamie Forester Ihnen vor ihrer Wohnung begegnete. Sie riefen bei ihren Eltern an, weil Sie sich Sorgen um

Miss Taylor machten und hören wollten, ob es etwas Neues gibt. Ist das so weit korrekt?«

»Ja.«

»Und warum wollten Sie ihre Eltern gestern am späten Nachmittag besuchen?«

»Ich wollte ihre Eltern nicht besuchen«, antwortete ich wahrheitsgemäß und musste trotz des Ernstes meiner Lage innerlich grinsen. Doch das verging mir gleich wieder. McAllister lehnte sich zurück. »Lassen sie die Spielchen, Mr Williams. Wir wissen, dass Sie dort waren. Miss Taylors Bruder könnte Sie jederzeit identifizieren.«

»Also schön«, gab ich widerstrebend zu. »Ich war dort.«

Meine Lippen waren staubtrocken, aber unter meinem Hemd lief der Schweiß in Strömen. »Ich wollte mich erkundigen, ob sie etwas von ihr gehört hätten.«

McAllister beugte sich vor. »Nachdem Sie zu dem Schluss gekommen waren, dass Sie nicht einmal hätten anrufen sollen? Das klingt nicht sehr einleuchtend.«

Ich zuckte mit den Schultern. »Schon möglich. Ich war eben besorgt. Sie schien ein nettes Mädchen zu sein, und ich fände es schrecklich, wenn ihr etwas zugestoßen wäre.«

»Warum haben Sie dann gelogen?«

Ich setzte mich zurecht. Der Stuhl knarrte. »Na ja … weil Sie … Sie finden alles, was ich sage, verdächtig. Ich habe nichts verbrochen. Ich bin lediglich in Sorge um eine junge Frau, die ich flüchtig kenne und die verschwunden ist. Was ist daran unrecht?«

»Nichts«, sagte McAllister. »Es ist sehr mitmenschlich von Ihnen.« Der Spott in seiner Stimme war nur zu erahnen. »Wo waren Sie am achtzehnten Mai?«

»Am achtzehnten Mai?«, wiederholte ich verdutzt. »Keine Ahnung. Lassen Sie mich nachdenken.« Und dann dämmerte es mir: Das war der Tag nach Sophies Verschwinden gewesen. »Ach ja«, antwortete ich, »da war ich auf einer Konferenz in Derby. Es ging um Raumordnung im einundzwanzigsten Jahrhundert.«

Sein Lächeln weckte den Verdacht in mir, dass er das bereits gewusst hatte. Ein kalter Schauer lief mir den Rücken hinunter.

»Und Sie haben an sämtlichen Sitzungen teilgenommen?«

»Ja.«

»Wann war die letzte zu Ende?«

»Gegen vier.«

»Und wann kamen Sie zu Hause an?«

»Was spielt das für eine Rolle?«, wollte ich wissen. Er sah mich nur an, und so gab ich widerwillig Auskunft: »Ich weiß es nicht genau. Etwa um halb sechs. Ich hatte in Derby noch einen Bummel gemacht, bevor ich zurückfuhr.«

»Haben Sie etwas gekauft?«

»Nein. Was sollen diese Fragen, verdammt?«

»Regen Sie sich nicht auf, Mr Williams«, sagte McAllister.

»Sie werden nicht beschuldigt. Wir untersuchen nur eine Reihe von Faktoren, die als Verdachtsmomente ausgelegt werden könnten.«

»Verdachtsmomente?«, echote ich aufgebracht. »In welchem Zusammenhang?« Ich legte die Hände flach auf den Tisch und beugte mich vor, und dabei dachte ich, dem Himmel sei Dank, dass ich mich dazu durchgerungen hatte, das Notizbuch zu vernichten!

»Miss Taylor ist verschwunden – da können wir keine Möglichkeit ausschließen.«

»Sie glauben, dass ihr etwas zugestoßen ist?«

McAllister antwortete nicht. Wir fixierten einander.

»Nein, das kann nicht sein«, sagte ich und dachte wieder an das Notizbuch. Hatte es Hinweise enthalten? Hatte ich Hinweise vernichtet, mit deren Hilfe man sie hätte finden können? Ich erwog auszupacken, so exakt wie möglich wiederzugeben, was ich gelesen hatte. Dann könnten sie mit Jonathan reden, ihn zwingen, ihnen zu erzählen, was zwischen ihm und Sophie vorgefallen war, und ich wäre aus dem Schneider.

»Warum kann das nicht sein?«

»Sie sind der Kriminalbeamte – finden Sie's raus«, erwiderte ich patzig.

»Wissen Sie, was passierte, nachdem Miss Taylor in den Zug nach Derby gestiegen war?«

»Nein«, antwortete ich. »Ich habe keine Ahnung. Aber ich vermute, dass Sie einfach weggelaufen ist. Wie wir wissen, hat sie das schon mal getan.«

»Wenn Sie annehmen, dass sie weggelaufen ist, warum machen Sie sich dann Sorgen um sie? Das ist nicht besonders logisch.«

»Sie denken auch nicht besonders logisch«, schlug ich zurück. »Wenn ich wüsste, was aus ihr geworden ist, warum sollte ich mich dann bei ihrer Familie nach ihr erkundigen?«

»Eine gute Frage«, gab McAllister zu, und einen Moment lang dachte ich, er gäbe sich damit zufrieden, doch dann sagte er: »Kommen wir darauf zurück, wie gut Sie Miss Taylor kannten.«

»So gut wie gar nicht«, erwiderte ich. »Wir haben niemals miteinander gesprochen. Wir fuhren nur morgens mit demselben Bus.«

»Sie haben niemals miteinander gesprochen? Aber Sie sagten doch, es sehe ihr nicht ähnlich, sich etwas anzutun. Wie können Sie das wissen, ohne mit ihr gesprochen zu haben?«

»Ich nehme es an, okay?«, antwortete ich ungeduldig.

Joseph blätterte stirnrunzelnd in seinem Notizblock zurück. McAllister schien zu wissen, was er suchte, denn er wartete geduldig. Und dann sagte Joseph: »Als wir das erste Mal bei Ihnen zu Hause waren, erklärten Sie auf meine Bemerkung hin, dass es schon mal vorkommt, dass jemand eine Kurzschlusshandlung begeht, ich zitiere: ›Das gilt nicht für Sophie.‹

Wie kommen Sie dazu, wenn Sie nie ein Wort mit ihr gewechselt haben?«

»Na ja – ein paar Worte haben wir schon manchmal miteinander gewechselt«, log ich in meiner Not.

»Zum Beispiel?«

»Zum Beispiel ›guten Morgen‹ oder ›der Bus kommt heute aber spät‹ oder ›es wird ein harter Tag im Büro‹. Solche Kleinigkeiten eben.«

»Und daraus konnten Sie entnehmen, dass sie nicht selbstmordgefährdet war?«

Ich zuckte mit den Schultern. »Das war mein Eindruck.«

McAllister musterte mich mit zusammengekniffenen Augen. »Ich werde nicht schlau aus Ihnen. Irgendetwas sagt mir, dass Sie lügen, aber ich komme nicht dahinter, weshalb. Ich mag Leute nicht, die mich anlügen.«

»Ich lüge nicht«, log ich. »Ich habe nichts verbrochen, aber Sie behandeln mich, als wäre es so, und ich möchte jetzt endlich wissen, was ich getan haben soll.«

»Wir wissen noch nicht, ob Sie etwas getan haben.«

Es klopfte. McAllister seufzte, beugte sich vor, sprach aufs Band den Grund für die Unterbrechung des Verhörs, während Joseph aufmachen ging. Ein junger Polizeibeamter stand im Gang. Die beiden sprachen eindringlich miteinander, aber zu leise, um etwas zu verstehen. Dann schloss Joseph die Tür, kam an den Tisch zurück, mit einem Zettel in der Hand, den er McAllister reichte. Der sah ihn sich an, faltete ihn und legte ihn vor sich hin.

»Die Sache wird immer interessanter«, sagte er. »Wenn Sie Miss Taylor tatsächlich kaum kennen – wie kommen dann Ihre Fingerabdrücke in ihre Wohnung?«

»Meine Fingerabdrücke?«, spielte ich den Verständnislosen, während Adrenalin in meinen Kreislauf gepumpt wurde und meine Schweißdrüsen zu Hochform aufliefen.

»Ja. Wann waren sie in ihrer Wohnung, Mr Williams? In der Wohnung einer Frau, die sie angeblich nur flüchtig kennen? Wie kam es dazu?«

Als ich ihn ansah, wurde mir klar, dass ich keine andere Möglichkeit hatte, als die Wahrheit zu sagen. Die ganze Wahrheit. Über das Notizbuch, und wie die Geschichte sich verselbstständigt und ich die Kontrolle über mich verloren hatte. Aber während ich überlegte, wie ich es formulieren sollte, begriff ich, dass er mir nicht glauben würde. Die beiden waren überzeugt, dass ich Sophie etwas angetan hatte, und ich würde mich mit jedem Wort noch verdächtiger machen. Also sagte ich: »Ich würde jetzt gerne gehen.«

»Das kann ich mir vorstellen«, nickte McAllister. »Hören Sie, Mr Williams – es kümmert mich wenig, ob die Befragung Ihnen Unbehagen bereitet. Ich will herausfinden, was mit Sophie Taylor passiert ist.«

»Ich weiß nicht, was mit ihr passiert ist.«

Er beugte sich so weit vor, dass er fast auf dem Tisch lag.

»Haben Sie sie umgebracht?«

»Das ist ja lächerlich!«

»Aber irgendetwas haben Sie getan.« Seine Stimme war mit jedem Wort lauter geworden. »Sagen Sie die Wahrheit, Mr Williams! Was ist passiert?«

»Nichts«, antwortete ich. »Nichts ist passiert.«

Er ballte die Hände zu Fäusten, stemmte sich von seinem Stuhl hoch und starrte weit vorgebeugt auf mich herunter. Wie das Kaninchen vor der Schlange war auch ich unfähig, mich zu rühren oder den Blick abzuwenden.

»Alles, was wir wollen, ist die Wahrheit«, sagte er.

»Ich … ich …«

»Haben Sie etwas getan, das Ihnen jetzt Leid tut, Mr Williams?«

»Nein«, antwortete ich. »Nein, nein.«

»Vielleicht war das, was Sie getan haben, ja so schrecklich, dass Sie es sich nicht einmal selbst einzugestehen wagen. So unvorstellbar, dass Sie sich nicht einmal daran erinnern. Oder Sie lügen schlicht und ergreifend? Ich für meinen Teil glaube das Letztere. Warum lügen Sie uns an, Mr Williams? Was haben sie zu verbergen?«

»Ich habe nichts …«

»Sie spielen uns hier den Ahnungslosen vor, weil Sie zu Ihrer kleinen Freundin zurückwollen, stimmt's? Pardon – zu Ihrer Verlobten. Warum haben Sie ihr plötzlich einen Heiratsantrag gemacht? Weil Sie sich schuldig fühlen? Möchten Sie etwas wieder gutmachen, indem Sie sie zum Traualtar führen? Haben sie etwas an ihr wieder gutzumachen? Es kann sein, dass Sie Miss Taylor tatsächlich nichts angetan haben und sie irgendwann gesund und munter wieder auftaucht – aber irgendwas haben Sie sich zuschulden kommen lassen. Das steht Ihnen ins Gesicht geschrieben.«

Ich mobilisierte all meine Mutreserven und befreite mich von seinem Bann. »Das ist nicht wahr!«, schrie ich und sprang auf. »Sie irren sich! Sie irren sich!«

»Beruhigen Sie sich.« McAllister hatte sich aufgerichtet und war einen Schritt zurückgetreten.

»Setzen Sie sich wieder hin«, befahl Joseph.

Ich ließ mich auf den Stuhl zurücksinken. »Sie können nicht einfach solche Dinge behaupten, Mr McAllister«, sagte ich aufgebracht.

»Ich kann behaupten, was ich will«, gab er zurück und begann, vor mir auf und ab zu gehen. An seinen Schritten war zu erkennen, dass er vor Zorn kochte.

»Ich möchte jetzt gehen«, wandte ich mich verzweifelt an Joseph.

»Das ist keine gute Idee«, erwiderte er mit einem schnellen Blick zu McAllister und fuhr dann in einem

Ton fort, als spräche er mit einem bockigen Kind: »Es macht keinen guten Eindruck, wenn Sie auf eine Beschuldigung hin weglaufen. Das wirkt wie ein Schuldeingeständnis.«

»Ich habe nichts verbrochen!« Zu meinem Entsetzen spürte ich Tränen in meine Augen treten. Hastig blinzelte ich dagegen an. »Wenn ich nicht gehen soll, dann möchte ich einen Anwalt.«

»Wozu brauchen Sie einen Anwalt, wenn Sie sich nichts haben zuschulden kommen lassen?«

»Ich brauche offenbar einen, um mich gegen Sie beide zu verteidigen«, überspielte ich meine Verzweiflung mit Sarkasmus.

»Niemand will Ihnen etwas tun«, versuchte er, mich zu besänftigen.

»Es gibt da nur ein paar Unklarheiten. Zum Beispiel wüssten wir gerne, wann Sie in Miss Taylors Wohnung waren.«

Wie hatte ich hoffen können, diese Frage abgebogen zu haben?

»Letzte Woche.«

»Wie sind Sie reingekommen?«

»Mit dem Schlüssel, den ich im Anbau gefunden hatte.«

»Und warum waren Sie dort?«

»Weil ich wissen wollte, was mit ihr passiert war.«

McAllister stieß ein bellendes Lachen aus und kam an den Tisch zurück. »Das wollten Sie in Miss Taylors Wohnung herausfinden?« Er setzte sich wieder auf seinen Stuhl. »Sind Sie Hellseher?«

»Nein.«

»Haben Sie etwas Aufschlussreiches dort gefunden?«, wollte Joseph wissen.

»Nur die Adresse und Telefonnummer der Eltern.« Plötzlich erinnerte ich mich an das Durcheinander auf Sophies Couchtisch und fügte aufgeregt hinzu: »Und es sah aus, als habe jemand etwas gesucht! Es muss vor mir jemand da gewesen sein! Den sollten Sie auftreiben!«

»Das waren wir«, nahm McAllister mir den Wind aus den Segeln.

»Bei unserem zweiten Besuch stellten wir fest, dass nach unserem ersten Ordnung gemacht worden war, und abgesehen von uns sind Sie der Einzige mit einem ausgeprägten Interesse an Miss Taylors Verschwinden.«

»Was ist mit Jamie Forester? Vielleicht weiß der mehr, als er zugibt.«

»Wir haben keine Veranlassung, ihn zu verdächtigen.«

»Aber Jonathan Taylor ist verdächtig!«

»Wie kommen Sie darauf?«

Die beiden sahen mich scharf an. Wieder mal hatte ich ein Eigentor geschossen. In meiner Not sagte ich: »Jetzt möchte ich wirklich einen Anwalt.«

»Was verschweigen Sie uns, Mr Williams?«

Auch diese Frage beantwortete ich nicht. »Ich habe doch das Recht auf einen Anwalt, oder?«

»Ja, schon«, nickte McAllister. »Es würde mich nur interessieren, warum Sie jetzt das Gefühl haben, einen zu brauchen. Schließlich unterhalten wir uns nur. Sie helfen uns bei unseren Nachforschungen, das ist alles.«

»Ach ja?«, höhnte ich. »Ihre grundlosen Verdächtigungen und Unterstellungen sind als Unterhaltung und

Bitte um meine Hilfe zu verstehen? Wenn das so ist, brauche ich natürlich keinen Anwalt – und dann gehe ich jetzt nach Hause.«

»Das steht Ihnen frei«, sagte McAllister, »aber dann müssen wir Sie bitten, morgen wieder herzukommen, damit wir unsere Befragung fortsetzen können. Es ist Ihre Pflicht, uns zu unterstützen, zumal Sie behaupten, sich Sorgen um Miss Taylor zu machen.«

Wieder spielte dieses feine Lächeln um seinen Mund! Er fixierte mich, als erwarte er, dass ich zusammenbräche und ein Geständnis ablegte, und plötzlich regte sich der Wunsch in mir, aufzuspringen und ihm das überhebliche Grinsen aus dem Gesicht zu prügeln, Blut von seinem Kinn auf die scheußliche Polyesterkrawatte tropfen und sich mit den glänzenden, blauen Streifen vermischen und seinen Anzug ruinieren zu sehen. Ich sah ihn nach hinten kippen, blutverschmiert.

»Ich habe es Ihnen schon mehrfach erklärt«, sagte ich ruhig jedes Wort akzentuierend. »Ich kenne Sophie Taylor eigentlich überhaupt nicht. Wir fuhren unter der Woche immer mit demselben Bus, so auch an dem Tag, als sie verschwand. Ich sah sie am Bahnhof aussteigen. Sie hatte ihre Magnetstreifenkarte liegen lassen. Ich wollte sie ihr am Abend vorbeibringen, vor dem Haus traf ich Jamie Forester an. Seitdem bin ich ihm mehrmals begegnet, und jedes Mal fragte er mich, ob ich etwas von Miss Taylor gehört habe, und ich antwortete jedes Mal, nein, das hätte ich nicht.«

»Warum haben Sie Jamie Forester gegenüber behauptet, Sie seien ein Freund von Sophie, wenn Sie sie gar nicht kennen?«

»Es erschien mir einfacher, als ihm die ganze Geschichte zu erklären.«

»Sie bleiben dabei, dass Sie nichts mit Sophie Taylors Verschwinden zu tun haben?«

»Ja.« Endlich schien er mich vom Haken zu lassen.

Nach einem kurzen Blick zu Joseph sagte er: »Okay, dann fangen wir noch mal ganz von vorne an – und vielleicht entschließen Sie sich ja diesmal, die Wahrheit zu sagen.«

22

Sie boten mir am Ende unserer »Unterhaltung« nicht an, mich nach Hause zu bringen, was mir sehr recht war. Die beiden auch noch auf der Heimfahrt ertragen zu müssen, wäre des Guten wirklich zu viel gewesen. Als ich aus dem Polizeirevier auf die Straße hinaustrat, atmete ich genießerisch die Abgase ein. Nach dem Mief in dem Vernehmungskämmerchen erschienen sie mir erfrischend wie würzige Waldluft.

Ich kaufte mir eine Schachtel Zigaretten und rauchte zwei, während ich auf den Bus wartete. Es war früher Abend. Ich fühlte mich ausgelaugt, als hätten die Polizeibeamten mir den letzten Tropfen Blut aus dem Leib gesaugt.

Ich hatte keine Ahnung, was mich zu Hause erwartete. Es war fast dunkel, im Haus brannte kein Licht, und ich stellte mir Alison vor, zusammengerollt unter der Wolldecke auf dem Sofa liegend, in Fötusstellung unter der Daunendecke im Bett oder in einer Ecke auf einem Stuhl sitzend, wo sie, vor sich hin starrend, auf meine Rückkehr wartete.

Nachdem ich durch das ganze Haus gegangen war, nach ihr rufend, über Bücher, Kleidung, Papiere, alles, was unser Leben ausgemacht hatte, steigend, setzte ich mich aufs Sofa zwischen das Chaos und wählte Steves Nummer.

Er schien nicht überrascht zu sein, mich zu hören.

»Hi, Pete«, begrüßte er mich. »Alison hat mich ange-rufen. Bist du okay?«

»Es geht so. Weißt du, wo sie ist?«

»Bei einem Arbeitskollegen.«

Mein Herz begann zu hämmern. »Bei Andrew?«

Nach kurzem Zögern antwortete er: »Ja – aber ruf da bitte heute nicht an. Gib ihr Zeit.«

»Ich kann es nicht fassen, dass sie ausgerechnet bei diesem Kerl untergekrochen ist!«

»Reg dich nicht auf, Pete«, sagte Steve. »Lass sie erst mal in Ruhe. Sie ist total von der Rolle.«

»Was glaubst du, was ich bin?«

Wieder zögerte er kurz und schlug dann vor: »Treffen wir uns auf einen Drink, Pete. Lass dich voll laufen – ruf erst morgen an.«

Mein Protest wurde im Keim erstickt. »Komm ins Arms – ruf erst morgen an.«

Ich wollte ihn fragen, warum er sich in letzter Zeit im-mer auf Alisons Seite schlüge, aber mein Mund war plötzlich so trocken, dass ich keinen Ton herausbrachte.

»Bist du noch da?«, fragte Steve.

»Ja«, krächzte ich.

»Dann bis gleich im Arms. Keine Widerrede!«

Ich brachte mühsam ein »Okay« heraus und legte schnell auf, bevor er mir noch einmal einschärfen konn-te, Alison erst morgen anzurufen. Sie hatte ihn gut dres-siert, das musste man ihr lassen.

Andrews Nummer war gespeichert. Ich drückte auf den Knopf und hörte den Wahltönen zu, bis es läutete.

Als Andrew sich meldete, fragte ich, ohne mich mit Höflichkeitsfloskeln aufzuhalten: »Ist Alison da?«

»Hallo, Peter.« Er klang ruhig: »Peter, ich glaube, sie möchte nicht …«

»Holen Sie sie ans Telefon, verdammt!«, forderte ich ihn auf. Er legte offenbar die Hand auf die Sprechmuschel, denn die anschließende Unterhaltung drang nur gedämpft und unverständlich zu mir durch.

Und dann sagte Alison: »Hallo, Peter«, und ich hörte ihrer Stimme an, dass sie geweint hatte.

»Alison! Wie geht es dir?«

»Okay«, antwortete sie tonlos. »Von wo rufst du an?«

»Von zu Hause.«

»Sie haben dich gehen lassen?«

»Natürlich! Es war ein Missverständnis.«

»Warum haben sie dann unser Haus verwüstet?«, fragte sie, wieder den Tränen nahe. »Unser ganzes Leben steckt darin. Warum erzählst du mir nicht, was eigentlich los ist?«

»Weil nichts los ist, weil ich nichts getan habe, und du weißt es. Bitte, komm nach Hause, Alison. Ich brauche dich.«

»Ich habe dich im Büro entschuldigt«, lenkte sie ab, »einen plötzlichen Krankheitsfall in der Familie vorgeschützt.«

»Danke. Bitte, komm nach Hause.«

»Das kann ich nicht«, antwortete sie, korrigierte es jedoch sofort. »Ich will nicht.«

»Warum nicht?« Aber ich wusste, warum, und es verletzte mich tief. »Du denkst, sie hätten mich zu Recht mitgenommen, stimmt's?«

»Nein, aber …«

»Doch, genau das denkst du!«, fiel ich ihr ins Wort. »Du glaubst, dass ich etwas mit dem Verschwinden dieses Mädchens zu tun habe!«

Nach einem tiefen Seufzer erwiderte sie: »Ich weiß nicht, was ich glauben soll. Du hast dich in letzter Zeit sehr merkwürdig benommen – als ob du etwas vor mir zu verbergen hättest.«

»Jetzt fang nicht wieder damit an!«, bat ich sie. »Ich habe dir doch erklärt, was mit mir los war.« Sie schluchzte auf, und ich spürte Verärgerung in mir aufsteigen. Wie ich mich fühlte, schien sie überhaupt nicht zu interessieren. Dabei war ich es, dem hier übel mitgespielt wurde.

»Du hast behauptet, dass du das Mädchen nicht kennst. Du hast mich angelogen.«

»Nein, das habe ich nicht!«

»Du hast mich die ganze Zeit angelogen«, sagte sie. »Hattest du eine Beziehung ... hattest du ein ... Verhältnis mit ihr?«

»Sei nicht albern!«, empörte ich mich. »Ich habe dir die Wahrheit gesagt.«

»Du bist ein Lügner!«

»Nein.« Ich wollte weiterreden, sah aber gleich ein, dass sie mir nicht zuhören würde, und beschloss, zum Gegenangriff überzugehen. »Aber was ist mir dir? Ich bin nicht blöd, weißt du! Diese ständigen Überstunden mit Andrew kamen mir schon lange spanisch vor, und nachdem du jetzt zu ihm geflüchtet bist, ist mir sonnenklar, dass da was läuft zwischen euch beiden. Nicht ich habe etwas vor dir verborgen – es war umgekehrt!«

»Herrgott noch mal, du Scheißkerl, werd endlich erwachsen, verdammt noch mal!«, gab sie ungewohnt rüde zurück. »Ich habe keine Lust mehr, mit dir zu reden.«

»Bitte!«, sagte ich.

»Ich rede erst wieder mit dir, wenn du normal bist.« Dann klickte es. Alison hatte das Gespräch tatsächlich beendet. Einen Moment lang war ich versucht, noch einmal anzurufen, aber dann ließ ich es. Was hätte ich sagen sollen? Was hätte ich sagen *wollen*? Ich stellte mir vor, wie sie sich Andrew zuwandte, wie er sie in die Arme nahm und sie tröstete, ihr sagte, dass ich ihre Tränen nicht wert sei, dass sie etwas Besseres verdient habe als mich. Ich malte mir aus, wie ich meine Muskeln anspannte, die Faust ballte und sie ihm in seine schmierige Visage rammte, wie es sich anfühlte, als ich sein Nasenbein zermalmte, hörte ihn vor Schmerz aufschreien und sah, wie er eine Hand hochriss und die breiige Masse damit bedeckte, wie er blutüberströmt umkippte, und wie ich triumphierend auf ihn hinunterschaute.

Ich saß auf dem Sofa im Düstern, zündete mir eine Zigarette an, dann eine zweite, und bedauerte, was ich Alison an den Kopf geworfen hatte. Das Haus war ein Saustall. Ich stellte mir vor, wie sie in diesem Chaos den ganzen Tag lang auf eine Nachricht von mir gewartet hatte, und ich verstand, dass sie irgendwann geflüchtet war. Aber hatte es ausgerechnet zu Andrew sein müssen?

Ich ging nach oben und ließ mir ein Bad ein. Alison hatte das Spiegelschränkchen wieder eingeräumt und zumindest in diesem Raum die Illusion von Normalität geschaffen. Ich stieg in die Wanne und blieb mit geschlossenen Augen im Wasser liegen, bis es unangenehm kühl wurde und meine Finger schrumplig waren, während ich wie am Rande einer Betäubung dem Rauschen lauschte, mit dem der Boiler sich wieder füllte. Dann schäumte ich Kopf und Körper mit einer Unmenge von Shampoo und Duschgel ein, um den Mief und die Boshaftigkeit loszuwerden, die mir meinem Empfinden nach auf dem Polizeirevier in jede Pore gedrungen waren. Als ich mich schließlich abtrocknete, waren meine Lebensgeister zurückgekehrt, und ich freute mich sogar darauf, mir mit Steve die Nase zu begießen wie in alten Zeiten. Zu Hause, wo mich alles an die Ereignisse des Morgens erinnerte, hätte ich es ohnehin nicht ausgehalten. Mit Alison schon. Wir hätten miteinander aufräumen und uns wieder näher kommen können. Aber Alison war nicht da.

Auf dem Weg zum Arms fiel mir plötzlich Jamie Forester ein. Würde er auch da sein? Würde er wissen, was heute passiert war? Ich hätte am liebsten auf dem Absatz kehrtgemacht. Aber wo hätte ich dann hingehen sollen? Wie hätte ich mich dann von dem Albtraum ablenken sollen, zu dem sich mein Leben entwickelt hatte? Also ging ich weiter, doch mit jedem Schritt wurde meine Brust enger und das Zittern meiner Knie stärker, bis ich schließlich verzweifelt nach Luft rang und befürchtete, mitten auf der Straße zusammenzubrechen.

Als ich durch die Tür unserer Stammkneipe trat, empfing mich das gewohnte Sammelsurium von Gästen und die gewohnt rauchige Luft. Steve war hinten am Pooltisch dabei, die Kugeln für unser erstes Spiel aufzustellen. Mit Mühe schaffte ich es zu ihm hinüber und ließ mich auf einen Stuhl an unserem Tisch sinken.

»Pete – du siehst beschissen aus«, begrüßte er mich. Der Raum begann sich um mich zu drehen, Blitze zuckten vor meinen Augen, und ein schrilles Pfeifen begann in meinen Ohren zu gellen. Dann wurde es dunkel um mich.

Als ich zu mir kam und die Augen öffnete, schaute ich in Steves Gesicht. Er hatte mich bei den Schultern gepackt. »He, da bist du ja wieder!«, grinste er erleichtert. »Wenn ich dich nicht gerade noch erwischt hätte, wärst du vom Stuhl gekippt! Mann, du hast mir einen Mordsschreck eingejagt! Bist du okay?«

Ich schüttelte die restlichen Nebelfetzen aus meinem Kopf und zwang mich zu einem Lächeln, während ich spürte, dass meine Atmung sich normalisierte. »Tut mir Leid, Kumpel«, entschuldigte ich mich. Er machte eine wegwerfende Handbewegung. »Es ist alles in Ordnung«, versicherte ich ihm.

»Ich hol dir was zu trinken«, erbot er sich. »Was willst du?«

Vergessen, dachte ich und antwortete: »Whisky.«

Er brachte mir einen Doppelten und ging dann noch einmal zur Theke. Ich hob das Glas an die Nase und atmete tief den berauschenden Duft ein, der daraus emporstieg. Ich fühlte mich wie ausgekotzt. Dann trank ich einen Schluck und spürte die bernsteinfarbene Köstlichkeit wie flüssiges Feuer durch meine Kehle in meine Brust rinnen und meinen Magen zum Erglühen bringen. Das war genau der Trost, den ich brauchte.

Steve kam mit zwei Gläsern Bier zurück und stellte eines vor mich hin. »Danke dir«, sagte ich.

Er musterte mich prüfend. »Jetzt siehst du wieder wie ein Mensch aus«, meinte er.

»Ich fühle mich auch wieder wie einer«, erwiderte ich und nippte an meinem Bier.

»Was zum Teufel ist eigentlich los?«, wollte er wissen. »Alison war völlig durcheinander. Warum haben sie dich aufs Revier mitgenommen?«

Wie sollte ich ihm erklären, was los war? Wie es dazu gekommen war? Wie weit ich es hatte kommen lassen, besser gesagt? Es war alles so unbeschreiblich aberwitzig. Wie konnte jemand im Ernst für möglich halten, dass ich getan hatte, wessen ich verdächtigt wurde? Plötzlich spürte ich mich lächeln.

»Weil sie denken, dass ich jemanden umgelegt habe«, antwortete ich mit McAllisters Formulierung und kicherte in mein Bier. Die Idee war so absurd, dass ich sie einfach nicht länger ernst nehmen konnte. »Ich half ihnen bei ihren Ermittlungen«, setzte ich prustend hinzu.

»Was ist denn daran so komisch?«, wunderte Steve sich. Während wir unsere Gläser und noch ein paar weitere leerten, erzählte ich ihm von meinen Erlebnissen mit der Polizei, was für Mistkerle McAllister und Joseph waren und wie sie mich um jeden Preis zu einem Verbrecher machen wollten. Eine Weile amüsierte ich ihn und mich königlich damit – bis mir Alison einfiel, Alison, die von nichts eine Ahnung und sich in ihrer Verunsicherung und Verzweiflung Halt suchend zu Andrew geflüchtet hatte, dem das, darauf hätte ich jeden Betrag gewettet, bestimmt willkommen gewesen war. Wie sollte ich sie zurückgewinnen? Wie könnte ich sie dazu bringen, mir wieder zu vertrauen? Ich sah mich in einer trostlosen, einsamen Zukunft dahinvegetieren.

»Sie hat mein Leben zerstört«, sagte ich düster.

»Du darfst ihr nicht krumm nehmen, dass sie dich verlassen hat«, sagte Steve. »Sie ist völlig durch den Wind. Das wäre jeder.«

»Ich meine nicht Alison«, erwiderte ich ungeduldig. Wie begriffsstutzig konnte ein Mensch sein? »Ich rede von der verdammten Sophie Taylor!«

»Was?« Er verstand überhaupt nichts!

Aber mir war plötzlich alles klar! Die Erkenntnis schmeckte bitter wie mein Bier, und sie löste ein Gefühl in mir aus, das Hass sehr nahe kam. Sophie war eifersüchtig! Sie wusste, wie sehr ich Alison liebte, sie wusste, dass ich die Beziehung zu Alison um nichts in der Welt gefährden wollte, doch sie gab keine Ruhe, machte sich wichtig, weckte immer wieder meine Neugier, ließ ihre Reize spielen, und all das nur, um einen Keil zwischen Alison und mich zu treiben. Ja, das war von Anfang an ihr Ziel gewesen! Die Polizei in die Geschichte einzubeziehen, war das Tüpfelchen auf dem i ihrer Taktik. Sie sorgte dafür, das ich verdächtig erschien, um mich dafür zu strafen, dass ich Alison liebte.

»Sie allein ist für den Schlamassel verantwortlich, in dem ich stecke«, fuhr ich fort.

»Das musst du mir erklären«, sagte Steve.

»Erst hole ich mir noch ein Bier«, erwiderte ich und ging vorsichtig auf dem schwankenden Boden zum Tresen. Steves Glas war zwar noch halb voll gewesen, aber ich bestellte gleich noch eines für ihn mit. Während ich auf die Getränke wartete, ließ ich den Blick durch das Lokal wandern, und da sah ich ihn: Jamie saß mit seinen üblichen Kumpels an seinem üblichen Tisch. Ich fand, dass es eine gute Idee wäre, zu ihm rüberzugehen und ihm hinzupfeffern, was ich von Sophie und ihren Freunden hielt, und ihm zu sagen, was sie aus meinem Leben gemacht hatten – aber der Barmann wollte sein Geld, und ich brauchte eine Weile, bis ich die erforderlichen Münzen zusammengesucht hatte, und als das endlich erledigt war und ich wieder hinüberschaute, war Jamie nicht mehr da.

»Du hast es aber wirklich vor heute, was?«, meinte Steve grinsend, als ich mit dem einen vollen und einem fast leeren Glas an unseren Tisch zurückkam.

»Von dir kam doch der Rat, mich zuzuschütten«, erinnerte ich ihn.

»Ja, schon – aber Alkohol ist nicht die Lösung. Also – was hat es mit dieser Sophie auf sich?«

Ich hatte plötzlich keine Lust mehr, darüber zu reden und antwortete: »Verschieben wir das auf ein anderes Mal.«

»Wie du meinst.«

Wir verfielen in Schweigen und hingen unseren Gedanken nach, wie ein altes Ehepaar, das sich nichts mehr zu sagen hatte.

Als der Barmann die Glocke für die letzte Bestellung läutete, meinte Steve: »Lass uns gehen, Pete. Du hast genug.«

Ich schaute in mein Glas. Wann hatte ich es ausgetrunken? »Na schön«, erklärte ich mich schulterzuckend einverstanden und stand auf. Draußen an der frischen Luft wurde er plötzlich wieder gesprächig, redete über das Wetter, darüber, wie ätzend es sei, am nächsten Morgen in die Arbeit fahren zu müssen, und darüber, dass wir drei, Alison, ich und er, unbedingt die Verlobung feiern müssten, sobald alles wieder okay wäre, was ja schließlich nur eine Frage der Zeit sei. Als wir zu der Ecke kamen, an der unsere Wege sich trennten, fragte er, ob ich allein zurechtkäme, und ich versicherte es ihm, obwohl ich nicht im Entferntesten daran glaubte.

Allerdings war mir klar, dass seine Frage sich nur auf meinen Heimweg bezog. Während ich ihm nachsah, merkte ich, dass ich leicht vor und zurück schwankte. Um diesen Zustand ein Ende zu bereiten, setze ich mich in Bewegung.

Ich hörte hinter mir jemanden gehen und dann eine Stimme: »Hey, ich rede mit dir.« Jetzt gewahrte ich, dass sie mir galt, ich hatte sie schon einmal gehört. Ich blieb stehen und drehte mich um. Vor mir stand Jonathan, größer, als ich ihn in Erinnerung hatte – und geladen. Jamies plötzliches Verschwinden fiel mir ein. Hatte er Sophies Bruder angerufen, auf mich gehetzt und sich dann verdünnisiert? Ich bedauerte fast, dass er nicht auch hier war – dann wäre es noch interessanter geworden.

»Guten Abend«, sagte ich süffisant. »Wie geht es Ihnen?«

»Werden Sie bloß nicht frech!«, schnauzte er. »Sie waren heute auf der Polizei. Was wollten die, he?«

»Nichts, was Sie angeht.« Es erstaunte mich, wie ruhig ich war.

»Es hatte mit meiner Schwester zu tun, und deshalb

geht mich das was an.« Er hatte seine Hände zu Fäusten geballt. Ich ging auf Abstand. »Ich weiß nicht, was Sie denken«, sagte ich, »aber ich habe mit dem Verschwinden Ihrer Schwester nichts zu tun.«

»Die Polizei sieht das anders. Sie waren bei meinen Eltern, und sie sagten, dass …«

»Die Polizei irrt sich«, unterbrach ich ihn.

»Sie sagen nichts ohne Hinweise.«

»Doch, wenn sie auf die falsche Spur gesetzt werden,« konterte ich.

Jetzt war mir plötzlich alles klar. Jonathan wollte nicht, dass die Wahrheit ans Licht kam; er war selbstsüchtig wie Sophie – er genoss es, mich leiden zu sehen und selbst sauber zu bleiben. Er schien überrascht zu sein: »Was meinen Sie?«

»Sie und Sophie«, spielte ich meine letzte Karte aus, »Ihr kleines Geheimnis; das, was niemand erfahren soll.«

»Was?« Er spielte den Ahnungslosen recht überzeugend, aber es war offensichtlich, dass er verunsichert war.

»Sie wissen genau, wovon ich spreche«, sagte ich.

»Wovon reden Sie, Mann?«

Ich spürte, dass er etwas verbarg, ich konnte es riechen: »Sie können es leugnen, solange Sie wollen, aber ich kenne die Wahrheit.«

»Die Wahrheit?« Er schien im Moment eher verwirrt als zornig zu sein, aber dann schäumte er vor Wut: »Sie sind ja total durchgeknallt. Sie sind ein verdammter Spinner, ein verdammter Psycho, ein verdammter Perversling sind Sie, total irre.«

»Seien Sie nicht kindisch«, entgegnete ich ruhig; ich

war seine Verunglimpfungen leid. Ich kniff die Augen zusammen, um ihn in der Dunkelheit besser sehen zu können, aber ich schwankte zu sehr, und meine Augen brannten, konnten meinem Hirn nicht vermitteln, was sie sahen, und so wiederholte ich um einiges lauter: »Seien Sie nicht kindisch.«

»Warum hat die Polizei Sie dann den ganzen Tag festgehalten?«

Ich konnte nur lachen: »Warum haben sie mich dann gehen lassen?«

Jonathan kam näher. Ich versuchte noch mal, ihn an den Haken zu nehmen: »Sagen Sie mir die Wahrheit, erzählen Sie mir Ihr Geheimnis.«

»Es gibt kein Geheimnis, Mann«, antwortete er. »Wenn Sie eines kennen, dann erzählen Sie's mir.« und er verlagerte sein Gewicht, kam noch näher: »Sie wissen gar nichts, Mann. Gar nichts.«

Ich schwankte wieder, wollte lachen, wollte Antworten hören, wollte ihm sagen, dass er der Perversling sei.

»Wo ist meine Schwester?«, fragte er stattdessen.

»Weiß ich nicht«, sagte ich, »das habe ich doch schon gesagt, ich weiß es nicht, Mann.«

Ich sah in der Dunkelheit seine Faust nicht kommen. Sein Hieb erwischte mich am Mundwinkel. Mich riss es von den Füßen, sodass ich der Länge nach hinschlug. Dann traf mich ein Tritt in den Magen. Ich krümmte mich vor Schmerzen, setzte mich auf und sah ihn über mir stehen. Ich wollte »Scheiße« sagen, aber ich hatte den Mund voller Blut, und so wurde nur ein Gurgeln draus. Jonathan ging. Ich rappelte mich auf, eine Hand auf meinen Magen pressend, spuckte das Blut aus und schrie ihm nach: »Sie sind der verdammte Psycho«, doch er ging weiter, als habe er es nicht gehört.

Ich lehnte mich gegen die nächste Hausmauer und versuchte, Sauerstoff zu tanken. Ich schwankte. Ich wusste, dass ich ihm nachgehen sollte, ihn zum Reden zwingen sollte, aber meine Füße wollten nicht. Ich konnte nur torkeln. Ich blieb, wo ich war. Der Blutgeschmack verursachte mir Übelkeit, und ich spuckte wieder. Als ich mich kräftig genug fühlte, um zu gehen, war Jonathan über alle Berge. Die Straße war menschenleer. Langsam stolperte ich nach Hause.

Ich ließ heißes Wasser ins Waschbecken ein und wusch mir das Gesicht. Meine Haut brannte, die Lippen waren geschwollen, das Zahnfleisch blutete. Ich kroch ins Bett, schloss die Augen, spürte das Pulsieren des Blutes in den Ergüssen und Schwellungen, versuchte an nichts zu denken, versuchte, den Kopf freizubekommen. Aber der Gedanke, dass es wieder Sophie gewesen war, dass sie selbst jetzt noch in der Lage war, die Situation unter Kontrolle zu halten, mir Schwierigkeiten zu machen, beherrschte mich. Ich hatte das Gefühl, dass ich niemals wieder frei von ihr sein würde, niemals gänzlich außerhalb ihrer Reichweite, dass ich auf ewig ihr Spielball bliebe, hilflos ihren immer neuen Methoden ausgeliefert, mich zu bestrafen. Ich wollte nichts als schlafen, aber sie ließ mich nicht, so dachte ich. Irgendwann drehte ich mich um, lag still da und lauschte auf die Geräusche der Stadt.

23

Ich muss wohl zu betrunken gewesen sein, um den Wecker zu stellen, aber meine innere Uhr funktionierte und weckte mich zur üblichen Zeit, nachdem Sophie mir doch noch erlaubt hatte zu schlafen. Als ich mich aufsetzte, tanzten Sternchen vor meinen Augen, und in meinem Kopf begannen Presslufthämmer zu arbeiten. Meine Mundhöhle fühlte sich an wie geteert. Nach einem ausgedehnten Bad fühlte ich mich fast wieder wie in Mensch, und ein Blick in den Spiegel zeigte mir, dass meine Blessuren nicht so schlimm waren, wie befürchtet.

Ohne Alison war das Haus schrecklich still – als wüsste es, dass etwas nicht in Ordnung war. Ich machte mir einen starken Kaffee in der immer noch verwüsteten Küche und überprüfte den Inhalt meiner Aktentasche. Den Terminkalender hatte McAllister an sich genommen. Als ich meinen Kugelschreiber, meinen Taschenrechner und die Schnellhefter mit den Unterlagen berührte, die ich hätte durchsehen sollen, kam mir alles seltsam fremd vor. Es schien beinahe, als sei den Gegenständen die Berührung unangenehm.

Ich hatte keine Lust, ins Büro zu fahren, aber zu Hause wollte ich auch nicht bleiben. Also machte ich mich auf den Weg zur Haltestelle. Der Verkehr war dichter als sonst und der Bus voller. Auf meinem Stammplatz saß romanlesend ein übergewichtiges Mädchen, und ich musste mich weiter hinten mit einem neuen Blickwinkel und einem neuen Umfeld abfinden. Die Arbeiten an der Straßenbahntrasse waren jetzt in vollem Gange, und ich beobachtete, während wir im Schritttempo an der Baustelle vorbeifuhren, die Arbeiter mit ihren Neonwesten in den knietiefen, schmalen Gräben. In zwei Jahren würde die Straßenbahn, wenn alles planmäßig liefe, in Betrieb genommen werden, was für mich die Umstellung auf ein anderes Verkehrsmittel bedeuten würde – aber mein Weg würde derselbe bleiben. Wochentag für Wochentag. Bis zu meiner Pensionierung.

Als der Bus vor dem Bahnhofsgebäude hielt, erinnerten mich die Menschen, die aus dem Gebäude kamen oder drin verschwanden, an den Tag, an dem Sophie plötzlich hier ausgestiegen und dort hineingegangen war. Ich stellte mir vor, wie sie an den Schalter trat und eine Fahrkarte kaufte. Hatte sie nur »nach Derby« verlangt oder »nach Derby und zurück«? Hatte sie wiederkommen wollen und konnte es nicht?

Der Bus ruckte und fuhr weiter in Richtung Trent Bridge. Als er sich meiner Halteselle näherte, spielte ich mit dem Gedanken, sitzen zu bleiben und die ganze Tour durch die Vororte mitzumachen, doch während ich mir das ausmalte, stand ich auf, drückte auf den Rufknopf, stieg die Stufen hinunter und blieb wartend an der Tür stehen. Es waren auch Kollegen aus meinem Büro da, und ich grüßte sie und zwang mich zum Lächeln, und keiner fragte mich, wo ich gestern gewesen sei oder was mit meinem Mund passiert war und warum sich Schweißperlen an meinem Haaransatz gebildet hätten. Kurze Zeit später betraten wir die kühle Eingangshalle, gingen an der Rezeption vorbei und die Treppen hinauf, und oben angekommen verabschiedete ich mich und steuerte auf mein neues Büro zu – das SPO-Büro. Als ich die Tür hinter mir schloss und in meinen Sessel sank, war ich schweißgebadet und angesichts dessen absolut nicht dankbar für die kalte Luft, die die Klimaanlage als Präventivmaßnahme gegen die zu erwartende Hitze ins Zimmer pumpte. Fröstelnd ließ ich den Blick über die Papierberge auf meinem Schreibtisch wandern. Schließlich raffte ich mich dazu auf, die gestern eingegangene Post nach etwas Dringendem durchzusehen. Dann nahm ich mir den Inhalt meines Eingangskorbes vor und danach die halbfertigen Berichte in meinem Vorgangskorb, aber meine Augen schafften es nicht, meinem Gehirn die Informationen zu vermitteln, die dort standen. Die Materie erschien mir völlig fremd. Ich stand auf und ging ein paarmal auf und ab, setzte mich wieder hin und machte einen zweiten Versuch, doch jetzt störte mich ein Geräusch, das aus dem Luftkühlungsschacht drang. Ich stieg auf einen Stuhl und nahm die hoch oben in der Wand befindliche Öffnung in Augenschein. Innen an dem Schutzgitter hatte sich eine schmierige Schicht gebildet, die mit frischen Staubpartikeln durchsetzt einige der quadratischen Löcher sogar verstopfte. Ich versuchte gerade, sie mit einer Ecke meines Lineals freizubohren, als es klopfte und unmittelbar danach Malcolm den Kopf zur Tür hereinstreckte.

Ich stieg von dem Stuhl. »Die Klimaanlage macht Radau«, erklärte ich meine Aktion verlegen.

»Großer Gott!«, rief er, als er näher kam. »Was ist denn mit Ihrem Gesicht passiert?«

»Ich bin gegen eine Tür gerannt«, antwortete ich.

»Zu stürmisch gewesen, was?«, lächelte er. »Und – haben Sie die gestrige Krise bewältigen können?«

Ich spürte mich erblassen. »Welche Krise?«

»Na – den Krankheitsfall.«

»Den ... oh, ja ... natürlich. Es ist Gott sei Dank gut ausgegangen.«

Nachdem ich einem Moment lang befürchtet hatte, dass er Bescheid wüsste, wurde mir bewusst, dass ich ihn einweihen und auf einen möglichen Besuch von McAllister und Joseph vorbereiten müsste, doch ich wusste nicht, wie.

»Eigentlich bin ich wegen des Park-Estate-Projekts gekommen«, wechselte Malcolm zu meiner Erleichterung auf berufliches Terrain. »Ich möchte, dass Sie sich mit Jan zusammensetzen und dass Sie beide gemeinsam unsere Stellungnahme ausarbeiten.«

»Geht in Ordnung«, sagte ich. »Ich werde noch heute Vormittag mit ihr reden.«

»Sehr gut«, nickte er und ging. Er hatte die Tür offen gelassen, und ich hörte, allerdings gedämpft, das vertraute Geschnatter der Frauen im Großraumbüro und das Klingeln der Telefone. Ich setzte mich wieder an meinen Schreibtisch, konnte mich jedoch nicht überwinden, einen Ordner aufzuschlagen oder mich an die Bearbeitung der Post zu machen. Um Zeit totzuschlagen, surfte ich eine Weile im Internet, fand aber nichts, was mich wirklich interessierte.

Als ich von meinem Gespräch mit Jan zurückkam, war es zwölf Uhr. Da ich noch immer keine Einstellung zu ernsthafter Arbeit hatte, trat ich ans Fenster und beobachtete das Kommen und Gehen auf dem Parkplatz unterhalb von mir. Plötzlich bog ein grüner Rover in die für Anthony reservierte Lücke ein. Ich malte mir gerade voller Schadenfreude aus, wie wütend er werden würde, wenn er seinen angestammten Platz bei seinem Eintreffen besetzt sähe, und hoffte, es miterleben zu dürfen, als sich die beiden vorderen Türen des Wagens öffneten und ich auf der Fahrerseite zu meinem Entsetzen McAllister aussteigen sah. Diesmal hatte er allerdings nicht Joseph dabei, sondern einen mir unbekannten Beamten in einem grottenhässlichen Anzug. Ich wünschte, ich hätte Malcolm über den wahren »Krankheitsfall« informiert, als ich die Chance dazu hatte, und verfluchte meine Feigheit, die dazu führen würde, dass ihn jetzt die Polizei darüber aufklärte. Vielleicht könnte ich ihnen noch zuvorkommen, Malcolm in aller Eile ins Bild setzen und ihn vielleicht sogar auf meine Seite ziehen. Aber vielleicht wollten sie ja gar nicht zu ihm, sondern waren gekommen, um mir noch weitere Fragen zu stellen. Dem wäre ich nicht gewachsen, das wusste ich – nicht in meiner heutigen Verfassung. Also verließ ich mein Zimmer und ging zur Treppe. Gott sei Dank war niemand in der Nähe. Ich spähte durch das Geländer und sah die beiden an der Rezeption stehen. Der Portier erklärte ihnen gerade, dass mein Büro sich im ersten Stock befindet. Ich hetzte in den zweiten Stock hinauf, zu Trading Standards, und spähte von dort wieder durch das Geländer. McAllister sagte irgendetwas zu seinem Begleiter, als sie die Stufen heraufkamen, was ihre Schritte aber verschluckten. Dann drückten sie die Tür zur Planungsabteilung auf, und als die Flügel zufielen, schoss ich die

Treppe hinunter und hinaus, ohne mich umzudrehen, die Straße hinunter, bis ich aus dem Blickfeld war, und um die nächste Hausecke. Ein Bus schlich die Straße herauf, als ich die Haltestelle erreichte, und ich drängte mich, kaum dass er angehalten und die Türen sich geöffnet hatten, zwischen den Aussteigenden hinein und dankte meinem Glücksstern, der mich hatte entkommen lassen. Die Polizei war offenbar darauf aus, nach meiner Beziehung zu Alison nun auch noch meine berufliche Zukunft zu zerstören.

Als der Bus Richtung Innenstadt fuhr, fasste ich den Entschluss, heute nicht mehr ins Büro zurückzugehen. Also stieg ich am Market Square aus. Ich blieb einen Augenblick dort stehen und überlegte. Wenn ich herausfinden könnte, was aus Sophie geworden war, würde alles ein gutes Ende haben. Die Polizei würde aufhören, mich zu belästigen, Alison würde zu mir zurückkommen und ich würde mich wieder auf meine Arbeit konzentrieren können. Aber wie sollte ich das anstellen? Mit Jonathans Hilfe durfte ich nicht rechnen, das war klar. Vielleicht wäre Jamie ja kooperativer. Einen Versuch war es allemal wert. Ich wusste von Sophie, dass er im Selectadisc arbeitete und dass der Laden sich in einer Seitenstraße gleich hinter dem Market Square befand.

Im Erdgeschoss des Geschäftes wimmelte es von jungen Leuten. Aus der Lautsprecheranlage dröhnte das Gejaule von Heavy-Metal-Gitarren, zu denen irgendjemand einen unverständlichen Text schrie. An den schwarz gestrichenen Wänden warben Plakate für Veranstaltungen und Musikgruppen. Dicht an dicht blätterten potenzielle Kunden das CD-Angebot in den Gestellen durch. Nach viel Geschubse und Geknuffe hatte ich endlich die Kasse vor mir, hinter der ein langhaariger junger Mann in einem Metallica-T-Shirt einem Teenager gerade sein Wechselgeld über den Tresen reichte. Ich beugte mich, soweit es ging, zu ihm vor und fragte ihn, wo ich Jamie Forester fände. Es bedurfte mehrerer Versuche, mich ihm bei dem Getöse verständlich zu machen. Als er mich endlich verstanden hatte, schickte er mich nach oben.

Dort war es wesentlich ruhiger, denn hier wurden Schallplatten aus zweiter Hand verkauft, und nur ein halbes Dutzend Interessenten in den Dreißigern durchforstete die Regale. Als ich auf die Kasse zuging und Jamies Gesicht sich bei meinem Anblick verfinsterte, sah ich meine Felle davonschwimmen, aber ich wollte mich nicht einfach so geschlagen geben.

»Was wollen Sie hier?«, fragte er pampig.

»Mit Ihnen reden.«

Er machte eine wegwerfende Kopfbewegung, und ich setzte hastig hinzu: »Ich habe nichts mit Sophies Verschwinden zu tun! Das müssen Sie mir glauben!«

»Warum sollte ich?«

»Denken Sie doch mal logisch: Würde ich mich an Sie wenden, wenn es anders wäre?«

Er wirkte nicht überzeugt.

»Jonathan Taylor hat damit zu tun«, behauptete ich dann.

»Jonathan?« Er runzelte die Stirn. »Wie kommen Sie denn darauf?«

»Er verheimlicht etwas.«

»Blödsinn«, meinte Jamie. »Was sollte denn das sein?«

»Ich weiß es nicht«, gab ich zu. »Darum bin ich hier.

Ich möchte Sie bitten, mir dabei zu helfen, es herauszu-
bekommen.«

Ein Kunde war an den Tresen getreten und reichte
Jamie eine Schallplatte hinüber. Er tippte den Betrag ein,
kassierte und gab dem Käufer Platte und Quittung. Als
der Mann gegangen war, wandte Jamie sich wieder mir
zu. »Warum sollte ich Ihnen irgendetwas glauben?«

»Und ich habe keinen Grund, zu lügen,« sagte ich.

»Haben Sie aber, wenn die Polizei glaubt, dass Sie
etwas mit Sophies Verschwinden zu tun haben.«

»Ich glaube nicht, dass Sophie etwas zugestoßen ist.
Ich nehme an, dass sie wieder weggelaufen ist.«

»Warum zerbrechen Sie sich den Kopf?«

»Weil mich die Polizei der Lüge verdächtigt. Ich will
ihnen beweisen, dass sie auf dem Holzweg sind. Wenn
wir sie ihnen gesund und munter präsentieren könnten –
könnte jeder endlich aufatmen.« Ich hatte meine Karten
auf den Tisch gelegt – und ich wurde dafür belohnt.

»Ich habe in zwanzig Minuten Mittagspause«, sagte
Jamie nach einem Blick auf seine Uhr. »Wir treffen uns
im Café an der Ecke.« Ein weiterer Kunde beanspruchte
seine Aufmerksamkeit.

»Okay.« Ich ging die Treppe hinunter und kämpfte
mich zum Ausgang durch.

Das Café an der Ecke erwies sich als eine dieser tren-
digen Coffee-Bars, ungemütlich wie Eisdielen, die seit
kurzem überall in der Stadt wie Pilze aus dem Boden
schossen. Ich bestellte mir einen Moccaccino und setzte
mich an einen kleinen Tisch im hinteren Teil des Raumes. Erst jetzt fiel mir ein, dass Jamie vielleicht die Polizei oder Jonathan alarmieren würde. Einen Moment

lang war ich versucht, aufzuspringen und zu flüchten, doch dann blieb ich, wo ich war. Ich musste es einfach darauf ankommen lassen.

Meine Tasse war fast leer, als Jamie endlich erschien. Er wirkte nervös, als er sich mir gegenübersetzte.

»Da bin ich«, sagte er. »Sie wollten reden. Fangen Sie an.«

Sein Blick wanderte zur Tür.

»Haben Sie jemanden darüber informiert, dass wir uns hier treffen würden?«

»Warum hätte ich das machen sollen?«, antwortete er mit einer Gegenfrage, doch sein Blick blieb auf die Tür geheftet.

»Okay, lassen wir das. Ich glaube, dass Sophies Verschwinden mit Jonathan zu tun hat.«

»Das sagten Sie schon – aber ich weiß noch immer nicht, wie Sie darauf kommen.«

Ich zögerte. Sollte ich ihm von dem Notizbuch erzählen, ihm reinen Wein einschenken? »Etwas, das Sophie einmal zu mir sagte, hat mich darauf gebracht.«

»Und was war das?«

Ich suchte nach Worten, die glaubhaft machen würden, dass sie tatsächlich mit mir gesprochen hatte. »Sie erzählte mir, dass sie und Jonathan vor Jahren in Schwierigkeiten geraten seien – und dass die anonymen Anrufe, die sie bekam, ihrer Meinung nach damit zusammenhingen.«

Jetzt wandte er sich mir zu. Sein Blick war nachdenklich. Schließlich schüttelte er den Kopf. »Das hat sie nie erwähnt.«

»Sie wissen nichts darüber?«

»Nein. Wieso hat sie es ausgerechnet Ihnen erzählt? Was haben Sie mit ihr zu tun?«

»Gar nichts.«

»Für jemanden, der gar nichts mit ihr zu tun hat, beschäftigen Sie sich aber erstaunlich intensiv mit ihrem Verschwinden«, meinte er misstrauisch, und ich sah meine Hoffnung, ihn auf meine Seite zu ziehen, schwinden. Aufgeben wollte ich jedoch noch nicht. Irgendwie musste ich ihn dazu bringen, Jonathan zum Auspacken zu zwingen. Ich überlegte mir gerade, wie ich das anstellen sollte, als ich aus dem Augenwinkel jemanden im Sturmschritt auf unseren Tisch zukommen sah. Als ich den Kopf in seine Richtung drehte, erkannte ich, dass es Jonathan war, und da packte er mich auch schon an den Aufschlägen meines Sakkos und riss mich von meinem Stuhl hoch. Sein wutverzerrtes Gesicht war dem meinen so nahe, dass ich die Blutgefäße sehen konnte, die das Weiße in seinen Augen durchzogen. »Haben Sie noch immer nicht kapiert, dass Sie unerwünscht sind?«, knurrte er. Ich zerrte mit aller Kraft an seinen Händen, begriff jedoch sehr schnell, dass ich keine Chance hatte, mich zu befreien. Aber den Kopf konnte ich bewegen, und so sah ich, dass das Mädchen hinter dem Tresen, unentschlossen, ob sie eingreifen oder den Dingen ihren Lauf lassen sollte, zu uns herüberschaute. In den Augen der anderen Gäste las ich eine Mischung aus Sensationslust und Furcht.

»Wir haben uns nur unterhalten«, sagte ich.

»Sie sollen aufhören, uns zu belästigen!«

Ich hätte gerne erwidert, dass ich mir das von ihm ebenfalls wünschte, aber ich wusste nicht, wie weit er gehen würde, wenn ich seinen Zorn noch schürte. Also sagte ich stattdessen: »Ich versuche nur herauszufinden, was da im Gange ist.«

Jonathan bemerkte offenbar plötzlich, dass aller Augen auf uns gerichtet waren, denn er ließ mich unvermittelt los – so unvermittelt, dass ich beinahe nach hinten gefallen wäre. Ich hob meinen Stuhl auf und setzte mich an den Tisch. Erst als die anderen Gäste sich wieder zu unterhalten begannen, wurde mir bewusst, dass seit Jonathans Überraschungsangriff atemlose Stille geherrscht hatte.

»Er denkt, dass du weißt, was mit Sophie ist«, erklärte Jamie Jonathan. »Er weiß nicht, worüber er redet.« Mir war klar, dass Jamie ihn angerufen hatte, gestern Abend wie heute.

»Er ist ein verdammter Spinner«, meinte Jonathan wegwerfend.

»Sie haben bloß Angst, dass ich hinter Ihr Geheimnis komme«, stichelte ich.

Er schaute auf mich herunter, und ich spürte mich den Kopf einziehen. »Vielleicht sollte ich Sie mit nach draußen nehmen und Ihnen richtig eine verpassen. Ich hätte Ihnen gestern mehr als nur eine blutige Lippe schlagen sollen.«

»Hören Sie das?«, wandte ich mich an Jamie. »Der droht mir! Das würde er nicht tun, wenn er nichts zu verbergen hätte. Sagen sie mir, dass ich mich irre.«

Jamie runzelte die Stirn: »Sie irren sich. Jonathan, sag's ihm.«

In Jamies Stimme lag eine Bitte. »Jetzt rücken Sie schon endlich damit raus!«, forderte ich ihn auf. »Verraten Sie uns, was damals so Schlimmes passierte, dass Sophie weglief.«

»Gar nichts ist passiert!«

»Warum musste sie dann für Sie lügen? Warum hatte sie Angst vor Ihnen?«

»Angst vor mir?«

Jetzt hatte ich ihn am Haken!

Er zog den dritten Stuhl unter dem Tisch heraus und setzte sich. »Ich habe ihr nie Grund gegeben, sich vor mir zu fürchten.«

»Doch, das haben Sie – und Sie haben sie gezwungen, für Sie zu lügen, niemandem die Wahrheit zu erzählen, und das machte sie so fertig, dass sie schließlich weglief.«

»Quatsch!«, widersprach er heftig. »Sie ist nicht deswegen weggelaufen. Sie lief weg, weil sie drauf und dran war, aus ihrem Krankenpflegekurs zu fliegen. Sie hatte nicht den Mut, es unseren Eltern zu beichten – das war alles.«

Jamie runzelte wieder die Stirn, verteidigte Sophie aber nicht.

»Aber Sie haben sie dazu gebracht, die Eltern anzulügen«, hielt ich ihm vor. »Das hat sie mitgenommen.«

»Wenn ihr so viel an unseren Eltern läge, wäre sie nicht einfach abgehauen, ohne sich darum zu kümmern, was sie ihnen damit antat.«

»Sie haben wirklich keinen Grund, sich abfällig über sie zu äußern«, wies ich ihn zurecht. »Sie hat gelogen, um Sie zu schützen, und dafür schulden Sie ihr zumindest Respekt.«

»Reden Sie nicht so schlau daher«, sagte er, lehnte

sich zurück und meinte zu Jamie: »Hör nicht auf diesen Irren, es war nichts. Kinderkram. Du weißt doch, wie Sophie war, sie spielte gern mit dem Feuer, bis alles brannte. Was war, war, und es hat nichts mit heute zu tun. Für mich ist die Geschichte längst gegessen.«

»So?«, fragte Jamie. Er konnte nicht glauben, was er da hörte: »Was war denn da so Gewaltiges passiert?«

Auch ich war gespannt, welche Geschichte Jonathan nun anbieten wollte. Er beugte sich so weit zu Jamie hinüber, dass sich ihre Köpfe fast berührten, und beschwor ihn. »Du musst es aber für dich behalten – sonst hab'n sie mich!«

»Seien sie nicht so dramatisch«, warf ich ein.

Jonathan warf mir einen vernichtenden Blick zu und richtete sich wieder an Jamie. »Es war ein paar Monate, nachdem ich in der Werkstatt angefangen hatte. Ein Freund von meinem Boss hatte seinen BMW wegen ein paar Kleinigkeiten vorbeigebracht, und die durfte ich erledigen. Es war ein Siebener und praktisch brandneu. So ein Ding kostet neu um die vierzig Riesen.«

»Vierzig Riesen?«, staunte Jamie. »Dafür kriegst du hier ein Haus!«

»Du sagst es. Er hatte alle Schikanen, die man sich vorstellen kann, und als ich mit ihm fertig war, kam mir eine Idee. Sophie war total schlecht drauf wegen ihrem Kurs, und ich wollte ihr was Gutes tun.«

Jamie bekam große Augen. »Ihr seid damit gefahren?« Jonathan nickte.

»Sophie war sofort dabei, als ich ihr den Vorschlag machte. Du weißt ja, wie sie damals war. Eigentlich hätte ich nur mal um den Block fahren wollen, aber dann fanden wir das langweilig, denn da kam ich nie über den zweiten Gang raus. Also brachte ich das Baby auf die M1. Es war kurz vor Mitternacht und kein Verkehr, und ich gab Gas. Der Wagen zog dermaßen ab, dass wir in die Rückenpolster gedrückt wurden. Es war ein irres Gefühl. Von jetzt auf gleich hatten wir hundertneunzig drauf, aber das war nicht das Einzige, was mir an unserem Abenteuer gefiel. In der Arbeit wurde ich ständig rumkommandiert, und auf einmal hatte ich das Sagen. Ich fühlte mich wie der King. Aber dann bremste ich oben an der Cinderhill-Verkehrsinsel zu spät ab, und ein Auto, das um die Insel rumkam, krachte in uns rein.«

»Wurde jemand verletzt?«, fragte Jamie, der Jonathan fasziniert zugehört hatte.

»Nein – aber als der andere Fahrer brüllend ausstieg, packte uns die Panik, und wir machten, dass wir wegkamen.« Er stieß ein leises, glucksendes Lachen aus. »Das musst du dir mal vorstellen: Wir ließen den geklauten BMW mit offenen Türen und brennenden Scheinwerfen mitten auf der Straße stehen! Gott sei Dank war es eine stockfinstere Nacht, sonst hätte der Mann uns vielleicht verfolgt. Als uns die Luft ausging, blieben wir stehen und überlegten, was wir tun könnten. Und dann kam Sophie auf die Idee, einen Einbruch vorzutäuschen, und die gefiel mir noch am besten. Wir traten die Hintertür ein, verwüsteten das Büro und die Werkstatt, verstreuten die Autoschlüssel und besprühten die Wände mit allen möglichen Lacken.«

»Und ihr kamt damit durch?«

»Sonst würde ich jetzt wohl kaum noch für den

Scheißkerl arbeiten«, blaffte Jonathan grinsend. »Natürlich wurde der Wagen auf Fingerabdrücke untersucht, aber dass sie meine fanden, war ja klar, denn schließlich hatte ich ihn repariert. Auf die Idee, Sophies zu nehmen, kamen sie gottlob nicht – sonst wären wir geliefert gewesen. Mein Boss war überzeugt, dass wir beide hinter der Sache steckten, aber er konnte es nicht beweisen und mich deshalb auch nicht feuern. Wir hielten eisern dicht, aber es zerrte ganz schön an den Nerven.«

»Und darum lief Sophie weg?«, fragte Jamie.

»Quatsch. Als sie abhaute, war die Geschichte längst gegessen.«

»Für sie aber nicht«, mischte ich mich ein.

Sein Kopf fuhr zu mir herum. »Halten Sie die Klappe! Ich rede nicht mit Ihnen, ja?«

Er wandte sich wieder Jamie zu. »Sie hat nie gesagt, dass sie es deswegen tat, und …«

»Natürlich nicht!«, fiel ich ihm ins Wort. »Dazu hatte sie viel zu viel Angst vor Ihnen!«

Er packte mich am Arm, und als ich seine Kraft spürte, konnte ich mir vorstellen, wie Sophie sich vor ihm geängstigt hatte.

»Ich sagte doch, Sie sollen die Klappe halten!« Seine Finger fühlten sich an wie Eisenklammern. »Ich habe Sie bis obenhin satt!«

Ich riss mich los. »Sophie haben Sie auch bedroht«, fuhr ich unbeirrt fort. »Sie hat mir beschrieben, wie Sie sie einmal gegen eine Wand drängten und ihr mit dem Arm fast die Luft abdrückten.«

»Sie phantasieren ja! So was hätte ich nie getan!« Ich hatte schon die ganze Zeit vermutet, dass er log – jetzt war der Beweis da, und das auch noch aus seinem eigenen Mund.

»Wollen Sie behaupten, Ihre Schwester habe sich das ausgedacht?«, provozierte ich ihn weiter, um noch mehr aus ihm herauszuholen.

»Sophie redet viel, wenn der Tag lang ist«, erwiderte er in abfälligem Ton. »Aber was geht Sie das überhaupt an? Wie kommen Sie dazu, Ihre Nase in fremder Leute Angelegenheiten zu stecken?«

»Und ich will wissen, was Sie ihr angetan haben«, sagte ich.

»Ich habe ihr gar nichts angetan.« Er wurde laut. Jamie schaute von mir zu ihm und dann hinunter auf seine Kaffeetasse. »Ich glaube, Sie sollten mal zum Arzt gehen. Sie wissen alles, Sie wissen, was passiert ist, Sie wissen, was läuft. Ich glaub's nicht, Mann.«

Ich sah ein, dass Jonathan nicht dazu zu bringen war, die Wahrheit zu sagen. »Kein Wunder, dass sie abhaute, bei dem Bruder! Haben Sie sich jemals Gedanken gemacht, wo sie sein könnte? Was ihr passiert sein könnte?«

»Klar doch. Ich habe überall gesucht. Und jetzt halten Sie die Klappe.«

»Auch in Arbor Low?«, fragte ich. »Vielleicht hat sie sich ja auch diesmal vor Ihnen dorthin geflüchtet.«

»Sie ist damals nicht vor mir geflüchtet, Blödmann! Außerdem habe ich Ihnen gesagt, dass ich schon dort war. Verkalkt sind Sie also auch! Aber sehen Sie ruhig selbst nach, wenn Sie das beruhigt. Ja – fahren Sie hin. Dann haben wir wenigstens eine Weile Ruhe vor Ihnen.«

»Sie wollen mich nur loswerden, weil Sie Angst haben, dass Ihnen sonst irgendwann doch die Wahrheit rausrutscht«, unterstellte ich ihm.

»Ich habe keine Ahnung, von welcher ›Wahrheit‹ Sie da faseln. Das muss ein Wahn sein oder so was.« Diesmal packte er mich beim Handgelenk. »Und jetzt hauen Sie ab. Verpissen Sie sich. Ich will Ihre Visage nicht mehr sehen. Fahren Sie nach Arbor Low, oder kriechen Sie unter Ihren Stein zurück, oder fallen Sie tot um – Hauptsache, Sie lassen uns in Frieden.« Er schaute mir in die Augen, und was ich darin las, machte mir Angst. Dieser Bursche war zu allem fähig. Ich entriss ihm meine Hand und stand auf. »Das reicht«, sagte ich. »Ich weiß jetzt, was ich wissen wollte.«

»Ja, ja – ist schon recht«, winkte er ab. »Verschwinden Sie.«

»Ich verschwinde nicht. Ich bin nicht derjenige, der etwas zu verbergen hat.« Ich schaute Jamie an, während ich sprach, ich hoffte auf Unterstützung. Sie blieb aber aus.

»Die Polizei wird herausfinden, was passiert ist – und dann werden wir die Wahrheit erfahren!« Damit machte ich auf dem Absatz kehrt und absolvierte hoch erhobenen Hauptes den Spießrutenlauf durch das Café, denn der Stolz auf meinen starken Abgang ließ mich die neugierigen Blicke der Gäste ungerührt ertragen. An der Tür drehte ich mich noch einmal kurz um. Jonathan und Jamie steckten die Köpfe zusammen.

Ich nahm den Bus nach Hause.

Da es mir nicht gelungen war, Jamie für mich zu gewinnen, würde ich Sophie allein finden müssen. Ich hatte eigentlich nur um der Wirkung willen erklärt, dass ich nach Arbor Low fahren würde, doch nun war mir klar, dass ich es wirklich würde tun müssen. Ich konnte Jonathan nicht trauen. Sophie hatte geglaubt, ihm trauen zu können. Sophie hatte Jonathan der Anrufe verdächtigt, und für mich gab es nur einen Ort, wo sie sich hatte hinflüchten können. Es war ein gewagter Schritt, nach Arbor Low zu fahren.

Alison hatte den Wagen während meiner Abwesenheit nicht geholt – er stand noch immer vor dem Haus, als ich heimkam. Ich lief, nach meinen anfänglichen Bedenken plötzlich voller Abenteuerlust und Tatendrang, immer zwei Stufen auf einmal nehmend nach oben, tauschte den Anzug gegen Jeans, Sporthemd und Windjacke und machte mich, als ich ihn an seinem gewohnten Platz nicht vorfand, auf die Suche nach meinem Rucksack. Es verstrich eine Menge kostbarer Zeit, bis ich ihn endlich in einem Schrank im Keller entdeckte. Wenn Alison schon mal etwas wegräumte, dann aber richtig, dachte ich mit einer Mischung aus Verärgerung und Wehmut. Ich trug ihn nach oben ins Schlafzimmer, packte ein paar Kleinigkeiten hinein. Dann trat ich ans Fenster, ließ den Blick über die vertraute Szenerie wandern und verabschiedete mich im Stillen. Ich hatte das Gefühl, dass ich ein andrer Mensch sein würde, wenn ich zurückkäme, und dann würde ich auch sie mit anderen Augen sehen.

Mein Entschluss, die Dinge selbst in die Hand zu nehmen, beflügelte mich. Ich lief mit federnden Jungenschritten die Treppe hinunter, holte mit einer schwungvollen Bewegung den Autoschlüssel von seinem Haken im Flur und ließ die Tür hinter mir ins Schloss fallen. Es war Jahre her, dass ich mich so lebendig gefühlt hatte.

24

Von der Zufahrt 26 auf die M1 bis zur Ausfahrt 25 bei Stapleford brauchte ich nur ein paar Minuten, und dann ging es auf der A52 in Richtung Derby. Kurz vor der Stadtgrenze tankte ich. Ich hatte mir die Route zwar auf der Karte angesehen, bevor ich losgefahren war, ging sie jedoch sicherheitshalber noch einmal durch, während ich das Gummibrötchen mit Tomaten und Käse aß, das ich mir an der Imbisstheke der Tankstelle gekauft hatte.

Die A6 führte mich an den Vororten von Derby und dem Industriegebiet vorbei aufs Land hinaus, und bald erreichte ich die Ausläufer der Peaks. Ich fuhr zwischen dicht bewaldeten Hügeln und tiefen Felsschluchten dahin. Durch mein offenes Fenster wehte ein warmer Wind herein, die Sonne schien und eine Kassette der Kinks sorgte für die musikalische Untermalung. Obwohl mein Ausflug einen weiß Gott ernsthaften Grund hatte, war ich von einer Euphorie erfüllt, als führe ich in den Urlaub. In Wahrheit hatte sie aber nichts mit Ferienstimmung zu tun, sondern resultierte daraus, dass ich mich endlich dazu durchgerungen hatte, Nägel mit Köpfen zu machen.

Ursprünglich hatte ich gleich zu dem Farmhaus fahren wollen, doch als ich zu dem Parkplatz unterhalb des Steinkreises kam, machte ich dort Station. Am Rand des Areals standen ein paar Picknicktische, und ein paar Wanderer in Schnürstiefeln, heruntergerollten Socken und mit Tourenrucksäcken neben sich hatten sich zu einem verspäteten Mittagessen dort niedergelassen. Der blaue Mondeo, den ich seit Derby immer wieder weit hinter mir im Rückspiegel gesehen hatte, bog am anderen Ende der großen asphaltierten Fläche in den Parkplatz ein. Ich stieg aus, sperrte den Wagen ab, nickte den Wanderern zu und ging den steilen Weg zu der Sehenswürdigkeit hinauf, die Sophie in ihrem Notizbuch erwähnt hatte. Die Steine waren von einem Ring aus künstlichen Erdhügeln mit tiefen Mulden darin umgeben und ragten in etwa kreisförmig angeordnet aus dem Boden wie Zähne aus einem Kiefer. Sie erinnerten an einen zum Himmel hin geöffneten Mund. Der niedrige, flache Stein in der Mitte vervollkommnete als Zunge das Bild. Ich ließ meinen Blick über die Landschaft schweifen, aus der sich der künstliche Hügel erhob. Rundum erstreckten sich Wiesen bis zu entweder ansteigenden oder abfallenden bewaldeten Hängen. Hier und da weideten Schafe oder ruhten unter einem der wenigen niedrigen Bäume, die das offene Gelände bestanden. Ich hatte mich langsam um die eigene Achse gedreht und verharrte unvermittelt in der Bewegung, als das Farmhaus in mein Blickfeld kam, ein schäbiger, grauer Bau mit Steinen auf dem Dach.

Ich setzte mich hin und schaute darauf hinunter. Ich war hierher gekommen, um dort nach Sophie zu suchen, aber plötzlich fürchtete ich, dass sie mein Auftauchen als Belästigung empfinden könnte.

Unverrichteter Dinge umkehren wollte ich aber auch nicht. Also stand ich auf und ging den steilen Weg zurück, den ich gekommen war. Ich ließ das Auto auf dem

Parkplatz stehen und wanderte querfeldein auf Arbor Low zu. Es sah alles so aus, wie Sophie es beschrieben hatte. Der Betonboden im Hof war gesprungen, die Fenster waren mit Brettern vernagelt und unter dem Dach des offenen Anbaus rosteten Landmaschinen vor sich hin. An der Rückwand des Hauses waren Ziegel und alte Reifen gestapelt. Aus der Scheibe der Eingangstür war eine Scherbe herausgebrochen und durch ein Stück Pappe ersetzt worden, die vom Regen feucht war. Es deutete zwar nichts auf die Anwesenheit eines Menschen hin, aber ich drückte trotzdem auf den Klingelknopf. Nichts geschah. Ich klopfte. Niemand kam.

Nach kurzem Zögern drückte ich die Pappe aus dem Rahmen und griff durch die Lücke. Der Schlüssel steckte, ich öffnete die Tür und trat ein. Der Geruch von feuchtem Mauerwerk und Schimmel und etwas, was ich nicht definieren konnte, schlug mir entgegen. Ich stand in einem kleinen gefliesten Raum – mit alten weißen Möbelstücken. Direkt gegenüber dem Eingang befand sich eine Milchglastür. Wie sich herausstellte, führte sie in die Küche, die mit den gleichen, ehemals weißen Möbeln ausgestattet war wie der Raum davor, aber hier lag ein Teppich von nicht erkennbarer Farbe. Die Gardinen waren zugezogen, und ich wollte sie nicht aufziehen.

Der nächste Raum war ein Wohnzimmer. Der Geruch nach Moder, der mich hier empfing, war noch scheußlicher, und als ich mit der Hand über das durchgesessene Sofa fuhr, überlief mich ein Schauer, denn der Bezug fühlte sich schleimig an. Ich begann zu frieren. Eine Treppe mit einem weißen Geländer, das nicht gerade vertrauenswürdig aussah, führte nach oben. Sie interessierte mich für den Augenblick nicht. Ich ging in den nächsten Raum im Erdgeschoss.

Je tiefer ich eindrang, desto dunkler wurde es. Ich suchte nach Lichtschaltern. Das Licht ging nicht. Das nächste Zimmer war nicht möbliert, lediglich ein paar Kartons fanden sich in der Mitte, und darauf lagen ein halbes Dutzend neuer Kerzen. Ich nahm mir eine davon, zündete sie an und machte eine der großen Pappschachteln auf. Sie enthielt Konservendosen mit gebackenen Bohnen, Suppe und Makkaroni mit Käse, aber ich bezweifelte, dass ihr Inhalt noch genießbar war, denn die Etiketten hatten bereits ebenso unter der Luftfeuchtigkeit gelitten wie die Kartons.

Ich beschloss, mich im ersten Stock umzusehen, ging zurück in den Raum davor und erklomm die Treppe. Das Holz knarzte und ächzte unter meinen Füßen, und ich überprüfte jede Stufe einzeln. Das Geländer wackelte, als ich es anfasste. Der Flur des Obergeschosses war mit einem wild gemusterten Teppich ausgelegt, der in dem flackernden Kerzenschein gespenstisch aussah. Das erste Zimmer, in das ich hineinschaute, war vollkommen leer. Blanke Dielen, Pappe, die das Eindringen von Tageslicht verhinderte, eine schmuddelige Tapete, die sich teilweise vom Untergrund gelöst hatte. Die Klinke der nächsten Tür fühlte sich merkwürdig klebrig an; ich konnte nicht erkennen, was es war, außer dass es feucht und dunkel war.

Ich überlegte nicht weiter und öffnete die Tür. Der Geruch, der aus diesem Raum quoll, nahm mir fast den Atem, ein schwerer metallischer Geruch. Ein Schwarm Fliegen griff mich an, und ich schlug mit der freien Hand so heftig um mich, das der Luftzug beinahe die Kerze gelöscht hätte. Im Flackern des Lichts sah ich wieder einen Teppichboden, ein mit Pappe vernageltes Fenster, eine Matratze mit einem großen dunklen Fleck in der Mitte. Meine Schuhsohlen schienen am Boden zu kleben. Ich bückte mich, strich mit der freien Hand über den Flor, er war voll gesogen mit einer dicken Flüssigkeit. Ich hielt meine Hand ins Kerzenlicht, und dann begriff ich, was es war, taumelte rückwärts, die Kerze fiel herunter und ich auf beide Hände. Die Kerze war erloschen. Es war Blut. Ich lag in Blut. Ich war wie von Sinnen, ich bekam keine Luft, ich rappelte mich hoch, stürzte auf den Gang, den der schwache Lichtschein aus dem Erdgeschoss dürftig beleuchtete.

Ich taumelte die Wände entlang, riss alle Türen auf, bis ich das Badezimmer fand. In dem Licht, das durch das Milchglasfenster fiel, sah ich, wie viel Blut an meinen Händen und meiner Kleidung klebte. Ich drehte die Wasserhähne auf. Die Leitungen gurgelten, glucksten, es kamen nur ein paar kalte Tropfen; ich konnte meine Hände nicht waschen.

Ich musste hier raus, hier konnte ich nicht bleiben, der Geruch des Todes schien an mir zu kleben, mich zu durchdringen; meine Augen liefen, und ich konnte die Tränen nicht abwischen, an meinen Händen klebte Blut. So rannte ich die Treppe hinunter, versuchte, weder das Geländer noch etwas anderes zu berühren, rannte durchs Haus zur Hintertür und hinaus in den betonierten Hof.

Der blaue Mondeo vom Parkplatz kam den Weg herauf, als ich herauskam. Ich fiel auf die Knie, auf den feuchten Beton, die eisige Luft schmerzte in meiner Kehle, und mein Magen rebellierte. Ich schloss die Augen. Würgte. Mein ganzes Innere schien sich nach außen kehren zu wollen. Ich würgte, erbrach mich, bis es nichts mehr zu erbrechen gab. Ich spürte eine Hand auf meinem Rücken. Jemand kniete neben mir, ich hörte meine Stimme, hörte mich stammeln. Dann öffnete ich die Augen und sah schmutzige schwarze Schnürschuhe und dreckbespritzte blaue Anzughosen vor mir. Ich schaute auf – und schaute in das Gesicht von Joseph.

Er beugte sich herunter und sagte: »Peter?«

Ich wollte mir den Mund abwischen, aber meine Hände waren verdreckt, von Erbrochenem und Blut. Ich fuhr mir mit dem Ärmel über das Gesicht und brachte dann hervor: »Da drin! Oben!«

Joseph war in Begleitung einer jungen Frau, von McAllister war nichts zu sehen. Joseph stand auf und sagte leise etwas zu ihr und ging dann an mir vorbei ins Haus. Ich wollte ihn warnen, aber ich konnte kein Wort formulieren – ich hatte das Gefühl, einen Klumpen im Mund zu haben.

Die Frau half mir auf die Beine, mir wurde schwindlig. Wenn Sie mich nicht festgehalten hätte, wäre ich umgefallen.

»Zigarette?«, fragte die Frau, und sie hielt mir die Schachtel hin.

Sophies Marke. Ich schaute auf meine Hände. Die Frau steckte mir eine Zigarette zwischen die Lippen, zündete sie an, und ich zog das Nikotin ein, und dann begann ich zu zittern, mir war nur noch kalt.

»Setzen wir uns doch ins Auto«, schlug sie vor – und

wir gingen hinüber zu dem Mondeo, der am Wegrand parkte, ihre Hand lag auf meinem Rücken. Ich ging steifbeinig, als hätte ich jahrelang im Rollstuhl gesessen. Als sie die Tür zum Fond des Wagens öffnete, kam mir der Geruch der warmen Kunststoffbezüge und eines Duftbäumchens entgegen. Ich setzte mich auf die Kante des Sitzes, die Füße auf dem feuchten Erdboden, ich brauchte die frische Luft der Berge.

Die Frau lehnte sich an die Autotür und fragte: »Was machen Sie hier, Mr Williams?«

Ich zuckte mit den Schultern. Dann schaute ich sie an. »Was machen Sie hier?«

»Wir sind Ihnen von ihrem Haus aus nachgefahren«, sagte sie, als hätte ich das wissen müssen. »Sie haben fluchtartig Ihr Büro verlassen!«

Ich wusste nicht, was ich sagen sollte, und nahm dafür einen tiefen Zug aus der Zigarette.

»Ich bin gleich zurück«, sagte sie dann zu mir wie eine Mutter, die ihr kleines Kind für einen Moment allein lassen muss; Joseph, der aus dem Haus gekommen war, hatte sie zu sich gewunken. Die beiden unterhielten sich, wobei sie immer wieder zu mir herübersahen.

Ich rauchte meine Zigarette zu Ende und drückte sie mit dem Schuh in der feuchten Erde aus. Ein paar Wanderer waren vom Steinkreis heruntergekommen, schauten zu mir herüber und sprachen miteinander; dann wandten sie sich wieder ab und gingen die Stufen wieder hinauf.

Joseph und die Frau kamen zu mir zurück, und ich stand auf. »So«, sagte Joseph, »Dann fahren wir mal zu-

sammen aufs Revier und reden ein paar Takte miteinander.«

»Mein Auto kann doch nicht auf dem Parkplatz stehen bleiben«, protestierte ich mit schwacher Stimme.

»Machen Sie sich deswegen keine Gedanken«, erwiderte er. »Von jetzt an kümmern wir uns um alles.«

Seine Worte beruhigten mich nicht im Mindesten.

25

Das kleine stickige Vernehmungszimmer kannte ich bereits, aber der Wegwerfanzug aus einem papierähnlichen Material, in dem ich diesmal dort saß, war neu für mich. Er knisterte bei jeder Bewegung, die Innenseite fühlte sich unangenehm rau an, und die Nähte kratzten. Meine Finger schmerzten unter den Nägeln, wo sie Proben entnommen hatten. Ich konnte noch immer den Tupfer schmecken, mit dem sie mir die Speichelprobe entnommen hatten, und der Einstich von der Blutentnahme wurde zu einem blauen Fleck.

Der Pflichtverteidiger neben mir war ein Schwergewicht mit fettigen Haaren und schweißglänzendem Gesicht, der unruhig auf seinem dabei bedrohlich ächzenden Stuhl hin und her rutschte, als drücke ihn ein zu üppiges Mittagessen. Aus der Duftmischung – italienische Kräuter und Rotwein –, die mir in die Nase stieg, schloss ich, dass er es in einer Pizzeria zu sich genommen hatte.

Die Wahrheit zu sagen, wie er mir geraten hatte, war für mich selbstverständlich. Ich hatte nichts zu verbergen. Es war alles nur ein Missverständnis. Ich würde ihnen das letzte Teilchen für ihr Ermittlungspuzzle liefern, damit sie endlich den Richtigen festnehmen könnten. Sie würden sich vielmals bei mir entschuldigen und mich mit den besten Wünschen für meine Zukunft nach Hause schicken.

McAllister und Joseph vernahmen mich jetzt als Beschuldigten. Ich sagte ihnen, dass ich zu Unrecht hier säße, und sie lächelten und nickten und meinten, wahrscheinlich habe ich Recht, das würden meine Antworten auf ihre Fragen zeigen. Mein Pflichtverteidiger unterdrückte ein Gähnen oder einen Rülpser und rutschte wieder auf seinem Stuhl herum, während ich ihnen berichtete, wie ich in den Besitz von Sophies Notizbuch gelangt war. Sobald sie die ganze Geschichte kennen würden, wäre ihnen sonnenklar, dass ich ihr niemals etwas angetan hätte. Dass sie mich überhaupt verdächtigten, sprach für einen himmelschreienden Mangel an Menschenkenntnis. Ich wäre gar nicht in der Lage, jemanden zu töten.

Ich sagte ihnen, dass ich mir wünschte, das Notizbuch nie gefunden zu haben, ich mir wünschte, es beim Busfahrer abgegeben oder es in Sophies Briefkasten geworfen zu haben, als ich zum ersten Mal zu ihrer Wohnung ging. Es kam mir plötzlich aberwitzig vor, dass ich nichts davon getan hatte – wie hätte ich es da erklären sollen? Wenn ich es abgeliefert hätte, säße ich jetzt nicht hier, sondern wäre zu Hause bei Alison. Vielleicht würden wir die Gästeliste für die Hochzeit machen, besprechen, wer die Brautjungfern sein sollten, in Reiseprospekten nach dem schönsten Ort für unsere Flitterwochen suchen. Rom käme in Frage, Athen, Venedig, Florida oder die Dominikanische Republik. Ich sah uns dort Jetski fahren, schnorcheln, zu einer Poolbar schwimmen und im Wasser Cocktails trinken, auf einer Hotelterrasse Champagner schlürfen, der uns in einem silbernen Sektkühler gebracht worden war, und dabei über den weißen palmenbestandenen Sandstrand hinweg einen flammenden Sonnenuntergang beobachten, während die Wellen sanft am Ufer ausrollten.

»Bitte sagen sie uns, was Sie in Arbor Low wollten«, forderte McAllister mich auf.

»Das habe ich doch bereits getan«, erwiderte ich. »Ich vermutete Sophie dort und fuhr hin, um mich zu vergewissern.«

»Was brachte Sie auf die Idee, dass sie dort sein könnte?«

»Ihr Notizbuch. Sie war schon einmal dorthin geflüchtet. Ich dachte, sie würde dort auf Jonathan warten.«

»Und dann sind Sie statt seiner dorthin gefahren?«

»Er hatte gesagt, dass er draußen gewesen sei, Sophie aber nicht angetroffen habe, also nahm ich an, dass sie sich vor ihm versteckte.«

»Warum sollte sie sich vor ihm verstecken?«

Ich glaubte die Geschichte von dem Autodiebstahl nicht, aber ich hatte keine plausible Antwort, und so erzählte ich ihnen die aberwitzige Story, die Jonathan uns aufgetischt hatte, auch in der Hoffnung, dass sie begriffen, dass nicht ich der Hauptverdächtige war.

McAllister lehnte sich zurück, schob die Hände in die Achselhöhlen und schaute mich nachdenklich an. Dann sagte er: »Das liegt alles vier Jahre zurück. Was könnte Sophie heute erschrecken?«

»Er terrorisierte sie mit anonymen Anrufen.«

»Wenn die Anrufe anonym waren – woher wusste sie dann, dass er es war, der sie anrief?«

»Sie nahm es an. Nein, sie war sich sicher.«

»Und warum sollte er das tun?«

»Das müssen Sie schon ihn fragen«, erwiderte ich ungeduldig.

McAllister sah Joseph an, der sich daraufhin eine Notiz machte. »Das werden wir tun.«

Zu meiner Enttäuschung wirkte er nicht überzeugt. Mein Pflichtverteidiger räusperte sich, sagte jedoch nichts. Alle drei machten einen erschreckend unaufmerksamen Eindruck. Ich hätte sie am liebsten wachgeschüttelt. Wie sollten sie den wahren Sachverhalt erkennen, wenn sie mir gar nicht richtig zuhörten?

»Wie kamen Sie darauf, dass Miss Taylor mit Ihnen sprechen würde, wenn Sie in Arbor Low auftauchten?«, wollte McAllister wissen.

»Ich stellte keine Bedrohung für sie dar.«

»Ach ja, richtig – Sie waren ein Freund von ihr.« Ich suchte in seinem Gesicht nach dem verhassten, feinen Lächeln, doch es war vollkommen ernst.

»Ja«, nickte ich, korrigierte mich jedoch sofort: »Nein … ich meine … ich habe nie mit ihr gesprochen.«

»Aber Sie gaben sich überall als ein Freund von ihr aus?«

»Ja.«

»Warum?«

»Ich weiß es nicht«, sagte ich. »Es war ein Missverständnis, das ist alles.«

Joseph war in die Betrachtung seiner Fingernägel versunken. Als er plötzlich den Kopf hob, zuckte ich unwillkürlich zusammen.

»Wie sind Sie an Miss Taylors Tagebuch geraten?«, fragte er.

»Sie hatte es im Bus verloren«, antwortete ich. »Das

habe ich Ihnen doch bereits gesagt. Schon mehrmals. Sie hören mir offenbar nicht zu.«

Joseph schwieg. McAllister lächelte mich an. »Doch, wir hören Ihnen zu. Wir wollen erfahren, was passiert ist.«

»Ich habe Ihnen alles erzählt.«

»Dann erzählen Sie es noch mal – um Missverständnisse auszuschließen. Wir wollen ganz sichergehen.« Seine Stimme war plötzlich seltsam tonlos. »Warum haben Sie das Notizbuch verbrannt?«

Ich erklärte, dass ich hatte verhindern wollen, dass es in fremde Hände geriete, dass jemand es gegen ihren Willen lese, dass ich ihr Recht auf Privatsphäre sichern wollte, doch dann wurde mir bewusst, wie lächerlich das alles klang, und ich brach ab. McAllister drängte mich nicht. Ich schaute eine Weile auf meine Hände hinunter. Dann sagte ich: »Was hätte ich sonst damit machen sollen?«

»Zu uns bringen.«

»Ja, natürlich, aber …« Wieder brach ich ab.

Diesmal war er nicht so geduldig. »Aber was?«, hakte er nach.

»Sie hätten mich gefragt, warum ich es Ihnen nicht längst gebracht habe.«

»Ah – ich glaube, ich verstehe: Sie taten es nicht, weil wir dann erfahren hätten, dass Sie uns die ganze Zeit angelogen haben.«

»Nein«, widersprach ich, doch er hatte Recht, wenn es aus seinem Munde auch so klang, als hätte ich tatsächlich etwas zu verbergen. »Es zu verbrennen, erschien mir die einzig vernünftige Möglichkeit.«

»Und jetzt nicht mehr?«

»Jetzt erscheint mir nichts mehr vernünftig«, gab ich zurück, und McAllister lachte. Es war kein lautes Lachen, aber in dem kleinen Raum dröhnte es regelrecht, und ich zuckte zusammen. Sogar mein Pflichtverteidiger erwachte aus seiner Lethargie. Zum ersten Mal wagte ich es, McAllister genau anzusehen. Zu meinem Erstaunen entdeckte ich keine Spur von Schweiß auf seinem Gesicht. Die Luftlosigkeit und Hitze in dem Zimmerchen schienen ihm nicht das Geringste auszumachen. Ich dagegen war schweißgebadet. Ich fühlte mich, als schmelze ich allmählich in meinem Papieranzug dahin. Als ich unbehaglich mein Gewicht verlagerte, klebte die Hose an meinen Schenkeln fest und zog an meiner Haut. Die schleimige Schicht, die meinen Körper bedeckte, ließ mich vor Ekel frösteln.

»Sie meinen, dass jetzt alles verdächtig erscheint, ja?«

»Ich habe nichts Unrechtes getan«, erklärte ich zum x-ten Mal.

McAllister schlug mit der flachen Hand auf den Tisch. Der Knall wurde wie ein Pistolenschuss von den Wänden zurückgeworfen, und ich erschrak dermaßen, dass ich fast vom Stuhl gefallen wäre. »Das sehe ich etwas anders«, erklärte McAllister. »Sie haben sich als Miss Taylors Freund ausgegeben, ihre Familie und ihren ältesten Freund belästigt, sich Zutritt zu ihrer Wohnung verschafft und ihr Tagebuch, das uns vielleicht ermöglicht hätte, sie rechtzeitig zu finden, unter Verschluss gehalten und dann auch noch verbrannt.«

»Ich weiß nicht ... ich dachte nicht ... vielmehr ich glaubte, dass ...«

»Geben Sie zu, dass Sie uns angelogen haben«, fiel er mir ins Wort.

»Nein, das habe ich nicht.«

»Geben Sie zu, dass Sie schon lange vor ihrem Verschwinden von Sophie Taylor besessen waren.«

»Nein, das war ich nicht.« Hilfe suchend sah ich den Pflichtverteidiger an. Er forderte mich mit einem Nicken auf, weiterzusprechen. »Es ist nicht wahr«, sagte ich.

»Ach, kommen Sie, Peter«, nannte McAllister mich plötzlich beim Vornamen und beugte sich mit einem vertraulichen Lächeln zu mir herüber. »Wir waren alle schon mal verrückt nach einem hübschen Mädchen. Da ist doch nichts dabei. Vielleicht sind die Dinge einfach außer Kontrolle geraten. Ich kann mir sogar vorstellen, wie es sich abgespielt hat.«

»Nein!«, hörte ich mich schreien und nahm mich sofort erschrocken zurück. »Nein. Ich habe nichts Unrechtes getan. Ich habe sie nicht umgebracht. Ich habe nicht einmal ein Wort mit ihr gewechselt. Jonathan ist Ihr Mann. Mit dem müssen Sie reden. Er hat sie anonym angerufen. Oder Jamie. Er war verliebt in sie. Er ist derjenige, der von ihr besessen war. Mit den beiden sollten Sie reden – nicht mit mir.«

McAllister lehnte sich noch weiter vor, bis unsere Köpfe sich fast berührten. Ich lehnte mich zurück, konnte den Blick jedoch nicht von seinen Augen wenden, die mich unverwandt anstarrten. Ich las darin, was er dachte, dass er überzeugt war, dass ich Sophie umgebracht hatte – dass ich der Mörder war.

Und ich sah das Haus vor mir, das Blut auf der Matratze, auf den Wasserhähnen, spürte meine Schuhsohlen auf dem Teppich kleben, hatte den metallischen Geruch in der Nase.

»Sie bezichtigen andere, um von sich abzulenken«, beschuldigte er mich.

»Nein!«, widersprach ich heftig. »Ich habe nichts getan!«

»Sie bezichtigen andere, weil Sie Ihre Tat nicht wahrhaben wollen.«

»Das stimmt nicht!«

»Ich kann mir vorstellen, wie schwer es für Sie sein muss, Ihre Tat zuzugeben – sogar sich selbst gegenüber –, aber wenn Sie sich erst mal alles von der Seele geredet haben, werden Sie feststellen, dass Sie sich sehr viel besser fühlen.«

Unfähig, mich von seinem Blick zu befreien, unfähig, mich zu rühren, stammelte ich: »Ich … ich habe mir nichts … von der Seele zu reden.«

McAllister öffnete den Mund, um etwas darauf zu sagen, doch zu meiner Überraschung kam ihm der Pflichtverteidiger zuvor.

»Haben Sie stichhaltige Beweise dafür, dass Mr Williams die Tat begangen hat?«, erkundigte er sich.

McAllister antwortete nicht gleich. Er starrte mich noch eine Weile durchdringend an, lehnte sich dann zurück und sagte nach einem kurzen Blick zu Joseph: »Er war am Tatort. Er hat uns angelogen. Es bestehen Verdachtsmomente.«

»Das ist richtig«, nickte der Anwalt. »Aber gibt es Beweise?«

»Der Bericht der Spurensicherung liegt noch nicht vor.« Das kam von Joseph.

Ich wandte mich meinem Verteidiger zu, meinem Retter. Er schien endlich in die Gänge zu kommen. »Vielleicht sollten wir die Vernehmung unterbrechen, bis er eingetroffen ist« meinte er.

McAllister lief vor Zorn rot an, doch er zwang sich zu einem Lächeln, das allerdings eher wie ein Zähnefletschen wirkte, und nickte.

Ich legte die Hände auf den Tisch und ließ meinen Kopf darauf sinken. Erschöpft hörte ich Joseph auf das Band sprechen, dass wir eine Pause machen würden, schloss meine Augen und spürte mich zum ersten Mal seit langer Zeit lächeln.

26

Die Zelle war klein und weiß gefliest. Es roch nach einem chlorhaltigen Putzmittel und schwach nach etwas anderem, Unangenehmerem. Ich ging auf und ab, vier Schritte hin, vier Schritte her, und wartete darauf, dass man mich abholen käme.

Die Anschuldigungen gegen mich waren absurd, surreal – sie entbehrten jeglicher Logik. Ich hatte Sophie nichts getan. Das wäre mir niemals eingefallen. Ich wollte sie beschützen, ich sah es als meine Pflicht an, sonst nichts. Aber sie hatten alles, was ich sagte, gegen mich verwendet, und ich sah keine Möglichkeit, sie von der Wahrheit zu überzeugen.

In der Zelle war es kühl und mein Schweiß auf der Haut getrocknet, wodurch sie spannte, als sei sie mir zu klein geworden. Ich war durstig und müde. Zu trinken hatte ich nichts, und an Schlaf war nicht zu denken, denn sobald ich die Augen schloss, sah ich McAllisters Gesicht vor mir und hörte seine Unterstellungen. Die Übelkeit waberte noch immer in meinem Magen herum, und hinter meiner Stirn begann es zu hämmern, als vernagle jemand mein Hirn, um es vor weiteren Angriffen zu schützen.

Schließlich legte ich mich auf das Bett und die Hände auf mein Gesicht, um mir eine künstliche Dunkelheit zu schaffen. Der Pflichtverteidiger hatte mir geraten, mich auszuruhen. Es war nett gemeint gewesen – aber wie sollte ich mich angesichts der Gewissheit entspannen, dass das Verhör irgendwann fortgesetzt und mir wieder nicht geglaubt werden würde?

Jemand kam den Gang herunter. Ich sprang auf und starrte die Tür an. Aber die Schritte gingen vorbei, der Schlüssel drehte sich in einem anderen Schloss, eine andere Tür wurde geöffnet und zugeschlagen, alles sehr gedämpft, als befänden wir uns unter Wasser.

Wie konnten sie mir nur zutrauen, Sophie etwas angetan zu haben? Ich war ihr Freund. Ich hatte sie beschützen wollen, warum sollte ich sie umbringen? Aber irgendjemand hatte sie umgebracht – und ich war nicht rechtzeitig da gewesen, um sie zu beschützen. Ich sah wieder das Zimmer vor mir, in dem die Flamme meiner Kerze gespenstische Schatten über die Wände tanzen ließ, ich sah die Matratze auf dem Boden, sah mich den Flur entlanglaufen, sah ihr Blut an meinen Händen.

Was mir widerfuhr, war Sophies Werk. Sie wusste genau, was sie tat, und ich musste irgendwie erreichen, dass sie begriffen, dass sie die Fäden zog, dass sie mich hierher gebracht hatte. Wieder hallten Schritte durch den Korridor, und ich hielt den Atem an. Metall schrammte über Metall, und dann öffnete sich der Schlitz in der Tür und zwei körperlose, dunkle Augen sahen mich an. Der Ausdruck darin ließ mich erstarren.

Die Tür schwang auf, und ich erkannte, dass die Augen Joseph gehörten. Sie fixierten mich eine Weile schweigend. Dann sagte er: »Wir haben Ihren Wagen durchsucht.«

»Es ist nicht mein Wagen«, korrigierte ich. »Er gehört meiner Verlobten.«

»Es war ein schönes Stück Arbeit, aber wir haben gefunden, wonach wir suchten. Wir wussten, dass Sie es waren, aber jetzt können wir es auch beweisen.«

Ich wollte erwidern, dass ich unschuldig sei, dass sie sich irrten, dass sie den Falschen festgenommen hätten, aber mein Mund versagte mir den Dienst. Ich hatte nichts verbrochen. Aber wenn doch? Was änderte es?

»Wir fanden Fasern in Ihrem Wagen«, fuhr er fort. »Fasern vom Teppich am Tatort. Fasern mit Miss Taylors Blut daran.«

»Es ist nicht mein Auto«, brachte ich mühsam hervor, aber er hörte mir nicht zu, und so wiederholte ich es noch einmal lauter: »Es ist nicht mein Auto.«

Das Hämmern in meinem Kopf wurde ohrenbetäubend. Joseph sprach weiter, doch seine Stimme kam wie von weit her, und ich konnte kein Wort verstehen. Ich ließ mich auf die Bettkante sinken, legte den Kopf auf die Knie und kreuzte die Arme darüber. Der Papieranzug fühlte sich wie Plastik an und blieb an meinem Kinn kleben. Die Tür fiel krachend ins Schloss. Als ich aufschaute, sah ich, dass Joseph gegangen war. Ich vergrub meinen Kopf wieder unter den Armen und wünschte, schlafen zu können.

27

Sie hatten zwei winzige Fasern in Alisons Wagen gefunden. Mit Sophies Blut daran. Ich sagte wieder und immer wieder, dass man die Fasern hineingebracht hatte, dass das ganze System habe, ein Scheißspiel sei, dass sie einen Sündenbock brauchten. Sie sagten, das seien unhaltbare Anschuldigungen, mit denen ich mich rauswinden wolle, und sonst gar nichts.

McAllister und Joseph lehnten sich über den Tisch. Ich spürte es nur, denn ich hielt den Blick gesenkt. Wo ich die Leiche hingeschafft habe, wollten sie wissen. Ich beteuerte immer wieder, dass ich unschuldig sei, aber ich hätte ebenso mit den Wänden reden können.

»Geben Sie zu, dass Sie wussten, dass Sophie in Arbor Low sein würde, und dass Sie hinfuhren und Sie umbrachten.«

»Dass ist nicht wahr!«, rief ich. »Ich schwöre! Ich habe nichts mit der Sache zu tun!«

»Warum kehrten Sie zu dem Haus zurück?«, fragte McAllister, als habe ich nichts gesagt.

»Ich kehrte nicht dorthin zurück. Ich war vorher nie dort. Ich habe sie nicht getötet. Ich wusste nicht einmal, dass sie tot ist.« Und dann fiel mir etwas ein: »Woher wissen Sie überhaupt, dass sie tot ist?«

»Das lässt sich aus der Menge des Blutes schließen, die wir fanden«, erklärte er. »Was glauben Sie wie viel Blut war es?« Ich sah es im Geiste aus ihrem Körper herausströmen wie einen Fluss. Mit ihnen zu reden, war, als versuchte ich, ihn zu durchschwimmen, zu ihnen zu gelangen, doch so sehr ich mich auch anstrengte, meine Arme und Beine brachten mich nicht voran in den dickflüssigen, klebrigen Fluten.

McAllister war aufgestanden und begann hinter dem Tisch auf und ab zu gehen. Ich folgte ihm mit den Augen.

»Ein Mensch, der in kürzester Zeit so viel Blut verliert, stirbt an einem Schock«, erklärte er, trat an den Tisch und blickte finster auf mich herunter. Ich sah im Geiste Blut spritzen, eine durchtrennte Arterie, Sophies Kehle durchschnitten. »Wir sprechen hier über Mord, Peter«, sagte er, »nicht über einen Dummenjungenstreich oder eine harmlose Verliebtheit.«

Ich wollte etwas sagen, aber meine Zähne ließen sich nicht öffnen.

»Sie müssen über und über voller Blut gewesen sein«, sagte er. Mit äußerster Anstregung schaffte ich ein »Nein!«.

»Und Sie lügen«, fuhr er fort. »Ich erkannte schon bei unserer ersten Unterhaltung, dass Sie etwas verheimlichten.« Er setzte sich wieder hin und lächelte mich an, doch es war kein gutes Lächeln. »Sie sind ein ziemlich gerissener Kunde, stimmt's, Peter?«

Ich wusste nicht, was er damit meinte. Ratlos schaute ich meinen Anwalt an, aber der nickte lediglich, als habe McAllister eine ganz vernünftige Frage gestellt, als sollte ich die Antwort darauf bereits parat haben.

Ich schluckte, räusperte mich und beschloss, Logik mit Logik zu bekämpfen. »Wenn ich sie umgebracht

hätte – warum wäre ich dann zu dem Haus zurückgekehrt?«

»Viele Täter kehren an den Ort ihres Verbrechens zurück«, erwiderte er und setzte mit einem anzüglichen Lächeln hinzu: »Vor allem bei dieser Art von Verbrechen –
bei Verbrechen mit einer sexuellen Komponente.«

»Meine Beziehung zu Sophie hatte nichts mit Sexuali-
tät zu tun«, betonte ich, »und ich habe kein Verbrechen
begangen.«

»Wir haben in Miss Taylors Wohnung Spermaspuren
auf dem Bettlaken gefunden. Die DNS-Analyse hat ergeben, dass es sich um Ihr Sperma handelte. Das würde ich
doch als eine sexuelle Komponente bezeichnen.«

Ich wäre am liebsten im Erdboden versunken.

»Können Sie uns erklären, wie Ihr Sperma auf Miss
Taylors Laken gekommen ist?«, drehte McAllister das
Messer in der Wunde herum. Es war unvorstellbar für
mich, diesen fremden Menschen – und dem Tonbandgerät! – zu offenbaren, was damals in mir vorgegangen
war.

»Sehen Sie mich an!«, sagte McAllister.

Ich schaute zu ihm auf. Sein Gesicht war ausdrucks-
los.

»Erklären Sie es!«, verlangte er.

Wie konnte er eine Antwort erwarten? Er hätte es
nicht verstanden. Wie hätte er die Beziehung auch verstehen sollen, die zwischen uns bestand, die innige Verbindung, die wir zueinander aufgebaut hatten? Das konnte
man nicht in Worte fassen, das konnte man nicht erklären, er hätte es mit seinem logischen Verstand nicht er-
fassen können.

»Ich werde Ihnen sagen, was meiner Meinung nach passiert ist«, verkündete er. »Sie verliebten sich in Sophie, und Ihre Gefühle steigerten sich zur Besessenheit. Sie begannen sie mit anonymen Anrufen zu bombardieren. Als Sie herausfanden, dass Sie nach Arbor Low gefahren war, suchten Sie sie dort auf, und als sie Sie abblitzen ließ, ermordeten Sie sie.«

Ich stieß ein Lachen aus. Es klang seltsam hohl. »Ich kann nicht fassen, was Sie da sagen! Ich war es nicht, Sie haben den Falschen am Haken.«

Seine Stimme bohrte sich in meinen Kopf, seine Andeutungen und Vermutungen fraßen sich in mein Fleisch. Ich war von Sophie besessen gewesen. Sie hatten mich am Tatort angetroffen. Ich hatte mir Zugang zu ihrer Wohnung verschafft. Als er das sagte, erinnerte ich mich an den Duft, den ihre Kleider und das Bettzeug verströmt hatten, ihren Duft. Ich erinnerte mich, wie ich mich in ihr Bett gelegt und zugedeckt hatte, wie ich meine Augen geschlossen und ihren warmen Körper an meinem gespürt hatte. Aber ich hatte sie nicht umgebracht. Ich log nicht, ich hatte kein Verbrechen begangen, das ich leugnen müsste.

Nach einer Weile übernahm Joseph das Verhör. Mit leiser, einschmeichelnder Stimme sagte er: »Wir drehen alle ab und zu durch, Peter. Irgendetwas beginnt unser Leben zu beherrschen, und schließlich wissen wir uns nicht mehr zu helfen und verlieren die Nerven. Bei Ihnen war es Miss Taylor, die ihr Leben beherrschte, nicht wahr?«

»Nein.«

Aber er ließ sich nicht beirren, sprach immer weiter mit dieser seidenweichen Stimme und ebnete sich damit einen Weg zu mir. »Wir wissen, wie sehr Ihre Besessenheit die Beziehung zwischen Ihnen und Ihrer Verlobten belastete. Warum haben Sie ihr einen Heiratsantrag gemacht, Peter? Taten Sie es, weil es Ihnen Gewissensbisse bereitete, dass Sie sie schlecht behandelten?«

Ich erinnerte mich, wie oft Alison mich gefragt hatte, was los sei, wie oft sie mich gebeten hatte, mit ihr zu sprechen. Ich hatte sie angelogen, ihr Dinge verheimlicht, und jetzt würde sie schlecht von mir denken, und das hatte ich mir selbst zuzuschreiben. »Nein«, antwortete ich. »Ich habe sie niemals schlecht behandelt. Alison hat nichts mit alldem zu tun. Lassen Sie sie aus dem Spiel!«

»Sie wollten Sie nicht nur über die Sache mit Miss Taylor hinwegtäuschen?«

»Nein!« Ich war laut geworden. »Nein!« Ich stellte meine Füße fest auf den Boden und stand auf. Der Pflichtverteidiger legte die Hand auf meinen Arm, und ich setzte mich wieder hin.

»Nein. Das ist eine lächerliche Unterstellung. Sophie hat mir nichts bedeutet – ich war nur in Sorge, dass ihr etwas zugestoßen sein könnte. Das habe ich Ihnen bereits gesagt. Und meine Sorge war berechtigt, nicht wahr? Sie sollten mit Jonathan sprechen. Ja, das sollten Sie wirklich. Er war der anonyme Anrufer. Das hat Sophie mir in ihrem Notizbuch erzählt. Ich habe Ihnen schon gesagt, dass er sie bedrohte. Er ist gewalttätig. Mich hat er geschlagen. Schauen Sie her – man sieht es noch immer. Er hat mich geschlagen.«

»Hat er das gemacht, weil er glaubt, dass Sie seiner Schwester etwas angetan haben?«

Es war wirklich nicht zu fassen! Alles wurde so hingedreht, dass es gegen mich sprach. Auf die Weise wollten sie mich dazu bringen zu gestehen, aber ich hatte nichts zu gestehen.

»Alle irren sich – nur Sie haben Recht, ja?«

»So ist es«, nickte ich.

McAllisters Augen hielten meinen Blick fest. »Geben Sie zu, dass Sie uns anlügen.«

»Nein.« Ich riss mich von seinen Augen los. »Nein – ich lüge nicht.«

»Sie lügen, weil Sie verantwortlich für Miss Taylors Tod sind.«

»Ich bin nicht verantwortlich dafür!«, protestierte ich. Doch ich hatte das Notizbuch gehabt, ich hätte früher etwas unternehmen können …

»Sie wussten, wo sie sich aufhielt.«

»Aber ich wusste nicht, dass sie ermordet werden würde.«

»Sie haben uns doch mehrmals erklärt, wie besorgt Sie um sie waren.«

»Ja, ich war besorgt. Sie hatte diese Anrufe bekommen, und ich dachte, es könnte ihr etwas passiert sein.«

»Wenn Sie so besorgt waren – warum ließen Sie dann so viel Zeit verstreichen, bis Sie nach Arbor Low hinausfuhren?«

Ich hätte am liebsten geschrien »Weil ich nichts wusste – wie hätte ich es wissen sollen?« – aber es hätte mir klar sein müssen. Ich hätte handeln müssen.

McAllister lehnte sich auf seinem Stuhl zurück und

rieb sich die Wange. Er sah müde aus. »Gehen wir zu der Konferenz in Derby zurück. Das war das letzte Mal, dass Sie sich Alisons Wagen borgten. Geben Sie zu, dass Sie die Konferenz in der Mittagspause verließen und nach Arbor Low hinausfuhren, Sophie dort antrafen und sie, als sie Sie abwies, ermordeten.«

»Nein.« Ich atmete tief durch. »Das ist nicht wahr.«

»Wir haben die Leute befragt, Peter. Nach der Mittagspause hat Sie niemand mehr auf der Konferenz gesehen.«

»Aber ich war da! Ich habe mit niemandem gesprochen, aber ich war da.«

»Sie sind mittags gegangen.«

»Nein.«

»Sie sind mittags gegangen und nach Arbor Low gefahren, um Miss Taylor zu besuchen. Aber Sie hatte kein Interesse an Ihnen, stimmt's?«

»Das ist alles nicht wahr!«, sagte ich, aber ich wusste, dass sie das nicht hören wollten. Sie hatten ihre Taktik geändert, bombardierten mich mit Unterstellungen, um mich mürbe zu machen. Also würde auch ich meine Taktik ändern. »Es ist alles ihre Schuld«, sagte ich langsam, damit sie es begriffen. »Sie hat mich aus reiner Bosheit in diese Lage gebracht – um mich dafür zu strafen, dass ich Alison ihr vorgezogen habe. Sie will mir schaden, weil ich sie nicht liebe. Was immer ich auch tue – sie lässt mich nicht los.«

Ich hätte gerne gesehen, welche Wirkung meine Worte auf McAllister hatten, ob er jetzt endlich anfinge, mir zu glauben, aber ich wagte nicht, den Blick zu heben. Ich schaute auf meine Hände hinunter. »Es ist nicht meine Schuld«, sagte ich. »Es ist alles ihr Werk. Ich konnte es nicht wissen.« »Hatte sie sich vor Ihnen versteckt?«, fragte McAllister.

»Mussten Sie sie suchen?«

Ich hatte angenommen, dass ich sie dort finden würde, das stimmte. Ich hatte gedacht, dass sie dort auf mich warten, mich vielleicht sogar erwarten würde. Dieses feuchte, kalte Haus. Wenn ich früher gekommen wäre, in der Mittagspause, wie McAllister behauptete, hätte sie dann auf mich gewartet? War ich einfach zu spät gekommen? »Ja, ich habe das Haus durchsucht – und dann sah ich das Blut.«

Die vielen dunklen Zimmer. Der unangenehme Geruch von nassem Mauerwerk und Schimmel. Die Treppe und dann der metallische Geruch, der in meiner Kehle brannte.

»Wo hatte sie sich versteckt?«

Ich stellte mir vor, wie sie Schritte auf der Treppe hörte und sich in eine dunkle Ecke drückte und ganz klein machte, wie sie kaum zu atmen wagte und wie ihr Puls raste und ihr Herz gegen ihre Rippen hämmerte.

»War sie im ersten Stock?«

»Ja – da muss sie wohl gewesen sein.«

»Haben Sie sie gesehen?«

Ich fühlte mich wie ein Schlafwandler, konnte fast die Stufen unter meinen Füßen spüren und wie ich auf jeder vorsichtig auftrat, damit nur ja keine knarzte, wie ich den Atem anhielt und angestrengt auf eine Bewegung lauschte, nach jedem Schritt innehielt.

»Es ist so dunkel in dem Haus, dass er sie hätte übersehen können. Darauf muss sie gehofft haben. Ich kann mir vorstellen, wie es sich abgespielt hat. Jonathan muss sie oben gefunden haben. Zuerst haben sie sich nur gestritten. Vielleicht hatte sie das Messer, um sich zu verteidigen, ein großes Messer; ein Küchenmesser. Dann kam es zu einem Handgemenge. Vielleicht wollte er sie gar nicht umbringen. Vielleicht war es ein Unfall.«

»Ist es so gewesen?«

»Ich weiß es nicht«, antwortete ich. »Vielleicht.«

»Haben Sie Jonathan dort gesehen?«

»Nein. Nein – ich habe nichts gesehen.«

Ich fühlte mich, als entdeckte ich es erst jetzt, als könnte ich endlich sehen, was geschehen war.

»War Jonathan überhaupt da?«

Plötzlich wurde mir bewusst, dass McAllister sich weit zu mir herübergelehnt hatte, als würde die Verringerung des Abstandes zwischen uns alles verständlicher machen. »Ich weiß es nicht«, sagte ich, aber ich hatte das Gefühl, dass ich es doch wusste, dass ich auf eine Wahrheit gestoßen war. »Ich weiß es nicht«, wiederholte ich.

»Haben Sie Sophie Taylor umgebracht?«, fragte McAllister mit seltsam gepresster Stimme.

Hätte ich es verhindern können? Wenn ich früher gehandelt hätte, hätte ich Sophie retten können, ich hätte sie mit mir nehmen können, zurück nach Nottingham. »Es ist meine Schuld, dass sie tot ist«, sagte ich, doch obwohl ich die Worte hörte, schien es mir, als ob nicht ich sie spräche, als ob es nicht meine Stimme sei, die diese Laute in die Luft entließ.

»Haben Sie sie umgebracht?«, fragte McAllister noch einmal.

»Ich hätte es verhindern können. Wenn ich nur etwas unternommen hätte! Ich hätte es verhindern können.«

»Peter!« McAllisters Ton war so scharf, dass ich hochschrak und den Blick von meinen abgebrochenen Fingernägeln hob und den blutenden Wunden, die ich mir zugefügt hatte, als ich wegstehende Haut aus den Nagelbetten riss. »Peter!« Wieder hielten seine Augen mich fest. »Haben Sie Sophie Taylor umgebracht?«

Ich spürte den harten Griff des Messers in meiner Hand. Ich wusste, wie es sich anfühlen musste, wie schwer es sein und welche Form es haben musste. Ich sah das Zimmer mit der Matratze, das Blut, das sich sammelte und dann über die Matratze lief und auf den Teppich hinunter. Ich hätte es verhindern können, wenn es mir früh genug klar geworden wäre. Jonathan hatte mich angelogen, hatte alle angelogen, aber er verstand Sophie überhaupt nicht. Ich war derjenige, der die Verbindung zu ihr hergestellt hatte, ich war derjenige, der wusste, was Sophie empfunden hatte, als sie die vorsichtigen Schritte auf der Treppe hörte. Ich konnte meine Stimme kaum verstehen, als ich McAllisters Frage schließlich beantwortete.

»Ja – ich habe es getan. Ich habe sie umgebracht – auf die Weise, wie ich sagte. Ich wollte es nicht, aber es war alles meine Schuld«

28

Wenn ich bei geschlossener Tür mit einem Buch auf meinem Bett liege, gelingt es mir manchmal, mich gegen den Lärm abzuschotten. Es ist immer etwas los auf dem Flur, Streitereien oder Gelächter. Schlüssel, die sich in Schlössern drehen, oder Türen, die zufallen. All die Geräusche von Männern, die auf so engem Raum zusammenleben, dass wir einander alt werden hören können. Die Zellen heißen hier »Zimmer«, und wir sprechen die Gefängniswärter mit »Sir« an, und der Direktor ist nur hier, um zu helfen. Und wir sind keine Sträflinge, keine Knackis oder Lebenslängliche, sondern Kollegen, bitte, danke. Ich bin hier mit einigen der gefährlichsten Männer des Landes eingesperrt, und sie sagen mir, dass ich derjenige sei, der eine Therapie braucht.

Am Anfang besuchte Alison mich, sooft sie Gelegenheit dazu hatte, aber die Gelegenheiten werden im Laufe der Zeit immer seltener. Ich weiß, dass sie verunsichert ist, denn bei der Verhandlung schien alles so eindeutig mit den Teppichfasern und meinem Geständnis. Ich habe es ihr erklärt. In den ersten Jahren leierte ich immer wieder dasselbe herunter, wie eine Schallplatte, auf der die Nadel hängen geblieben ist. Sie sagt, dass sie mir glaubt, aber ich will sie nicht darauf festnageln. Sie sagt, dass sie zu mir halten wird, aber die Zeit vergeht da draußen schneller, und es wäre nicht fair, sie an ihre Verpflichtung von damals zu binden. Steve schreibt mir,

wenn er daran denkt, aber er war nie ein großer Briefe-
schreiber. Manchmal kann ich die Welt da draußen vergessen und mich auf das konzentrieren, was ich habe:
Die Bücher aus der Bibliothek, Schachspielen und im
Garten Gemüse anbauen. Die Zeit dehnt sich um mich
herum aus wie eine Gasblase in einem Vakuum. In der
Gruppentherapie sagen sie mir, ich müsse die Vergangenheit loslassen, zugeben, was ich getan habe, bevor es
mich innerlich auffrisst. Sie glauben alle, dass ich noch
immer in der Verleugnungsphase stecke, ohne Reue,
kalt, gefühlsmäßig blockiert. Sie glauben, dass ich mitten in der Nacht aus dem Schlaf hochschrecke, am ganzen Leibe zitternd vor Grauen über meine Tat. Meine
Zimmernachbarn sagen, sie hätten mich nachts gehört,
aber es ist nicht Schuldbewusstsein, das sich in meine
Träume stiehlt und sie vergiftet.

Ich spüre, dass sie mich jedes Mal, wenn ich meine
Unschuld beteure, ein bisschen mehr hassen. Vielleicht
hassen sie mich auch nur, weil sie sich selbst hassen. Sie
hassen, was aus ihnen geworden ist, weinerliche Jammerlappen, eingesperrt an einem Ort mit vergitterten
Fenstern und einer hohen Mauer drum herum, wo sie
ihr Leben im Schatten ihrer Vergangenheit fristen, gefangen in einer Schlinge aus Schuld und Bedauern. Vielleicht hassen sie mich aber auch, weil ich der Außensei-
ter bin. Sie sind die Elitegruppe, diejenigen, die erlebt
haben, wie einfach es ist, jemandem das Leben zu nehmen, diejenigen, die wissen, dass es lange dauert, bis
man die Grenze erreicht, aber nur eine Sekunde, sie zu
überschreiten, diejenigen, die wissen, dass es kein Zurück gibt. Vielleicht störe ich die Harmonie der Gruppe,

bringe sie aus dem Gleichgewicht. Sie glauben, dass ich unehrlich sei und sind zornig darüber – oder sie glauben, ich sei unschuldig, und empfinden ihre eigene Schuld umso stärker.

Manchmal kann ich total abschalten und mich auf ein Buch konzentrieren. Manchmal schaltet mein Verstand auch auf einen anderen Kanal wie ein Fernseher, und dann schließe ich die Augen und denke an Sophie.

Zuerst gab ich Jonathan die Schuld. In wilden Wachträumen sah ich mich die Wände mit seinem Blut streichen. Immer wieder ließ ich die Bilder vor meinem geistigen Auge ablaufen, die Geschichte, die ich McAllister und Joseph erzählt hatte. Ich spielte jedes mögliche Szenario durch und überprüfte es im Hinblick auf die Fakten, die ich zu kennen glaubte. Aber aus welchem Blickwinkel ich es auch betrachtete – es gelang mir nicht, das fehlende Puzzleteil zu finden, das mir das Wie, das Wann und das Warum verraten hätte. Was konnte ihn zu einer so entsetzlichen Tat getrieben haben? Warum hatte er sie mit anonymen Anrufen terrorisiert, wenn er doch einfach zu ihr gehen und mit ihr hätte reden können? Mit logischem Denken kann ich diese Aufgabe nicht lösen. Es gibt zu viele Unbekannte in dieser Gleichung.

Ich brauchte lange, bis mir die Wahrheit dämmerte. Wenn jeder verdächtig ist, fällt es sehr schwer, zu erkennen, dass niemand schuldig ist. Denn wer wäre fähig, so etwas zu tun, ihrer Familie einen solchen Schmerz zuzufügen? Ich verbrachte so viel Zeit damit, ihren Worten zu lauschen, dass ich nicht bemerkte, mit welcher Stimme sie sprach. Sie war klug, das muss ich ihr lassen. Sie säte den Samen ihres Verschwindens schon lange, ehe sie ging. Ich nahm an, dass sie mir die Wahrheit sagte. Ich nahm an, dass sie das Notizbuch nicht absichtlich im Bus hatte fallen lassen. Vielleicht wollte sie es irgendwo deponieren – in dem Haus, mit Blutflecken auf dem Einband – oder es an jemanden schicken. Vielleicht war ihr Entschluss, den Zug zu nehmen, tatsächlich spontan, die Konkretisierung eines Planes, den sie im Laufe der Zeit entwickelt hatte.

Denn ich weiß, wie sie es gemacht hat. Ich weiß, wie sie verschwunden ist. Ich habe es vor langer Zeit rekonstruiert, in der Bibliothek, mit Hilfe von Büchern über Anatomie. In einem Körper von Sophies Größe fließen fünf Komma sieben Liter Blut. Wenn jemand in kürzester Zeit einen oder anderthalb Liter Blut verliert, weil seine Kehle durchschnitten oder eine Gliedmaße abgetrennt wurde, stirbt er sehr schnell an einem Schock. Der Blutdruck sinkt, die Frequenz des Herzschlages steigt, um das zu kompensieren, und der Körper bemüht sich verzweifelt, Blut in die lebenswichtigen Organe zu pumpen. Die Kapillargefäße werden nicht mehr durchblutet – es gelangen kein Sauerstoff und keine Nährstoffe ins Gewebe, es können keine Schadstoffe mehr zum Abtransport gesammelt werden, und der Körper stellt die Arbeit ein. Hätte sie das Blut langsamer verloren, aus einer Wunde, die sich nicht schließen ließ, wäre sie nach einer Weile bewusstlos geworden. Das Gehirn, das Herz, die Lungen, die Nieren, die Leber hätten versagt, und dann wäre ihr Körper erkaltet, und das Blut, das nur aufgrund der Schwerkraft darin zirkulierte, geronnen.

Aber wenn sie jeden Tag nur ein bisschen verlor, konnte sie am Leben bleiben.

Ich sehe sie vor mir, wie sie in ihrem Haus jeden Tag ein Quantum ihres Blutes in einen Behälter füllte und es in den Kühlschrank stellte, damit es nicht verdarb. Sie hatte eine Ausbildung als Krankenpflegerin gemacht, sie wusste, wie man Blut abnahm, wie lange man warten musste, bis der Körper den Verlust ausgeglichen hatte, bis sie sich wieder anzapfen durfte, wie viel sie brauchte, um einen Mord vorzutäuschen, genug, um ihren Tod vorzutäuschen. Zuerst stellte ich mir Sophie mit einem Messer und einem Glas vor, wie sie tief in ihren Arm hineinschnitt, bis das Blut herausquoll. Aber so wird es nicht gewesen sein – so hätte sie es nicht gemacht. Manchmal sehe ich sie auf dem Sofa in dem dunklen, feuchten Wohnzimmer sitzen und eine Nadel in ihre Vene stechen, wie sie es gelernt hat und wie sie es beobachtete, wenn sie Blut spendete. Ich sehe, wie sich die Haut um die Nadel herum wölbt und der Spiegel der roten Flüssigkeit in dem Glas immer höher steigt.

Manchmal träume ich, dass ich in einem grünen Baumwollkittel auf einem Operationstisch liege. Das helle Licht der Lampen scheint auf mich herunter, und dann beugt sich Sophie mit einer Maske vor dem Gesicht über mich, und in jeder Hand hält sie ein Skalpell.

Manchmal träume ich mich in den Gerichtssaal zurück. Die Geschworenen haben sich zur Beratung zurückgezogen, und ich lasse meinen Blick über die erwartungsvoll angespannten Gesichter der Zuschauer gleiten und entdecke Sophie unter ihnen.

Manchmal steht sie auf, und die Leute auf der Besuchertribüne drehen ihre Köpfe und starren sie dann an, und wenn das Raunen durch den Saal geht, sorgt der Richter mit dem Schlag seines Hammers für Ruhe und reißt mich aus dem Schlaf. Manchmal versuche ich, sie beim Namen zu rufen, aber niemand kann meine Stimme hören, und wenn ich versuche, auf sie zu zeigen, umringen mich Polizisten und bringen mich hinunter in die Gerichtszelle.

Ich behalte meine Theorie für mich, auch jetzt noch, weil ich weiß, dass alle glauben, ich stecke in der Verleugnungsphase und dass ich mich selbst belüge. Immer wieder kommen Kripobeamte mich besuchen und fragen mich, wo ich die Leiche vergraben habe. Sie erklären mir, dass die Familie ein Recht auf einen Abschluss und ein Grab mit Blumen habe, dass ich niemandem einen Gefallen damit tue, dieses letzte Detail für mich zu behalten, eine diesbezügliche Aussage mir aber bei einem späteren Antrag auf vorzeitige Entlassung zustatten kommen und ich mich viel besser fühlen würde, wenn ich mir alles von der Seele redete. Und ich antworte ihnen jedes Mal, dass ich unschuldig bin, dass man mir die Sache angehängt habe, mit mir ein Scheißspiel treibt, sie den Falschen haben. Wenn es Joseph und McAllister sind, die mich besuchen, erinnere ich sie an die Teppichfasern, dass sie in Alisons Auto gelegt worden sein müssen, sie mir untergejubelt worden sind. Sie schütteln nur den Kopf, machen sich eine Notiz und gehen wieder. Vielleicht denken sie, dass ich fabuliere, vielleicht meinen sie, dass ich nicht mehr alle Tassen im Schrank habe. Vielleicht haben sie ja Recht damit und sind nur so freundlich, es mir nicht zu sagen.

Vielleicht denken sie aber auch dasselbe wie die Leute draußen – dass ich von Grund auf böse bin oder krank oder ein Psychopath. Der Typ, der einem Mädchen folgt, das er an einer Bushaltestelle gesehen hat, und sie umbringt, als sie ihn abwies. Ein Sonderbeitrag der *Evening Post*, ein groß aufgemachter Bericht der *East Midlands Today* und alle Nachbarn sagen, »er schien ein so netter junger Mann zu sein« und »er war sehr zurückhaltend«. Alison wurde zu Hause von Reportern bedrängt, und einige ihrer Freunde äußerten sich über meinen Charakter, obwohl sie mich gar nicht kennen, und die Stadt verweigerte die Beantwortung aller Fragen zu ihrem ehemaligen Angestellten. Die Medien ernähren sich von mir, und alles nur, weil sie insgeheim fürchten, dass ich die dunkle Seite in uns allen bin, das Rätselhafte, das Außerordentliche, das da an die Oberfläche kam.

Draußen vor dem Gerichtsgebäude warf Jonathan Steine auf den Gefangenentransporter, mit dem ich weggebracht wurde. Ich hörte die Schläge, und ich hörte die Schreie der Menge, die sich zusammengerottet hatte, und mich warf es in meinem Sitz hin und her, als der Wagen abbremste und ausschwenkte. Die Menge zeigte einem Psychopathen, dass er die Öffentlichkeit gegen sich aufgebracht hatte, dass er nicht erwünscht ist, nicht in ihrer Stadt, nicht in ihrer Nachbarschaft, nicht in der Nähe ihrer Kinder und ihrer Schulen und ihrer anständigen Familien. Es ist komisch: Alles, was mir einfiel, als die Steine gegen das Blech des Polizeiwagens schlugen und er schlingerte, war, dass es im Umkreis des Gerichts kein Gelände gab, wo Steine zu finden waren, dass Johnathan sie also mitgebracht haben musste. Er hatte seinen Auftritt geplant, wollte demonstrieren, dass er mich hängen sehen wollte; dass ein Leben nur durch ein anderes gerächt werden kann, dass alles, was darunter ist, das Andenken an seine heiß geliebte Schwester verunglimpfte.

Später erfuhr ich, dass Jonathan wegen öffentlicher Ruhestörung festgenommen wurde. Ich musste lächeln, als ich mir vorstellte, wie er in einer Zelle auf dem Polizeirevier Däumchen drehte. Das war ein gewisses Maß an Gerechtigkeit, auch wenn wahrscheinlich die jungen Cops vor seiner Zellentür herumhingen und Bemerkungen machten wie »Ich verstehe ja, was du meinst, Kumpel, aber Gesetz ist Gesetz, stimmt's?« oder »Ich hätte an deiner Stelle dasselbe getan. Das Arschloch kriegt, was es verdient. 'ne Tasse Tee?«.

Manchmal schließe ich an einem ruhigen Tag die Augen und versuche mir vorzustellen, wo Sophie jetzt ist. Ich sehe sie auf einer Yacht um die Welt segeln, in knappen, weißen Shorts und mit goldbrauner, seidig glänzender Haut, wie sie Winden betätigt und Segel rafft, in die Sonne blinzelt und über einen Witz lacht, den ihr jemand erzählt hat, der sich meinem Blick entzieht. Oder ich sehe sie an einem Strand entlangwandern, mit einem fließenden, weißen Kleid und weißem Sand zwischen den Zehen, und die Brandung wirft sich ihr zu Füßen. Sie weiß nicht, was mir widerfahren ist, sie weiß es nicht, aber sie wird es bald herausfinden. Dann wird sie sich entscheiden müssen.

Wenn sie verschwunden bleiben will, soll sie es tun. Ich werde es ihr nicht übel nehmen. Sie weiß, wie sehr ich sie liebe, selbst jetzt noch, nachdem sie mein Leben zerstört hat. Das kann ich ihr verzeihen. Sie weiß, dass ich sie verstehe, sie weiß, dass ich immer für sie da sein werde, sie weiß, dass ich alles für sie tun werde, wirklich alles. Aber es kann auch sein, dass sie sich dafür entscheidet, zurückzukommen und mich zu retten, mir die Liebe zu vergelten, die ich ihr bewiesen habe. Ich bin der Einzige, der sie wirklich versteht, der wirklich versteht, wie schwierig ihr Leben für sie war. Ich bin der Einzige, der bereit war zu tun, was immer zu tun war, um sie zu befreien, und das ist die größte Liebeserklärung, zu der ich fähig bin.

Susan Sloan
Schuldlos schuldig

Thriller

Alle sehen, wie sie das College-Fest gemeinsam verlassen. Keiner sieht, wie er sie vergewaltigt.
Er behauptet, sie habe den Sex gewollt, und kommt ungestraft davon. Sie muß mit Wut, Angst und Schamgefühl fertig werden und kann nicht verwinden, dass diese Tat ungesühnt bleibt.
Dreißig Jahre vergehen, doch dann bringt eine Frau das Unmögliche fertig und rechnet mit dem Mann ab, der ihr Leben zerstört hat ...

Knaur